韩成武 著

由诗而史

杜甫的一生

河北出版传媒集团

河北教育出版社

图书在版编目（CIP）数据

由诗而圣：杜甫的一生 / 韩成武著. -- 石家庄：
河北教育出版社，2024. 6. -- ISBN 978-7-5545-8587-0

Ⅰ. I25

中国国家版本馆CIP数据核字第2024NM5250号

由诗而圣：杜甫的一生

YOUSHIERSHENG DUFU DE YISHENG

作　　者	韩成武
策　　划	董素山
统　　筹	刘贵廷
责任编辑	任晓霞　孙亚蒙
装帧设计	牛亚勋
出版发行	河北出版传媒集团

河北教育出版社　http://www.hbep.com

（石家庄市联盟路705号，050061）

印　　制	河北新华第一印刷有限责任公司
开　　本	787mm×1092mm　1/16
印　　张	21.75
字　　数	225千字
版　　次	2024年6月第1版
印　　次	2024年6月第1次印刷
书　　号	ISBN 978-7-5545-8587-0
定　　价	75.00元

序

　　大诗人杜甫在晚年饱尝颠沛流离之苦后深有感慨地说："百年歌自苦，未见有知音。"老杜生前寂寞，确如宋人张伯玉《读子美集》所云："寂寞风骚主，先生第一才。"但老杜身后却不寂寞。他人被尊为"诗圣"，诗被誉为"诗史"，在漫长的中国文学史上享有特殊的地位。他上继中国诗歌的《风》《骚》传统，是中国古典诗歌的"集大成"者；他下开中国诗歌的"新世界"，影响广泛而深远。可以说，在杜甫死后的 1200 多年间，中国诗坛上的杰出诗人，几乎没有一个不是受他影响的；在唐以后浩如烟海的诸家诗话中，几乎没有不论及杜甫的。很难设想，如果没有了杜甫，中国诗坛将会失去多少光辉！

　　但如果把杜甫仅仅看作一个诗人，那还不免小觑了他。被梁启超誉为"亘古男儿一放翁"的陆游，在其《读杜诗》中云："看渠胸次隘宇宙，惜哉千万不一施。空回英概入笔墨，《生民》《清庙》非唐诗。向令天开太宗业，马周遇合非公谁？后世但作诗人看，使我抚几空嗟咨！"杜甫不仅是伟大的诗人，还是伟大的思想家。他是原始儒家思想的继承者和实践者，他的阐释和恢复原始儒家道统的思想，远在韩愈之前。而杜甫继承和恢复的是原始儒家思想的积极方面，不像韩愈那样精华与糟粕兼收并蓄。所以宋人黄彻谓"老杜似孟子"，今人称杜甫为"唐代儒学复兴运动的先行者"，在我国思想史和文化史上，具有不容忽视的地位。所以说，杜甫是我国优秀传统文化的典型代表。杜甫的诗歌，堪称中国古典诗歌的范本；杜甫的人格，堪称中华民族文人品格的楷模；杜甫的思想，堪称中华民族传统思想的精华。这些，我们或者可以统称之为"杜甫精神"，它已成为中华民族优秀文化遗产的重要组成部分。而"杜甫精神"中影响最深远、感人最深切的还是那崇高而深挚的爱国主义精神。杜甫不但是一个伟大的诗人，而且是一个伟大的爱国者。他忧国忧民，爱国爱民，其忧也深，其爱也笃。深沉的忧国忧民的忧患意识，像一条红线一样贯穿于杜甫坎坷的一生及其全部创作中。诗圣杜甫是"穷年忧黎元，叹息肠内热"，"上感九庙焚，下悯万民疮"。在"入门闻号咷，幼子饿已卒"的家庭悲剧中，老杜却能"抚迹犹酸辛，平人固骚屑。默思失业徒，因念远戍卒"。在《茅屋为秋风所破歌》中，老杜想到的是："安得广厦千万间，大庇天下寒士俱欢颜，风雨不动安如山！呜呼！何时眼前突兀见此屋？吾庐独破受冻死亦足！"在漂泊无依、生命濒于绝境时，杜甫却能"减米散同舟，路难思共济"，"盘飧老夫食，分减及溪鱼"。在即将诀别人寰之际，诗人仍念念不忘"战血流依旧，军声动至今"的残酷现实。这就是1200多年前诗圣杜甫的博大胸怀和崇高人格！诗圣杜甫这种忧国忧民无已时，君圣民安死方休的精神，在其后1000多年的历史中，特别是在中华民族国难深重、危亡在即的关键时刻，不知影响和鼓舞了多少仁人志士为民族的振兴、国家的强盛、人民的幸福而英勇献身！在先天下之忧而忧、后天下之乐而乐的诗圣杜甫面前，那些醉生梦死者，那些花天酒地者，那些徇私枉法者，那些贪污受贿者，那些假公济私者，那些公费买春者，那些欺压百姓者，那些失职渎职者，那些为非作歹者，岂不愧死！杜甫最可宝贵的精神，就是身处逆境，却情系国家，心想人民，一颗爱国爱民、忧国忧民的赤子之心，从没有停止跳动。他始终是把个人的命运与国家和人民的命运紧紧联系在一起的。

韩成武教授的大著《由诗而圣：杜甫的一生》，正是以诗圣杜甫这种忧国忧民的忧患精神为红线贯穿全书的。他以平实无华的语言、优美流畅的文笔和深刻独到的见解叙述了杜甫的忧患一生，将一个活生生的杜甫呈现在广大读者面前，并在全书结尾意味深长地指出："千余年间，在历史的回音壁上，崇杜、亲杜之声不绝嗣响。这是心灵的呼应，是对崇高人格的认同，也是对中华人文精神的庄严礼赞。杜诗的流传没有终点，杜甫的研究亦无止境。在当前人类面临道德危机、精神危机、文明危机、价值危机和生态危机等五大危机之际，杜诗必将为化解危机起到重大作用。"

韩成武教授自称是"杜甫的虔诚崇拜者"，但我还要补充说，他是诗圣杜甫的真正知音。他和张志民同志译注的《杜甫诗全译》（河北人民出版社1997年版），是迄今为止大陆出版的第一部杜诗全译本。作者出于"通译杜诗以向国人全面介绍杜甫的愿望"，历时六载，完成此书，可谓潜心揣摩，殚精竭虑，令人肃然起敬！正如我的老师、著名杜甫研究专家陈贻焮先生赠诗所云："百万余言译杜功，少陵精粹在其中。要知二子多辛苦，字句之间见血红。"成武教授在给我的信中也说："译诗不易，译杜更难，六载跋涉，步步维艰，所赖敬杜爱杜之心与日俱增而已。"他的这种"敬杜爱杜之心"，着实使我感动。也正是这种共同的"敬杜爱杜之心"，使我们成为文字知己、杜甫知音。所以当韩成武教授将他的书稿寄我先睹为快并命作序时，我欣然应允。在仔细拜读他的大著后，拉拉杂杂地写了上面这些话，以表示我对韩成武教授的敬意，并热情地向广大读者推荐这部文情并茂、雅俗共赏的杜甫新传记！

目录

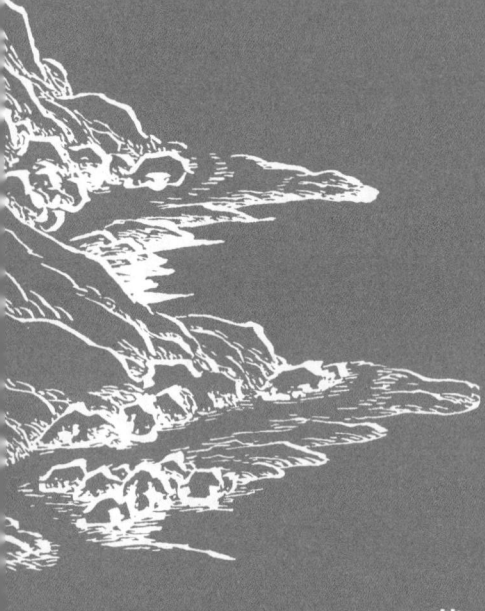

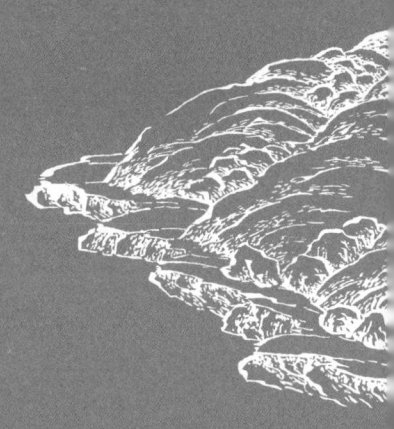

第一章

到今有遗恨，

不得穷扶桑

第一节 | 七龄思即壮，开口咏凤凰

唐睿宗太极元年（712）正月，春天的绿色脚步缓缓移到伊洛河的下游，在黄河南岸巩县（今河南巩义）城东的瑶湾村，一个新的生命携带哭声而降临。[1]像每个新生儿一样，光赤而稚嫩的身子偎依在母亲怀中，贪婪地吸吮着乳汁。他的父母、亲戚以及前来祝贺的人们，无论如何也不会想到，这个普普通通的婴儿，将会成为照耀中国诗坛的一颗万古璀璨的巨星。

他就是杜甫。

杜氏家族世代奉儒守官。先世居于杜陵（今陕西西安东南）。杜甫的十三世祖杜预，是晋代名将、著名学者，封当阳县侯。十世祖杜逊在东晋初年迁到襄阳，任魏兴太守。曾祖杜依艺任巩县县令，遂迁居巩县。祖父杜审言是初唐著名诗人，官至膳部员外郎。父亲杜闲曾任兖州（今属山东）司马、奉天（今陕西乾县）县令。近世官职虽不如远祖那样显赫，但家境仍是富裕的。这为杜甫的成长、读书和成人后的漫游，提供了良好的条件。

---

[1] 闻一多《少陵先生年谱会笺》云："公生于河南巩县。"并引《河南府志》："巩县东二里瑶湾，工部故里也。"此说，学界多依之。今人王辉斌考证，认为杜甫出生地为洛阳（见《杜甫研究丛稿》）。可备一说。

杜甫的母亲是清河大族崔家的女儿，在杜甫尚未记事时便死去了。继母卢氏过门后，杜甫被寄养在洛阳仁风里的二姑家。二姑为人贤德，对幼小的杜甫关怀备至，胜过亲子。有一次，两个孩子同时闹病，她为了保住杜甫的性命，忍痛舍弃了儿子。此事是杜甫稍大以后从别人口中听到的，对他触动很深。天宝元年（742），姑母逝世，他以无限悲痛和崇敬的心情撰写墓志，称其为"有唐义姑"[1]。"义姑"是春秋时鲁君对一妇人的赞称。据《列女传》记载，齐军来攻鲁国，逼近郊外，见一妇人抱子携侄而行。妇人见形势危急，子侄不能两全，便舍弃儿子，抱起侄子逃难。齐军问其故，答曰："弃子而行义。"齐军感慨道："鲁郊妇人犹能持节，何况朝廷！"遂罢兵。此事与杜甫二姑所为十分相像，故以"义姑"称之。杜甫后来的同情弱小、怜悯民瘼的思想形成，与姑母的身教有一定的关系。

童年的岁月烂漫而朦胧，许多珍奇的生活浪花无可挽回地泯灭于记忆的长河里。使杜甫到晚年仍然记忆犹新的，是他六岁时在郾城（今属河南）见到的公孙大娘舞"剑器"。公孙大娘是当时最优秀的舞蹈家，"剑器"是一种戎装舞蹈，动作刚劲，节奏铿锵。杜甫晚年回忆当时公孙大娘的舞姿，说她忽而自空而落，光彩夺目，如同后羿射落的九个太阳；忽而拔地而起，凌空飞腾，如同天帝驾着蛟龙飞翔；她上场时神情端庄，如同雷霆初止，天地一片肃穆；她收舞时英姿卓立，如同江海

---

[1] 见《唐故万年县君京兆杜氏墓志》。

停止翻腾，凝聚着清冷的光辉。这说明，幼年的杜甫已对艺术有了较强的感受力和丰富的想象力。而这种激昂顿挫的舞姿，对此后杜甫的诗歌风格的形成起了一定作用。

杜甫七岁时，开始创作诗歌。儿童作诗，往往以动物为题材。杜甫所咏则是神鸟凤凰[1]（诗已失传）。在古人心目中，凤凰是祥瑞之鸟，它象征着王朝的兴盛。杜甫开口便咏凤，说明在他幼小的心灵里，已萌生出对国家富强的期盼。这似乎是一个预兆，因为杜甫终生都是心系国家，心系民族的，他对国家、民族的那份苦恋，真可谓感天地而泣鬼神。

练习作诗的同时，杜甫还学写大字，很勤奋，很刻苦，到九岁时，已写满了一口袋的习作。同写诗一样，书法也是家传。祖父杜审言和父亲杜闲都于书法上有一定的造诣。杜审言曾自夸书法"当得王羲之北面"，这虽属虚张，但想来也应有相当的水平。宋人蔡居厚家藏杜闲所书《豆卢府君德政碑》，称其书法"简远精劲"[2]。杜甫在家庭翰墨的熏陶下，书法日有长进，步入壮年后终于形成"瘦硬"的风格，明朝人胡俨曾见过杜甫书写的《赠卫八处士》（此诗为杜甫47岁作），称其"字甚怪伟"。杜甫晚年所作《李潮八分小篆歌》中表述了"书贵瘦硬方通神"的主张，"瘦硬"是杜甫的艺术审美观，无论对书法、对绘画、对诗歌艺术都持有这种观点。

杜甫十四五岁就已在诗坛崭露头角。他出入于文人荟萃的场所，与当时的文坛名流交往。郑州刺史崔尚、豫州刺史魏启

---

[1] 见《壮游》。本书所引杜诗，均依仇兆鳌《杜诗详注》。

[2] 见《苕溪渔隐丛话》。

心，曾褒奖杜甫的文才有似汉朝著名文学家班固和扬雄。这二人的年龄当大于杜甫几十岁，他们乐与少年杜甫交往，颇能说明杜甫文才的超卓。这期间，他还得到岐王李范的赏识。李范是睿宗第四子，好学工书，雅爱文士。杜甫经常出入于李范的府第。中书令崔湜的弟弟崔涤任秘书监，与玄宗款密，此人也对杜甫很器重，常邀杜甫来家中做客。杜甫晚年漂泊潭州（今湖南长沙），遇到了当年著名歌唱家李龟年，曾感慨万端地写道"岐王宅里寻常见，崔九堂前几度闻"，就是回忆少年时与李、崔二人的交往。

杜甫虽然成熟较早，但作为少年诗人，他仍未完全脱掉孩子气。幼年时他身体不太好，经常闹病，在姑母的精心照料下，长到十几岁时，已经健壮得像头"黄犊"，一天到晚欢蹦乱跳没个时闲。他家的院子里种有梨树和枣树，八月秋风送爽时，树上梨黄枣红，他简直就像只顽皮的猴子，不停地爬上爬下，欢声笑语飞满庭院。[1] 这时的他绝不可能想到，命运之神已悄悄地为他安排了一条艰难困苦的生活道路，他将在这条坎坷的人生旅途上洒汗、流泪、泣血、悲歌。但此时，他距离这条道路还远，因为他还有一个颇为快意的青年时代。

---

[1] 见《百忧集行》。

第二节 | 越女天下白，鉴湖五月凉

唐代知识分子不囿于书斋生活，读书之外喜好游历天下，特别是盛唐时期，"读万卷书，行万里路"已然成为时尚。杜甫出生的那年，适逢玄宗即位。这位天子在执政前期的二三十年间，尚能励精图治，先后任用姚崇、宋璟、张说、张九龄这些贤人为相，也能采纳一些批评、建议，终于出现了"开元盛世"的大好局面。杜甫在晚年作《忆昔二首》回忆道：

忆昔开元全盛日，小邑犹藏万家室。
稻米流脂粟米白，公私仓廪俱丰实。
九州道路无豺虎，远行不劳吉日出。
齐纨鲁缟车班班，男耕女桑不相失。
宫中圣人奏云门，天下朋友皆胶漆。
百余年间未灾变，叔孙礼乐萧何律。
……

当时社会财富充足，国库殷实，民生安定，道路畅通，人际关系和谐，社会秩序也好，这为读书人的漫游提供了必要的条件。国家的强盛极大地激发起知识分子从政的愿望，他们被昂扬的时代精神所鼓舞，怀着出将入相的仕途壮志，仗剑

去国，辞亲远游，广交天下朋友，寻求从政之路。李白、王维、李颀、高适、岑参、孟浩然等著名诗人，都曾有过漫游的岁月。另外，当时科举的"温卷"之风盛行，也诱导知识分子走出书斋，接触社会名流。据《云麓漫钞》记载："唐之举人，先籍当世显人以姓名达之主司，然后以所业投献。逾数日又投，谓之温卷。"士子在应试之前，要把所作诗文投献给"显人"和"主司"以扬播声誉，可见交游和旅行是十分重要了。杜甫正是抱着这些心愿而开始漫游的，从 20 岁起到 34 岁止，共有三次长途旅行。[1]

第一次是游吴越。开元十九年（731），他从洛阳出发，经水路抵达江宁（今江苏南京），开始为期四载的南国漫游。时间这么久，自当有亲可投，作为落脚之处。杜甫有三个叔叔，五个姑姑。其父杜闲及二叔杜并、三叔杜专、大姑（嫁魏氏）、二姑（嫁裴氏）、三姑（嫁卢氏）皆祖母薛氏所生，四叔杜登、四姑（嫁王氏）、五姑（嫁贺氏）为继祖母卢氏所生。四叔杜登曾任武康尉，武康即今浙江德清县武康镇。杜甫东游吴越时，他可能就在任上。而五姑所嫁的贺㧑，郡望就是会稽（今浙江绍兴）。从其后广德二年（764）杜甫流寓成都所作《送舍弟颖赴齐州》诗中"诸姑今海畔"来看，这位五姑仍然生活在会稽。所以，即使四叔杜登当时已不在武康任上，杜甫仍可以五姑家作为落脚之地而进行四处漫游。

据今人陈贻焮先生考证，孟浩然游吴越亦在此期间，杜甫

---

[1] 开元十八年（730），杜甫 19 岁时，曾有郓瑕（今山西临猗县）之游，时间和路程都比较短。

当与之有过交往[1]，可惜没有诗篇流传下来。岂止这类诗篇没有流传，杜甫在吴越历时四载，所到之处颇多，自当写有诗篇，但也无一首传世。

杜甫到达江宁以后，在秦淮河北岸的瓦官寺里，终于见到了渴望已久的晋代名家顾恺之的壁画。瓦官寺为晋武帝时建造，寺内建有高阁，高达24丈，极其壮观。据《京师寺记》载，东晋兴宁年间，瓦官寺准备重修，寺僧请人捐款，最多者也不过10万钱，而顾恺之出口便是百万。等到临近兑现时，他让僧人粉好一面墙壁，自己关在这间屋子里达一个月之久，精心绘制维摩诘的画像，画完身躯，将点眸子，便对僧人说："请告知世人，第一天来观此像者，捐10万钱，第二天来者可捐5万。"世人皆知顾恺之丹青绝妙，前来观画者挤满寺院，不消片刻，便得钱百万。杜甫早知悉这段艺坛佳话，得以目睹此画，心中异常兴奋，瞻顾之间，不禁深深遗憾未能与这位艺术大师生在同时。27年后，当他得知许八拾遗将赴江宁探望双亲，亦油然想起这段经历，作诗忆念；并请许八带信向当年在江宁结识的旻上人致意："不见旻公三十年，封书寄与泪潺湲。"（《因许八奉寄江宁旻上人》）写诗回忆二人交往情事，皆历历在目，足见杜甫不忘旧交的宝贵品德。

在江宁逗留的日子里，杜甫当对这六朝故都所留下的众多古迹有所凭吊，但在《壮游》诗中却仅以"王谢风流远"一笔总过，王导宅和谢安宅在朱雀桥乌衣巷，时过境迁，当年的风

---

[1] 见陈贻焮《杜甫评传》。

流已无处可寻，着一"远"字，便把眼前颓景、心中惆怅和盘托出。中唐刘禹锡七绝《乌衣巷》"朱雀桥边野草花，乌衣巷口夕阳斜。旧时王谢堂前燕，飞入寻常百姓家"，可谓对"王谢风流远"诗境的继承。王谢尚且如此，则其他诸子如谢灵运、沈约、江总、萧统在江宁的宅第如何，自不待言。

离开江宁便来到苏州。苏州是春秋时吴国国都。在苏州阊门外，杜甫凭吊了吴王阖闾的坟墓。此墓建在城西北的虎丘山上。传说当时曾以扁诸鱼肠剑3000柄作为陪葬，封土三日，有金精结成白虎踞于坟上，故将此山称为虎丘。杜甫前来凭吊，但见此处已十分荒凉。虎丘山中有剑池，相传是秦始皇为挖掘阖闾墓而形成的深涧，水深莫测，旁有几丈高的石壁。杜甫游览了剑池，又去游城西南的长洲苑。这里是当年吴王游猎的场所，水汀沙渚间早已消失了帝王的踪影，唯留荷花菱叶，在水天之间吐着清香。城西北有吴太伯庙，太伯是周朝祖先古公亶父的长子，传说古公预见其幼子季历的儿子姬昌（即后来的周文王）会有圣德，便把君位传给季历，以便让姬昌得以为君。太伯深明大义，为让父亲的愿望顺利实现，便出走避居勾吴。杜甫怀着仰慕之情，几次拜谒太伯庙，为其礼让精神而感动落泪。

杜甫原想从苏州东渡日本，已经租了航海的船只，却终究没能成行。《新唐书·东夷传》说："日本使自言国近日所出，以为名。"传说日本国是太阳出生的地方，这当然很吸引人；但杜甫之欲去日本，还因为当时中日文化交流频繁的背景。史载，自公元630年至894年，日本派出的遣唐使有13次之多，使团人员包括大使、副使、留学生、留学僧以及随员，一次人数往往多至数百人。晁衡（原名阿倍仲麻吕）就是开元五年（717）随日本第九次遣唐使团来中国求学的，学成后留在唐朝廷内做官，历任左补阙、左散骑常侍、镇南都护等职，与当时著名诗人李白、王维等结下深厚的友谊。在这种文化交流的背景下，杜甫欲东渡日本，以"穷扶桑"之妙，是有现实依据的，既不能误解为求仙学道[1]，也不能仅视为年轻人的"豪情奇想"[2]；否则，便不能解释杜甫何以在晚年的记忆中仍闪耀着这个光点，并且"到今"仍"有遗恨"了。他未能如愿成行，想来主要是渡海艰难。唐朝的航海技术看来不如日本，鉴真和尚于天宝元年（742）东渡，几经挫折，至天宝十二载（753）第六次航行，始达日本，便可说明问题。

东渡未成，便南渡钱塘江，到了会稽（今浙江绍兴）。会稽是春秋时越国国都，有勾践庙。杜甫凭吊了卧薪尝胆、终报国仇的越王勾践，对秦始皇留在会稽的古迹也作了游览。会稽城南三里有鉴湖（又名镜湖），时当盛夏，杜甫站在湖边，观看湖中荡舟的越地女子，享受着湖面送来的阵阵凉风，用"越女天下白，鉴湖五月凉"[3]的清新诗句，写出对越地人物风光的新鲜感受。无独有偶，李白《越女词》其五写道："镜湖水如月，耶溪女如雪。新妆荡新波，光景两奇绝。"耶溪，即若耶

[1]郭沫若《李白与杜甫》认为，杜甫"穷扶桑"是"去寻海上的仙山——扶桑三岛"。误。典籍只有"蓬莱、瀛洲、方丈三岛"之说，未见有"扶桑三岛"之记。

[2]见陈贻焮《杜甫评传》。

[3]此句及本节所叙行迹均见《壮游》。

溪，流入镜湖。李白所写的人物风光与杜甫所记相同。可见，越地女子皮肤白皙乃是实录，无须往诗人的头上泼脏水。[1]

此后，杜甫还乘船游览了剡溪，那里山水秀丽，竹茂林深，又有谢灵运的屐印游踪，使他大开眼界，徜徉不已。

开元二十三年（735），杜甫从吴越回到巩县，准备参加翌年在长安举行的进士考试。[2]他自视颇高，认为自己的文才可以匹敌屈原、贾谊，可以俯视曹植、刘桢。结果却未能考取，但他也不以为意，着手准备第二次漫游。

[1] 郭沫若《李白与杜甫》认为，"越女天下白"透露出杜甫的"风流逸事"。
[2] 此依邝健行之说。邝文《杜甫贡举考试问题的再审察、论析和推断》载《杜甫研究学刊》1997年4期。

第三节 | 放荡齐赵间，裘马颇清狂

开元二十四年（736），杜甫漫游齐赵（今山东和河北南部），历时约五载。这期间，他结识了终生挚友苏源明。苏源明原名苏预，京兆武功（今陕西武功）人，少孤，寓居山东兖州、江苏徐州一带，曾长期在泰山读书，不时下山去莱芜城背点口粮回来，夜里点着柴火照明读书，衣服脏了没得换，以致上面都生了苔藓。杜甫来山东时，苏源明情况已有好转，做了监门胄曹。二人曾于春日登临邯郸赵王丛台，缅怀古人，翘首放歌。又在冬天射猎于齐景公畋猎过的青丘（今山东青州附近），在皂枥林中、云雪冈上呼鹰逐兽。杜甫箭术不错，有一次射下一只大鸟，把苏源明乐坏了，称他为晋代的将军葛强。葛强是征南将军山简的爱将，苏源明自比为山简，想来也是一位浪漫的青年。杜甫晚年回顾这段生活时说："放荡齐赵间，裘马颇清狂。"（《壮游》）放荡，是说肆意游赏；清狂，是说放逸不羁。这十个字写出生活在开元盛世的青年杜甫的豪迈、健爽的精神面貌，与35岁之后的杜甫完全不同。

此时，杜甫之父杜闲任兖州（今属山东）司马，杜甫前往探望父亲，登上兖州城楼，极目而望，但见浮云连绵于大海和泰山的上空，平野苍茫，远远伸向青、徐二州。他的心神由空间跃入时间，想到兖州东南的峄山上还留有秦皇的功德碑，曲

阜城东还留有汉景帝之子鲁共王所建的灵光殿。物是人非，宇宙悠悠，登临怀想之际，不禁生发万千感慨。虽说由于生活阅历未深，这种感慨还显得浮泛，但已从中显示出杜甫胸襟之博大。这种胸襟，集中地表现于他对泰山的感受上。泰山素称五岳之宗，杜甫初次目睹它的雄姿，内心产生强烈的震动，写成名篇《望岳》：

> 岱宗夫如何？齐鲁青未了。
> 造化钟神秀，阴阳割昏晓。
> 荡胸生层云，决眦入归鸟。
> 会当凌绝顶，一览众山小！

四句主要写泰山的高大，"齐鲁青未了"一句是说：站在齐鲁境内的任何地方都能望见青翠的泰山，这就很有分寸地写出泰山的高大。后四句抒写登临绝顶的壮志，"决眦入归鸟"一句，表达了追羡归鸟入山之意。杜甫如此张目极视那入山之鸟，其渴望登山之心已随鸟影而去矣，故尾联两句"会当凌绝顶，一览众山小！"便顺畅呼出，如急箭脱弦。前四句极写泰山之高，后四句极写凌绝之志，杜甫的豪迈精神、阔大胸襟已于章法布局中得到突出的表现。据其晚年所作《又上后园山脚》一诗，可知他于望岳之后确曾登上泰山绝顶，未能有诗传于后世，大约是笔力不敌《望岳》而自行淘汰了。

这一时期，他还游历了任城（今山东济宁），与任城主簿许某乘船同游南池，时当八月的傍晚，天气凉爽，百姓们在水边洗马，茂密的树林中蝉声响成一片，水下的菱角已经成熟，岸边的野草已近荒残。他还走访了隐者张玠，作《题张氏隐居二首》，第一首是七律，描绘了张玠隐居环境的幽美[1]，赞美了他的良好品德，"春山无伴独相求，伐木丁丁山更幽"。以动衬静，造境自然，较之南朝诗人王籍的"蝉噪林逾静，鸟鸣山更幽"（《入若耶溪》），更多了一些人间气息。第二首是五律，写得更有情趣："之子时相见，邀人晚兴留。霁潭鳣发发，春草鹿呦呦。杜酒偏劳劝，张梨不外求。前村山路险，归醉每无愁。"第一首写的是初逢，这一首则是几番过从之后所作。前两句便不平直，既然是"时相见"，按理说天晚则不须再留，然而这位先生却仍"邀人"留下以尽晚兴，其好客之心便可得知。学界认为，杜诗的主体风格是"沉郁顿挫"。沉郁指内容而言，顿挫指语言而论。杜诗每于两句之间（或一句之中）意思逆转，很少顺接，这便是形成顿挫特色的主要原因。颈联"杜酒偏劳劝，张梨不外求"，用典轻松自如，可见作者幽默性格。这种性格，杜甫贯以终生，尤其是后来处于困境的时候，他常常以诙谐的诗句来调剂失衡的心态。

开元二十九年（741），杜甫从山东回到洛阳，在洛阳东面、偃师县西北的首阳山下建造一座"土室"（即窑洞），居住其间。建造土室是为了便于祭奠祖先，因为首阳山下有他的远祖杜预和祖父杜审言的坟墓。这年寒食节，土室建成后，他写成《祭当阳君文》，表示要以杜预为楷模，建功于当世。大约

[1] 张忠纲《杜诗纵横探》对"张氏"所指作出考辨，于张叔明、张叔卿、张彪、张玠四人中确定为张玠。考据甚详，今从之。

就在此时，他创作了五律《夜宴左氏庄》：

林风纤月落，衣露静琴张。

暗水流花径，春星带草堂。

检书烧烛短，看剑引杯长。

诗罢闻吴咏，扁舟意不忘。

左氏庄在何处，已不可考知，当是杜甫友人的村庄。虽是一首夜宴即兴之作，却写得境界深邃，情调慷慨。这是一个多么美好的夜晚啊，林中微风吹起，一钩纤月坠落西方。夜露沾湿了衣裳，宁静的琴儿弹响。暗水流过花径，水声萦绕耳旁；夜空星儿历历，迤逦带过草堂。作诗查检书籍，已将蜡烛烧短；看剑寄托壮志，频频满饮酒浆。新诗写罢，忽听有人用吴音吟诵，杜甫的心不禁穿过浩淼的时空，飞落到当年范蠡的小船上。"检书烧烛短，看剑引杯长"形象地写出青年诗人谋求建功立业的一番心事，可以说是决心效法远祖的铮铮誓言。尾联写大功告成之后退隐江湖，像范蠡那样追求　种潇洒的人生。

大约就在这一年，他与司农少卿杨怡的女儿成婚，夫妻恩爱，感情融洽，相依相守，白头偕老。

第四节 | 亦有梁宋游，方期拾瑶草

自天宝元年（742）到天宝三载（744），杜甫居住洛阳。经过前两次长途漫游，此时他已迈过而立之年。烂漫的少年时光已成过去，杜甫开始以深邃的目光透视人生。当时，洛阳作为东都已颇繁荣，一些达官显贵在这里建有私第，他们的奢侈生活常使布衣杜甫感到震惊。从朝政来看，此时的玄宗已然昏聩、腐化，早在开元二十四年（736），他就把宰相的重职交给了巨奸李林甫。李林甫为巩固权位，制造了一系列骇人听闻的冤案，"自是朝廷之士，皆容身保位，无复直言"[1]。有唐以来奉行的开明政治已告结束，杜甫对此自然会有所知闻。

天宝三载（744）三月，在京都做了一年多翰林学士的李白，终因傲岸不羁得罪了朝廷权贵，被赐金放还，路过洛阳时，和杜甫初逢，二人一见如故。李白的被放还，是当时黑暗政治的产物，在李白离京之后所作的《行路难三首》中，强烈地表达了他对腐朽宫廷的厌弃和对朝政的失望。可以想象，他在杜甫面前是会痛诉这种生活感受的。这种痛诉也会使杜甫联系到自身的客居体会，产生共鸣，从而写出《赠李白》这首诗。诗云：

---

[1] 见《资治通鉴》卷214。

二年客东都，所历厌机巧。

野人对腥膻，蔬食常不饱。

岂无青精饭，使我颜色好？

苦乏大药资，山林迹如扫。

李侯金闺彦，脱身事幽讨。

亦有梁宋游，方期拾瑶草。

应该说，这是杜甫首次对现实进行批判：眼瞅富贵人家大鱼大肉地吃着，我这个在野之人却连粗饭都经常吃不饱！杜甫已开始控诉人间的不平。杜甫回归洛阳，又祭祀了远祖，表示要建功立业，下一步应该是西上长安了，也许正在筹划上路，李白却从长安被驱逐出来，"李侯金闺彦"竟也"脱身事幽讨"了。这如同一瓢凉水浇头，使他进京的热情降了温度，于是便拟随同李白去游梁宋，求仙学道，拾取瑶草。李白由玄宗"赐金"，"大药资"是有的，这就使杜甫能沾些光，有了隐居山林的资本。唐代社会，儒道佛并行发展。处于年轻时期的杜甫，不妨在人生道路上作多方探讨，何况有他所崇拜的诗人李白引路呢！

这年五月，杜甫的继祖母卢氏逝世，八月归葬偃师。杜甫为其作了墓志。葬事结束后，杜甫即前往梁宋，开始了第三次漫游。

梁（今河南开封）、宋（今河南商丘）是当时繁华城市，人口密集，建筑壮观。汉文帝少子梁孝王刘武以淮阳王徙封于此，在商丘城东建"东苑"（又称兔园），园林规模宏大，方圆三百余里。梁孝王在其间赏游驰猎，广纳宾客，当时名士司马相如、枚乘、邹阳等人皆为座上客。园内有春秋时师旷吹乐之台，梁孝王增筑曰明台。因梁孝王常案歌于此，故又称吹台。

杜甫与李白、高适（此时高适寓居于梁宋）畅游梁园，登临吹台，环顾大野，思怀古人，并对当时玄宗崇尚武力、频动开边之战表示忧虑。其后，他们又同游单父台。单父是春秋鲁国邑名，故址在今山东单县南，与宋州邻近。孔子弟子宓子贱做单父宰时，很得民心，终日弹琴而单父治理得很好。后人思念他，称其弹琴处为琴台，即"单父台"。杜甫他们登此台时已是冬季，天上万里风云，地上大泽霜冻，树叶纷飞，禽兽哀鸣，萧飒的景象唤起他们对时局的忧怀。天子好武，边将多以武功求宠。连年战争消耗了大量的人力财力，这与宓子贱的鸣琴而治形成鲜明的对比。抚今追昔，深为国事而惆怅。[1]

不久，高适离开梁宋，南游楚地。杜甫同李白渡过黄河，去王屋山寻访道士华盖君。"王屋山有洞，周回万里。名曰小有清虚之天。"[2] 杜甫晚年作《忆昔行》回顾这段经历：

忆昔北寻小有洞，洪河怒涛过轻舸。

辛勤不见华盖君，艮岑青辉惨么么。

千崖无人万壑静，三步回头五步坐。

秋山眼冷魂未归，仙赏心违泪交堕。

弟子谁依白茅屋，卢老独启青铜锁。

---

[1] 见《昔游》。
[2] 见《太平御览》引《名山记》。

巾拂香余捣药尘，阶除灰死烧丹火。

玄圃沧洲莽空阔，金节羽衣飘婀娜。

落日初霞闪余映，倏忽东西无不可。

松风涧水声合时，青兕黄熊啼向我。

……

李白携杜甫乘一叶小舟，渡过怒涛翻滚的黄河，历尽艰险，来到王屋山寻访华盖君，却不料这位道长已经死去，杜甫顿时觉得眼前青山失去了光泽。放眼望去，但见千山万壑，了无人迹，沉寂如死；想到空违了求仙的夙愿，不禁泪落如雨。由此可以看出，杜甫此行心意还是挺虔诚的。这是因为当时统治者崇尚道家与道教，高祖李渊于武德三年（620）即说老子是他的祖先，并为老子立庙。高宗又于乾封元年（666）追号老子为"太上玄元皇帝"，设立祠堂，设置官吏。到玄宗时，走得更远，不但亲注老子《道德经》，而且把《道德经》《庄子》《列子》等书作为士子应举的必修教材。这种宣传无疑会使道家学说得到普及，并在适当的时候成为某些知识分子的实际行动。

此番王屋山之行，杜甫与李白失望而归。李白往齐州（今山东济南），请高天师授道箓，成了一名真正的道士，走上炼丹一路："闭剑琉璃匣，炼丹紫翠房。"（《留别曹南群官之江南》）杜甫则较为注重实际，华盖君之死，不能不使他对"长生不老"的道教宣传产生怀疑，对于李白的炼丹成果他也提出过疑问："秋来相顾尚飘蓬，未就丹砂愧葛洪。痛饮狂歌空度日，飞扬跋扈为谁雄？"（《赠李白》）说李白虽热衷于炼丹，却没炼成，实在是有愧于葛洪先师。杜甫于天宝四载（745）初从王屋山回来，也到了齐州，所接触的主要是李邕一类的文士。

李邕是广陵江都（今江苏扬州）人，《昭明文选》注者李善之子。他是一个敢讲话的人，不光遭坏人忌恨，一些表现尚好的官吏也讨厌他。这使他频遭贬斥，却名声很大，士大夫争相寻访。他的文章和书法皆闻名于当时，颇为士子所仰慕。杜甫来到齐州，适逢李邕的族孙、齐州司马李之芳建造新亭竣工。李邕当时任北海（即青州，今属山东）太守，应邀来齐州观赏新亭，得知杜甫在齐州，便请求相见。这使杜甫深感荣幸，在与李邕交往过程中，有两首诗传于后世。"海右此亭古，济南名士多。"（《陪李北海宴历下亭》）此联勾勒空间广大，叙及历史悠久，人文风物，颇具地方特色，向来为人所传诵。

杜甫当时无法料得，两年之后，这位尊敬的长者即被李林甫杖杀。杜甫晚年作《八哀诗》，其中一首是哀悼李邕的。诗中回忆了齐州交游的这段美好的岁月，对李邕的冤死表示了极大的悲愤。

在与李邕、李之芳齐州交游之后，杜甫曾去临邑（今属山东）主簿杜颖家中住了些日子。到这年秋天，他重到兖州（天宝元年改称鲁郡），与居家任城（今山东济宁）的李白重逢。二人相偕，寻幽探胜，度过了平生交游的最后一段时光，"醉眠秋共被，携手日同行"（《与李十二白同寻范十隐居》），记叙了二人亲密无间的情谊。

不久，杜甫欲西归洛阳，李白于鲁郡东石门为杜甫饯行，写诗道："醉别复几日，登临遍池台。何时石门路，重有金樽开？秋波落泗水，海色明徂徕。飞蓬各自远，且尽手中杯。"（《鲁郡东石门送杜二甫》）依依别情，溢于言表。"飞蓬"之喻，亦甚恰切。此后，李、杜各奔前程，再无相逢之日。

分别之后，李白有《沙丘城下寄杜甫》一诗，是在山东写的，离开山东以后，再无诗念及旧情。而杜甫此后则有《冬日有怀李白》《春日忆李白》《送孔巢父谢病归游江东兼呈李白》《梦李白二首》《天末怀李白》《寄李十二白二十韵》《不见》等十余篇，可见二人对旧谊的珍重程度有所不同。

总起来说，杜甫的第三次漫游，很大程度上是由李白被朝廷放逐这件事引发的。求仙访道，实为杜甫心路历程中的一个小插曲，脚踏实地、心性求实的他，不可能久迷于道教的虚妄之中。因此，这次游历为时最短，仅历一年便告结束。接下来，便是在"致君尧舜上，再使风俗淳"的儒家政治理想指导下，踏上了他坎坷的人生历程，直到生命的最后一息。

第二章

忧端齐终南，

澒洞不可掇

天宝五载（746），杜甫35岁，结束了长达十几年的漫游生活，来长安求仕，以实现扶世济民的政治理想。本来，在两年前，李白的遭遇曾一度使他产生遁世的思想和行为，对当时朝政的昏暗和玄宗的腐化也有所察觉，那他为什么还要做这种"致君尧舜上，再使风俗淳"的美梦呢？原来，他从小接受的是儒家思想教育，建功立业的观念可谓坚如磐石。另外，他对李白的诗才虽绝对佩服，而对其行为却有保留。"痛饮狂歌空度日，飞扬跋扈为谁雄？"这样的人也许不大适合辅佐朝政吧，那么他被朝廷放还也就不足以说明知识分子皆无出路。还有最主要的原因，他对玄宗仍然抱有幻想，这位天子确曾励精图治，亲手开创"开元盛世"啊！他以为通过忠臣的努力辅佐，迷途天子还是可以返回正路的，国家政治仍可复归清明。

于是，他到长安来了，"自谓颇挺出，立登要路津"（《奉赠韦左丞丈二十二韵》），以为凭着自己杰出的才干，很快就能执掌朝政。

可是，他来长安不久，父亲便去世了，这使他失去了经济来源。渐渐地，他需要依赖亲友的周济了。有时去长安城南的终南山采些草药，经过加工，拿到街市上出售以糊口。有时站在饥民的队伍里，排队购买政府低价出售的粮食。甚至有时竟过上乞讨的生活："朝扣富儿门，暮随肥马尘。残杯与冷炙，到处潜悲辛。"（《奉赠韦左丞丈二十二韵》）衣衫褴褛，经常挨饿，动不动就是十来天没米下锅。

长安城南的杜陵，是他远祖杜预的故里，此时仍有一些远房的侄孙在那里居住。这些人也完全不念同族之谊，在贫穷的杜甫面前挺脖子，翻白眼。杜济是杜甫的族孙，住在长安城南郊。杜甫贫居无奈，为饥饿所驱，每每前去其家叨扰。这位族孙生活也不宽绰，见长辈来了，心里老大不乐，嘴上不好说什么，行动上却分明在使气。杜甫感慨万分，写了一首《示从孙济》，对其进行教导，也是在受气之后求得内心的平衡。诗云：

平明跨驴出，未知适谁门。

权门多噂沓，且复寻诸孙。

诸孙贫无事，宅舍如荒村。

堂前自生竹，堂后自生萱。

萱草秋已死，竹枝霜不蕃。

淘米少汲水，汲多井水浑。

刈葵莫放手，放手伤葵根。

阿翁懒惰久，觉儿行步奔。

所来为宗族，亦不为盘飧。

小人利口实，薄俗难具论。

勿受外嫌猜，同姓古所敦。

为了一顿饭而花费如此苦心构思诗篇，足见杜甫的生活处境是何等艰难了。

杜甫困居长安的日子里，所写诗篇每每叹息饥饿之苦，偶尔受到朋友的一次宴请，便感激得不知如何是好。有一次，他患了很重的疟疾，在生死线上徘徊了一百来天，被折腾得面黄肌瘦，头白眼花。大病初愈，他拄着手杖出门散步，来到王倚的家门。王倚见他这般模样，问清缘由之后，十分同情，虽说家境也不富裕，还是买肉买酒，热情地招待了他。杜甫于艰难困苦中受此厚遇，激动得手脚轻旋，病体顿时松快了许多，遂写诗专记此事，语句十分俗白，可以想见这位王倚并非文人者流，是位好心肠的长安百姓而已。[1]生活折磨了杜甫，也玉成了杜甫，使他得以接触下层民众，在思想感情上朝他们靠拢。

这个时期，杜甫还有两个诗人朋友，关系最为密切，一个是早年游齐赵时结识的苏源明，一个是潦倒落魄的广文馆博士郑虔。苏源明来长安后，任国子司业，手头稍宽裕些，作为早年挚友，经常给杜甫一些零钱使用。杜甫以戏语作悲歌，写道："广文到官舍，系马堂阶下。醉则骑马归，颇遭官长骂。才名三十年，坐客寒无毡。赖有苏司业，时时乞酒钱。"（《戏简郑广文虔兼呈苏司业源明》）这首小诗把三人的关系说得很投契。这个郑虔是颇有才气而又很不得志的人，诗书画三者兼擅，被玄宗赞为"郑虔三绝"。曾任协律郎，因私撰国史被人告发而贬官。天宝九载（750）七月，玄宗设置广文馆，让他做博士，是个无权无势的冷官，俸禄很低。或许由于同为沦落

[1] 见《病后过王倚饮赠歌》。

———
026

人，他与杜甫特别友善，偶尔弄到些钱，就召杜甫前来饮酒。杜甫于酒酣耳热之际，不禁为自己、为郑虔的坎坷身世而悲歌，痛斥世道之不平。且看这首《醉时歌》：

> 诸公衮衮登台省，广文先生官独冷。
>
> 甲第纷纷厌粱肉，广文先生饭不足。
>
> 先生有道出羲皇，先生有才过屈宋。
>
> 德尊一代常坎轲，名垂万古知何用！
>
> 杜陵野客人更嗤，被褐短窄鬓如丝。
>
> 日籴太仓五升米，时赴郑老同襟期。
>
> 得钱即相觅，沽酒不复疑。
>
> 忘形到尔汝，痛饮真吾师。
>
> 清夜沉沉动春酌，灯前细雨檐花落。
>
> 但觉高歌有鬼神，焉知饿死填沟壑！
>
> ……

说不要"名垂万古"，不过是牢骚话。假如杜甫真的放弃儒道，遁入空门，或营农商，那倒真能解脱困境。然而儒家的入世思想在其头脑中扎根太深太牢，他可以发牢骚，说气话，却不能改变稷契之志，不能改变报效国家的初衷。

杜甫曾一度把家属安置在长安城南郊的下杜城[1]，名字叫城，其实是农村，草舍土屋，极其简陋，院子里栽了不少树

---

[1] 闻一多《少陵先生年谱会笺》：天宝十三载甲午，自东都移家至长安，居南城之下杜城。此用其说。

木，屋檐间群居着鸟雀。天宝十三载（754）夏天，一位姓李的公子从长安城走出来，找杜甫闲游。杜甫穷得没酒待客，便向隔壁求借。邻居老翁素与杜甫友善，就从墙头递过一坛浊酒，这才算把来客打点了。到了秋天，长安一带淫雨连绵，下了六十多天，杜甫出不了门，干脆把柴门反锁了。院子里长满了蓬蒿，孩子们不懂得乃父的忧愁，乐颠颠地在风雨中跑来跑去。这场雨下得粮价猛涨，今后一家人该怎么活下去？杜甫满脸愁云地望着窗外，台阶下的药草决明映入眼帘，但见这些决明枝繁叶茂，一朵朵金黄色的小花在风雨中盛开着，渐渐地，它们在杜甫的眼中幻化成无数铜子……[1]

初冬时节，杜甫再也无力让他的家属住在下杜城。长安东北二百里是奉先县（今陕西蒲城），县令杨某是杜甫夫人杨氏的宗亲。在征得同意之后，杜甫遂将家属移居奉先，住在杨某的县衙里。杜甫作《桥陵诗三十韵因呈县内诸官》，诗中言道："荒岁儿女瘦，暮途涕泗零。主人念老马，廨署容秋萤。"诗中还对县内诸官进行逐个赞美，目的自然是希望这些人能够容纳他的家属，辞外之音，听来可哀。然而这些美言未能产生多大的作用，第二年杜甫来奉先探望家属，"入门闻号咷，幼子饿已卒"，小儿子竟被活活饿死了。

长安十年的困苦而屈辱的历程，杜甫以其顽强的性格硬是走过来了。虽说他也时时表露归隐的念头，但终未实践。这是一个重要的契机，它使杜甫始终处于理想与现实的矛盾之中，

---

[1] 见《秋雨叹三首》。

从而有可能对社会人生加深认识，为其现实主义诗歌创作准备生活素材和精神武器。

第二节 | 老骥思千里，饥鹰待一呼

这一节谈的是长安十年中，杜甫在仕途进取中遭受的挫折。

天宝六载（747），也就是杜甫来长安的第二年，玄宗下诏，让天下之士通一艺以上者皆到京都就选。杜甫满怀信心地参加了这次考试。从开元二十四年（736）他首次参加考试失利到现在，已有12年，这期间他"读书破万卷，下笔如有神""赋料扬雄敌，诗看子建亲"。诗文水平已有明显提高。"李邕求识面，王翰愿为邻。"（《奉赠韦左丞丈二十二韵》）他已具有较大的社会知名度。来长安后，他又积极与上层人士和社会名流交往，以扩大影响。他与汝阳王李琎交好，成了座上客；还与驸马郑潜曜交游，多次参加宴饮。如果不是李林甫从中作梗，他是可以考中并由此走上仕途的。李林甫此时仍任宰相，自开元二十四年（736）为相以来，他屡兴冤狱，"凡才望功业出己右及为上所厚、势位将逼己者，必百计去之"[1]。李适之、王琚、裴宽、韦坚等人，都被他阴谋搞掉了。他尤忌文学之士，害怕参加考试的人在对策时指斥他的奸恶，便利用职权施展诡计，使考生全部落选。事后，元结在《谕友》一文中揭

[1] 见《资治通鉴》卷214。

露了李林甫操纵考试的始末：

天宝丁亥中（丁亥即天宝六载的干支纪年——引者），诏征天下士有一艺者，皆得诣京师就选。晋公林甫以草野之士猥多，恐泄漏当时之机，议于朝廷曰："举人多卑贱愚聩，不识礼度，恐有俚言，污浊圣听。"于是奏待制者悉令尚书长官考试，御史中丞监之，试如常例。（原注：如吏部试诗、赋、论、策。）已而布衣之士，无有第者。送表贺人主，以为野无遗贤。

这次考试是属于"制举"类的，是皇帝临时决定的考试，不同于例行的"进士""明经"等科举。通常，这种"制举"是由皇帝特别召集一些官员和知名人士举行的考试，而李林甫却把这种特殊的考试按照"常例"处理了，借用他控制的"尚书长官""御史中丞"使全部考生落选。此事对杜甫的打击很大。李林甫死后，杜甫给鲜于仲通的赠诗中回忆此事时说："破胆遭前政，阴谋独秉钧。微生沾忌刻，万事益酸辛。"（《奉赠鲜于京兆二十韵》）几年之后，他对这个"阴谋独秉钧"的奸相操纵这次考试之事，仍然心有余悸，感到"酸辛"。

就这样，杜甫挨了当头一棒，通过考试以求进身的希望破灭了。此后他再也没有参加进士考试，想来与他对这位"前政"的认识不无关系。但他并未放弃从政的追求，做法是开展交际攻势，向居官显要者投赠诗篇，以求他们的援引。首先是投诗给韦济。韦济的父亲韦嗣立在武后时曾任宰相，杜审言与之同朝为官，韦杜两家有通家之好。天宝七载（748），韦济由太原尹转任河南尹，当时的京兆尹、河南尹、太原尹、成都尹等地位很高。韦济素知杜甫的文才，到河南后曾几次打听杜甫的情况，还到偃师首阳山下的土室寻找过他。杜甫得知此情，作《奉寄河南尹丈人》一诗投给韦济，诗中讲述自己的艰难处境，说自己身穿短褐，漂泊江湖，满头白发，如雪似蓬，乾坤之大却无寄身之地，周游万里竟然一事无成。希望对方给予关注和援引。

天宝九载（750），韦济升任尚书左丞[1]，杜甫不失时机地再次写诗祝贺，诗末言道："老骥思千里，饥鹰待一呼。君能微感激，亦足慰榛芜。"[2] 把自己比喻为犹存千里之志的老马，只待一呼便去搏击的饥鹰，渴望韦济予以提拔。韦济在一些场合也确曾为杜甫张扬过诗名，于是杜甫又作《奉赠韦左丞丈二十二韵》，在这首长诗中，向韦济详细陈述自己挺出的才能和远大的政治抱负："自谓颇挺出，立登要路津。致君尧舜上，再使风俗淳。"讲述了自己在长安过的屈辱生活，并对"纨绔不饿死，儒冠多误身"的社会现实作出猛烈的抨击。末尾表示，如不为世所用，便如"白鸥"寄身于江湖，其实这也是急切求仕心情的反映，让韦济尽快向朝廷举荐他。杜甫性格中有急躁的一面，也可以认为这是诗人所具有的天真，总之是把事

[1] 陈铁民从新发现的韦济墓志考知，韦济迁尚书左丞在天宝九载。与《旧唐书·韦济传》所述"七载，又为河南尹，迁尚书左丞"不同。此依陈说。陈文《由新发现的韦济墓志看杜甫天宝中的行止》载《文学遗产》1992年4期。
[2] 见《赠韦左丞丈济》。

情看得过于简单了。从后来的情况看，韦济并没有再为他做过什么。

同年，他还投诗给翰林学士张垍。张垍是已故宰相张说之子，宁亲公主驸马，能诗文。杜甫与他有旧交，遂写诗赞其春风得意，青云高举，并自叹贫老漂泊："无复随高凤，空余泣聚萤。此生任春草，垂老独漂萍。伤忆山阳会，悲歌在一听。"[1]山阳会，指晋代诗人嵇康寓居山阳，与诗人向秀同游交好之事。此处借指杜甫与张垍早年的交游。而张垍此时已是驸马，是高梧上的凤凰，杜甫说自己现已不能再去追随了，只能像晋代的车胤囊萤读书，自泣贫苦。此生勤奋苦读，任凭池塘春草风光诱人，却不料年纪将老一事无成，如同水上浮萍漂泊西东。这么说自是为了唤起对方的同情。最后又请对方珍重二人早年的交往情谊，在困难之际拉自己一把。

天宝十一载（752），他又给谏议大夫郑某投诗，诗中盛称郑氏的诗才："思飘云物外，律中鬼神惊。毫发无遗憾，波澜独老成。"求人帮忙，说些溢美之词也是情理中的事。"将期一诺重，欻使寸心倾。君见途穷哭，宜忧阮步兵。"[2]希望对方一诺千金及时援引，尽快使自己能对朝廷竭尽诚心。又用途穷恸哭的阮籍自比，以引起对方的怜悯。

天宝十二载（753），又投诗给新任京兆尹鲜于仲通。此前，天宝十一载（752）十一月，宰相李林甫病死，杨国忠为相，引鲜于仲通为京兆尹。转年二月，杨国忠指使安禄山诬告

---

[1] 见《赠翰林张四学士垍》。

[2] 见《敬赠郑谏议十韵》。

李林甫曾经谋反，李林甫被开棺剥除金紫，其家族、党羽皆被清洗。杜甫仕途曾遭李林甫阻碍，心实恨之；如今新任京兆尹鲜于仲通又是个轻财尚义、好结宾客的人，杜甫遂萌生希望，投诗以求其援引。不过，也没有取得什么成效。

天宝十三载（754），河西节度使哥舒翰派遣幕中判官田梁丘入朝奏事。杜甫多年投诗求仕没有进展，这时忽然萌生了加入哥舒翰幕府的念头。哥舒翰是突厥族哥舒部人。天宝六载（747），任陇右节度使；十一载（752），加开府仪同三司；十三载（754），加河西节度使，封西平郡王。他虽是武将，却爱读《左传》和《汉书》，又疏财重气，知人善任，所以士多归之。此时，杜甫的好友高适、严武就在他的幕中任职。杜甫投诗给田梁丘，希望田氏能像举荐高适那样，把自己介绍给哥舒翰。又作《投赠哥舒开府翰二十韵》，请田氏回陇右后交给哥舒翰。诗中赞美哥舒翰靖边之功，有"日月低秦树，乾坤绕汉宫"的警句，取象日月乾坤，则战功之大无复更加。诗的末尾说到自己的困境："未为珠履客，已是白头翁。壮节初题柱，生涯独转蓬。几年春草歇，今日暮途穷。"并表示愿到幕中施展才干："防身一长剑，将欲倚崆峒。"崆峒山，在今甘肃平凉市西，当时为哥舒翰辖地，这里以山代指哥舒翰。可惜，时隔不久，哥舒翰便因患风疾回京疗养，入幕之事只好搁置。倘非有此变故，杜甫真有可能参军去了。

在投诗求引的同时，杜甫还直接向玄宗献赋，以求天子赏识。早从武则天执政起，就开始铸铜为瓯（如今之稿件箱），其中一种叫"延恩瓯"，供求仕进者投献赋颂。天宝十载

（751），杜甫投献三大礼赋（《朝献太清宫赋》《朝享太庙赋》《有事于南郊赋》），玄宗看中了他的文才，让他在集贤院等候诏命，命宰相考他的文章。那一天，杜甫来到中书堂应试，由李林甫出题，集贤院的学士们都来监考。这大约是杜甫一生中最为荣光的日子，在以后所作的忆旧诗中常提及此事："忆献三赋蓬莱宫，自怪一日声烜赫。集贤学士如堵墙，观我落笔中书堂。往时文采动人主，此日饥寒趋路旁。"（《莫相疑行》）足见印象之深。然而，这次考试，杜甫只获得一个"参列选序"的资格，他大失所望。这自然又是李林甫捣的鬼。

在此后的两三年内，杜甫又投献《封西岳赋》《雕赋》，在《进雕赋表》中，他说：

> 臣之近代陵夷，公侯之贵磨灭，鼎铭之勋，不复照耀于明时。自先君恕、预以降，奉儒守官，未坠素业矣。亡祖故尚书膳部员外郎先臣审言，修文于中宗之朝，高视于藏书之府。故天下学士到于今而师之。臣幸赖先臣绪业，白心岁所缀诗笔，向四十载矣，约千有余篇。今贾马之徒，得排金门上玉堂者甚众矣。惟臣衣不盖体，尝寄食于人，奔走不暇，只恐转死沟壑，安敢望仕进乎？伏惟明主哀怜之。倘使执先祖之故事，拔泥涂之久辱，则臣之述作，虽不能鼓吹六经，先鸣数子，至于沉郁顿挫，随时敏捷，扬雄、枚皋之徒，庶可企及也。有臣如此，陛下其舍诸？伏惟明主哀怜之，无令役役，便至于衰老也。……

这段话说得很明白，就是希望玄宗重视自己，"拔泥涂之久辱"；又说得很周密，祖先素业不能不继承，个人才干不忍被埋没。提到自己的述作，用"沉郁顿挫"概括之，这是后人对其诗歌主体风格认识之源头。

直到天宝十四载（755）十月，杜甫才被授予河西县尉的官职。县尉的官阶为从九品，主管一县治安，杜甫没有接受。又改授右卫率府兵曹参军[1]，管理东宫宿卫、仪仗，公事不多，杜甫为生活所迫，只好就任。一个心怀稷契之志的人，苦苦挣扎了十年之久，方才得到这样一个小官职，未免令人啼笑皆非。杜甫写了一首《官定后戏赠》，以诙谐的口吻自我解嘲。诗云：

> 不作河西尉，凄凉为折腰。
>
> 老夫怕趋走，率府且逍遥。
>
> 耽酒须微禄，狂歌托圣朝。
>
> 故山归兴尽，回首向风飙。

杜甫在无奈之际，往往以戏语作诗自嘲，他具有这种能诙谐的性格特点，赖以求得内心的平衡。

杜甫为进入仕途，作了诸多的努力：参加制举考试，投诗求人援引，向皇帝献赋，等等。他如此热衷于仕进，并非营构

---

[1]《旧唐书》本传称"授京兆府兵曹参军"，《新唐书》本传称"右卫率府胄曹参军"。杜甫在《官定后戏赠》题下注曰："时免河西尉，为右卫率府兵曹。"应依作者。

个人私利，乃为了实现"致君尧舜上，再使风俗淳"这一远大的政治理想。在这个宏伟目标面前，他忍受了饥寒的折磨，也忍受了干谒的屈辱，坚信自己的才干，等待施展的机会。

第三节 | 穷年忧黎元，叹息肠内热

　　杜甫出生于奉儒守官的家庭，作为一个官宦子弟，何以成为为人民而歌哭的现实主义诗人？原因是多方面的，除了时代、社会以及个人思想、性格诸种原因之外，还由于他经历了一条艰难困苦的生活道路，这条道路自困居长安起步。来长安之前，在漫游的岁月里，他并非没有看见过饥民，只不过"裘马颇轻狂"的他视而不见罢了。检视他年轻时的作品，只有一首诗多少表现了一点对灾情的关心，就是那首题为《临邑舍弟书至，苦雨，黄河泛溢，堤防之患，簿领所忧，因寄此诗，用宽其意》的诗。开元二十九年（741）秋，黄河泛滥，河南河北24郡遭受水害，杜甫之弟杜颖此时任临邑县（今属山东）主簿，负责治理洪水，写信向杜甫陈述灾情。杜甫写了这首诗以宽其意。诗中铺写灾情，有"白屋留孤树，青天失万艘"这样的句子，白屋即茅草房，普通农民所居，"留孤树"者，是说白屋被洪水淹没。杜甫当时未到灾区，所写景象当是来自杜颖信中所述。十几年的漫游生活，所记灾情仅此而已。

　　当他进入长安，生活陷入困境，特别是当他站在饥民队中购买贱价粮食，当他尝到挨饿的滋味，当他孤立无援、大病初愈受到普通百姓亲情款待之后，他便把目光逐渐移到贫苦人民的身上，他被自己的良知所驱使，被自己所信奉的儒家民本思

想、仁政思想所引导，开始关注社会上这不幸的群体，并很快把同情与爱给了他们，用诗笔表现人民群众在天灾、人祸的逼迫下所过的悲惨生活。

天宝年间，玄宗穷兵黩武，经常发动对邻小国家的侵略战争，人民群众深受其害。天宝十载（751）四月，鲜于仲通奉命讨伐南诏，率兵8万，至西洱河交战，遭到惨败，士兵死了6万。于是征召长安、洛阳及河南河北的男丁，再伐南诏。人们得知云南多瘴疠，不肯应征。杨国忠派遣御史，分道捕人，连枷送到军营。部队开拔时，行者愁怨，父母妻子相送，哭声震野。[1]杜甫目击送别的惨状，联想近年来人民群众在战争魔爪下所过的屈辱生活，满腔悲愤地创作了《兵车行》：

车辚辚，马萧萧，行人弓箭各在腰。

耶娘妻子走相送，尘埃不见咸阳桥。

牵衣顿足拦道哭，哭声直上干云霄。

道旁过者问行人，行人但云点行频。

或从十五北防河，便至四十西营田。

去时里正与裹头，归来头白还戍边。

边庭流血成海水，武皇开边意未已。

君不闻汉家山东二百州，千村万落生荆杞。

纵有健妇把锄犁，禾生陇亩无东西。

况复秦兵耐苦战，被驱不异犬与鸡。

---

[1] 见《资治通鉴》卷216。

长者虽有问，役夫敢伸恨？

且如今年冬，未休关西卒。

县官急索租，租税从何出？

信知生男恶，反是生女好。

生女犹得嫁比邻，生男埋没随百草。

君不见青海头，古来白骨无人收。

新鬼烦冤旧鬼哭，天阴雨湿声啾啾。

昏天黑地的尘土，震天动地的哭声，把悲惨的送行场面渲染至极。这首诗的深刻之处，还在于作者没有把笔墨局限在一时一事的描写上，而是通过征夫之口，把此次征丁放在连年征战的大背景下，从而在最大程度上表现了人民群众所受的兵役之苦。作者的立脚点鲜明地处在人民一边，这标志着杜甫在现实主义的诗歌创作上迈开了坚实的第一步，这首诗可以看作是他的一座里程碑。

《前出塞九首》这组诗，是写天宝年间哥舒翰征战吐蕃之事。全诗自始至终以一个征夫的自述口吻来写，自然而又深刻。这个征夫怀着悲痛的心情辞别了故乡，被迫开赴交河去参加开边战争。官家限定了到达前线的日期，如果逃亡就会遭到祸殃。征夫只好弃绝父母的养育之恩，忍泣吞声地扛着武器向前跋涉，路过陇山的时候，蘸着呜咽的陇头水磨战刀，发现水色变红才知道手指被割破。这个细节深刻地表现了征夫由于思念家中亲人而神不守舍，处于一种麻木的精神状态中。往前走，途中遇到一个熟人，他就请熟人往家中捎封信，向家中亲人作永别，感叹再不能相聚一处同受苦辛。一路上，不断遭受押队长官的呵斥，深感人的尊严被蛮横践踏。到了三军营地，发现军中将士之间苦乐异常悬殊。士兵们冒着大雪修筑城堡，沿着危险的山路抱运石头，冻掉的手指落在厚厚的冰凌间，头上的暮云悠悠南去，只能眼巴巴地望着，却不能攀上它飞回故园。……杜甫在这组连章体诗中[1]，把自己品格的某些方面赋予士兵，创造出一个有头脑、有觉悟、感情丰富、性格倔强的士兵形象，鲜明生动，呼之可出；又善于描写细节，充分发挥自己写实的艺术腕力，于字里行间倾注对人物的同情，可以说是一组代兵立言的佳作。

以上是反映人祸给百姓带来的苦难。人祸之外，便是天灾。天宝十三载（754）秋季，长安一带霖雨六十余天，秋作物灾情严重，长安米价暴涨。玄宗派宰相杨国忠视察灾情。杨国忠是李林甫的继任，靠着杨玉环的关系爬上了相位，其卑鄙伎俩不亚于他的前任。古人常把天灾与宰相失职连在一起，杨国忠自感心虚，害怕动摇相位，故意隐瞒灾情，他从郊区高冈子地里拔来一束生长正常的作物，欺骗玄宗说："雨水虽多，但不害庄稼。"昏聩的玄宗信以为真。扶风太守房琯上书报告当地灾情，被杨国忠扣压，并派御史查办房琯。从此，天下无敢言灾者。[2]

杜甫却不怕奸相的淫威，他在多首诗中真实地反映了灾情

[1] 浦起龙《读杜心解》评曰："汉魏以来诗，一题数首，无甚诠次。少陵出而章法一线，如此九首，可作一大篇转韵诗读。"
[2] 见《资治通鉴》卷217。

和民生的痛苦。《秋雨叹三首》就是在这个时期写的,"其二"写道:

> 阑风伏雨秋纷纷,四海八荒同一云。
>
> 去马来牛不复辨,浊泾清渭何当分?
>
> 禾头生耳黍穗黑,农夫田父无消息。
>
> 城中斗米换衾裯,相许宁论两相值?

杜甫尝过挨饿的滋味,深知灾区农民此时的苦况。这年重阳节,也是在霖雨中度过的。古时的重阳节,习俗有登高、饮酒、赏菊之举。秋雨不止,则诸举难行。杜甫给好友岑参寄诗,在慨叹"采采黄金花,何由满衣袖"的同时,仍不忘为灾民叫苦:"吁嗟乎苍生,稼穑不可救!"(《九日寄岑参》)天宝十四载(755)冬,在所作《自京赴奉先县咏怀五百字》中,用"路有冻死骨"的警竦之语,概括苦难的民生。"默思失业徒,因念远戍卒",他由个人的不幸而想到破产的农民、远戍的士兵,道出"穷年忧黎元,叹息肠内热"的稷契心声。这是杜甫的过人之处,伟大之处,是他卓立于千古诗坛、他人莫可企及的主要原因。其后,这种忧怀民生的情思便成为他诗歌创作的主调,直到生命的最后一息。

第四节 | 疑是崆峒来，恐触天柱折

艰难的生活不仅使杜甫由己及人地认识了普通百姓的苦难岁月，而且使他更多地审视了权贵们的饭桌；仕途的难入又使他对统治集团产生了怨忿，开始注目于他们的种种丑恶行径，并以辛辣而深刻的诗句进行批判。

如果说，像"诸公衮衮登台省，广文先生官独冷。甲第纷纷厌梁肉，广文先生饭不足"（《醉时歌》）、"才名三十年，坐客寒无毡"（《戏简郑广文虔兼呈苏司业源明》）、"如今岂无骐骥与骅骝？时无王良伯乐死即休"（《天育骠图歌》）这些愤懑不平的诗句，还属于泛泛批判统治集团的话，那么下面的作品便是指名道姓地挞伐了。先看《丽人行》：

三月三日天气新，长安水边多丽人。

态浓意远淑且真，肌理细腻骨肉匀。

绣罗衣裳照暮春，蹙金孔雀银麒麟。

头上何所有？翠微㔉叶垂鬓唇。

背后何所见？珠压腰衱稳称身。

就中云幕椒房亲，赐名大国虢与秦。

紫驼之峰出翠釜，水精之盘行素鳞。

犀箸厌饫久未下，鸾刀缕切空纷纶。

黄门飞鞚不动尘，御厨络绎送八珍。

萧鼓哀吟感鬼神，宾从杂遝实要津。

后来鞍马何逡巡，当轩下马入锦茵。

杨花雪落覆白蘋，青鸟飞去衔红巾。

炙手可热势绝伦，慎莫近前丞相嗔！

　　诗写"丽人"，"丽人"指谁？诗中的"椒房亲""虢与秦"明白指出写的是杨贵妃的姐姐。《旧唐书·杨贵妃传》载：贵妃有姐三人，皆有才貌，并封为国夫人。大姐封韩国，三姐封虢国，八姐封秦国，并承恩泽，出入宫掖，势倾天下。可知，诗中所写的丽人是玄宗的大姨子们。所谓"并承恩泽，出入宫掖"乃史家之笔，点到为止，余者凭人去想象好了。杜甫确实不简单，他敢以当朝皇帝的亲眷作为讽刺的对象，已远远超越诗人们常用的"借古讽今"的老套数。至于讽刺的手法，亦颇新颖、辛辣。

　　从作品字面来看，是按照由里到外的次序来写：先写她们细腻的肌理、匀称的骨肉，然后写她们鲜艳华丽的穿着，再写她们宴餐情况，最后写她们与杨国忠鬼混之事。从作品的精神来看，则是遵循由外到内的次序进行揭露和批判。即字面上的每一层向外扩展，都是对人物灵魂的深一层的揭露。第一层写细腻的肌理、匀称的骨肉，读者尚有好感；第二层写衣装华贵，读者始生疑虑；第三层写宴餐极端奢侈，读者便觉其心地不善；第四层写鬼混之事，读者更觉其灵魂肮脏。至此，则"金玉其外而败絮其中"的讽刺便大功告成了。

"杨花雪落覆白蘋"一句尤为巧妙，通过字面上暮春景物的描写，把杨国忠与其妹虢国夫人通奸的丑行表现得既含蓄又生动。《埤雅》云："杨花入水化为浮萍。"《尔雅翼》云："萍之大者曰蘋。"据此，可知杨花、白蘋实为一体，用以喻指杨国忠、虢国夫人的同族关系甚为贴切；而"杨花"覆在"白蘋"上，一个"覆"字，引人想象，实在绝妙。杜甫在批判坏人时真不手软，一副老辣的作风着实可爱。也许杜甫担心读者不解"杨花雪落覆白蘋"的寓意，故于最后一句言道："慎莫近前丞相嗔！"以戏语警告游人：千万别靠近那座帐篷，那里面丞相大人与虢国夫人正在亲昵呢，要是干扰了他们，那就危险了！

诗中还有一笔不可轻易放过，当写到国夫人们因肚子里油水太多，对眼前的"紫驼峰"肉和"素鳞"美味吃不下时，便有"黄门"太监回宫报信，接着就是"御厨络绎送八珍"，御厨是天子厨师，若无天子命令，他们是不得擅自行动的，所以，这句无疑是说，玄宗纵容国夫人挥霍。显然，作者把批判的矛头也指向了皇帝。

在另外一首题为《虢国夫人》诗中写道："虢国夫人承主恩，平明上马入金门。却嫌脂粉涴颜色，淡扫蛾眉朝至尊。"这是专门给虢国夫人画像的。虢国夫人嫁给裴氏，她是个有夫之妇，却又同时在仰承"主恩"，唯其如此，便可以在天刚亮时骑马入宫。天这么早就进宫，借问有何公干？没有公干，不过是向玄宗卖弄天生的美色而已。短短四句，把虢国夫人的狐媚伎俩、玄宗皇帝的昏庸好色写得入木三分。

晚年的玄宗专以声色自娱，已成为包括杜甫在内的朝野有识之士共同忧虑的问题。在他的众多丑行当中，把儿媳夺过来做老婆这种事，算是登峰造极了。开元二十五年（737）十二月，玄宗所宠爱的武惠妃病故，玄宗痛惜不堪，后宫三千，竟无一个如意的人，气无从出，每天鞭打太监而已。后来有人奏道：杨玉环有绝世之姿。杨玉环于开元二十二年（734）就做了寿王李瑁（生母即武惠妃）的妃子，这情况玄宗当然知道，但他还是于开元二十八年（740）十月，让高力士把杨玉环从寿王府中领出来，先度为女道士，号太真，住在太真宫内，五年之后，天宝四载（745）七月，给寿王补了一名妃子，八月，终于将杨玉环册封为贵妃。此时，玄宗已有62岁，杨玉环年仅27岁。

老夫少妻已不相称，而玄宗仍未满足，当得知玉环诸姐皆国色天香，便召入宫中，予以非常之恩宠。玉环的三个姐姐当中，虢国夫人最为风骚，早年在蜀地时，就与族兄杨国忠通奸，到京都以后，除继续与杨国忠通好，又与玄宗相交。一时间，朝野纷纷，舆论哗然。大唐气数趋败，以此为端倪。其后，安史叛军能一鼓攻陷两京，与民心失望于天子，不无关系。

玄宗晚年除生活腐化，还好大喜功，频动开边战争，给国内人民和邻小国家造成巨大灾难。对此，杜甫亦能给予尖锐的批判。在《前出塞》组诗中，他借士兵之口，愤怒言道："君已富土境，开边一何多。"在《兵车行》诗中表达了同样的思想："边庭流血成海水，武皇开边意未已。"这些诗句的深刻之处，就在于把开边战争的祸首如实地揭示出来，既不归咎于臣，又不含糊其词，这说明杜甫的反战思想是何等坚定，何等鲜明！

《兵车行》是以征伐南诏为背景写成的，对于这次不义之战，别的诗人是什么态度？天宝十一载（752）年底，李宓出征南诏前夕，朝廷命群臣赋诗送行，储光羲作《同诸公送李云南伐蛮》，为不义战争吹擂鼓噪，宣扬杀伐之功，与杜甫的反战思想以及"杀人亦有限，立国自有疆"的观点完全相反。天宝十二载（753）四月，李宓得胜还京，朝廷再度命群臣赋诗祝捷，高适作《李云南征蛮诗》，把非正义的战果说得异常庄重。对同样一场战争，出现两种截然相反的态度，这或者是由于思想认识上的差距造成的，或者是由于有无批判现实的胆量造成的，而无论什么原因，都显示出杜甫的伟大。

杜甫对现实的批判深度，集中体现在他所作的《自京赴奉先县咏怀五百字》诗中。这首长篇五古，是杜甫困居长安十年的生活和思想总结，十年间的苦难生活，磨亮了杜甫一双透视社会现实的眼睛，玉成了杜甫一副批判社会现实的头脑。

天宝十四载（755）十一月，也就是他取得右卫率府兵曹参军一职不久，他带着刚刚发下的微薄的俸禄，去奉先县探看家属，客居在那里的妻儿们实在太让人担心了。那是一个寒冷的半夜，他冒着凛冽的风霜出发了。一路上，爬山路，越险桥，辛苦备尝。虽说此行没有多少东西赠给妻儿，然而能与他们同受饥寒也是值得快慰的。他抱着"庶往共饥渴"的这点可怜的心愿来到奉先城，岂知刚一进门就听到号啕大哭，原来他的幼子已被活活饿死。仿佛迎头一盆凉水，浇得他寒透骨髓。他震惊了，惊呆了，由此而深刻检省自己，环顾人生，写成了这首著名诗篇。

全诗分为三个部分。第一部分是自述平生之志，并揭示理想与现实的巨大矛盾。杜甫以"稷契"作为立身标准，稷和契是辅佐虞舜的两个贤臣，他们爱民如子，政绩显著。然而，这种高尚的志向却遭到了现今世俗之辈的嘲笑，遭到了当权者的冷漠，被长期置于衣食不保的境况之中。相反，那些经营私利的"蝼蚁辈"们却食饱衣暖，飞黄腾达。杜甫说，从这些家伙身上可悟出谋生的道理——要想吃好穿好，就得与庸俗的官场同流合污，置黎民生死于不顾；但自己又不肯与这些小人为伍，虽长期贫困而仍坚守此志："盖棺事则已，此志常觊豁。"只要还有一口气，就仍想实现济世安民的理想。儒家主张"用之则行，舍之则藏"。朝廷既然不用，为何不退居江湖呢？杜甫说："生逢尧舜君，不忍便永诀。"他把玄宗称为"尧舜君"，是基于对早年的那位曾一手开创开元盛世的开明天子的认识来说的，杜甫以为通过贤臣的辅佐，玄宗还是可以回到励精图治的原轨上去的。虽说后来的事实证明这是不切实际的幻想，但不能抹杀它本身所具有的积极意义。

诗的第二部分是记述途经骊山时的观感，对玄宗君臣的腐化生活进行深刻的批判。骊山在长安东北60里，山上有玄宗的行宫。每年十月，玄宗和杨贵妃都去那里过冬避寒。杜甫半夜时从长安出发，行至骊山脚下，天已黎明。这时，他听到从骊山行宫里传来震天动地的音乐声，想到君臣们正在通宵达旦地作乐，于是便依据平素所闻，用大量的篇幅描写他们的享乐生活：

赐浴皆长缨，与宴非短褐。

……

况闻内金盘，尽在卫霍室。

中堂舞神仙，烟雾蒙玉质。

暖客貂鼠裘，悲管逐清瑟。

劝客驼蹄羹，霜橙压香橘。

骊山上有温泉池，是专为皇帝和妃子而设的。但皇帝高兴时，也赐浴给宠臣，再赐予华美的宴餐。给他们端上"驼蹄羹"之类的美味佳肴，吃完酒宴又上名贵水果，打油腻，助消化。中堂之上，有神仙般的宫女献舞，有激昂的管乐和清细的弦乐交响助兴。然而，权贵们用以享乐的财物是从哪里来的呢？杜甫一针见血地指出："彤庭所分帛，本自寒女出。鞭挞其夫家，聚敛贡城阙。"四句诗揭示了统治者靠掠夺民财以膏腴自身的社会本质，具有深刻的思想意义。上述对君臣享乐生活的描绘，可补史书之缺，具有珍贵的历史价值。作者还将自己在寒雾弥漫的险路上艰难行进，与皇帝在温泉暖气中高枕无忧两相对比；把"长缨"与"短褐"的不同境遇进行对比，表现出可贵的众生平等意识。

第三部分叙述路过泾渭时的艰难步履和到家后的见闻感受。过河情况这样写道：

北辕就泾渭，官渡又改辙。

群冰从西下，极目高崒兀。

疑是崆峒来，恐触天柱折。

河梁幸未坼，枝撑声窸窣。

行旅相攀援，川广不可越。

　　以上十句，笔墨集中在过河这件事上，写得曲曲折折，感慨淋漓。先是渡口移动，不得不改道；到了新渡口，又无船可渡，从上游漂下来的巨大冰块，汹涌而至；幸而有座桥，却又摇摇晃晃，走在上面，心惊胆战。以上情节实为杜甫十年长安艰难生活的缩影。作者使用以小见大、寓情于事的艺术手法，展示出久历的坎坷和积郁的心境，可谓象中有象，弦外有音。

　　君臣如此腐化，黎民在他们的压榨下痛苦不堪，而"民惟邦本"[1]，本动则国摇。国命危机之感遂成为笼罩杜甫心中的阴云。这首《自京赴奉先县咏怀五百字》诗中的景物描写——"岁暮百草零，疾风高冈裂。天衢阴峥嵘"便是杜甫对国家时局的感悟。他描写河面的景象——"群冰从西下，极目高崒兀。疑是崆峒来，恐触天柱折"，写上游的河面上群冰高叠，顺流而下，好像是崆峒山顺水漂来，令人担心会把天柱撞折。写此危险景象，是忧国家之将覆[2]，是在表现他对时局动乱的预感。事实上，就在杜甫写作此诗的时候，安禄山已经在范阳（郡名。辖今北京市大部、天津市海河以北和保定地区小部。）起兵了，只是消息尚未传到京都罢了。杜甫作为伟大的现实主义诗人，其透视现实的目光是深邃的，锐利的，远远高于其他诗

[1]《尚书·五子之歌》："民惟邦本，本固邦宁。"
[2] 王嗣奭《杜臆》评点四句曰："隐语，忧国家将覆。"

人之上。他由当时君臣醉生梦死、奸臣肆行无忌的混乱政局，预料动乱将要发生，而这种预感早在几年前就有了。天宝十一载（752）秋天，杜甫与高适、岑参、储光羲、薛据同登长安慈恩寺塔（今西安大雁塔），各有诗作（薛据诗失传），别人只是咏叹塔势高耸，抒发挂冠浮海的应景之情。杜甫则云："自非旷士怀，登兹翻百忧。"所忧何事？虽未直言，但从他写的景物中可以清楚地悟出来："秦山忽破碎，泾渭不可求。俯视但一气，焉能辨皇州？"（《同诸公登慈恩寺塔》）秦山破碎，泾渭难分，暮霭沉沉，京城莫辨。这种景物是杜甫心中对时局感受的物化，表现了他对时局的忧虑。天宝十三载（754）秋，雨水成灾，洪涛奔泻，杜甫产生了终南山被冲走的忧虑："维南有崇山，恐与川浸溜。"（《九日寄岑参》）这也不是在一般地夸张洪水的力量，而是忧虑国家的命运。

总之，长安十年的困居生活，杜甫已变成了忧国忧民的诗人。忧民生之凋残，忧国家之将覆。这重重叠叠的忧思如何比拟？杜甫在《自京赴奉先县咏怀五百字》结尾时说："忧端齐终南，澒洞不可掇。"忧思与高耸入云的终南山齐巅，像汹涌无边的大海无法收敛了。

第三章

乾坤含疮痍，
忧虞何时毕

天宝十四载（755）十一月，杜甫在奉先与家人团聚的日子里，安禄山已在范阳起兵造反，一路上攻无不克，仅用33天就攻陷了洛阳。建立国都，国号大燕。其能如此迅猛，与朝廷无所防备直接相关。

这里需要介绍一下安禄山。安禄山，营州柳城（今辽宁朝阳）胡人，本姓康，幼小丧父，随母嫁突厥人安延偃，改姓安。长大后通晓六蕃语言，为幽州节度使张守珪所重，收为养子，选为捉生将。后以战功升任平卢节度使，兼柳城太守。天宝三载（744），又兼范阳节度使、河北采访使，深受玄宗宠爱。其后，请求杨贵妃做他的干妈，玄宗欣然应允，并让杨钊（贵妃兄）和三位国夫人与安禄山结为兄弟。自此，安禄山恃宠生骄，遂萌反意。玄宗晚年沉湎声色，朝纲日趋紊乱，安禄山的野心愈加强烈，他在范阳城北修筑战垒，积极储备粮食和军械物资，又收养八千胡兵做干儿子。李林甫为相的时候，安禄山怕他，没敢动手；李林甫死后，杨国忠为相，安禄山看不起他，二人矛盾很深。杨国忠曾向玄宗提及安禄山有反意，但玄宗不听。后来，玄宗干脆把说安禄山要造反的人捆起来，交给安禄山处置。自此，人们再不敢言。这也是安禄山虽已起兵，而京都却不闻消息的原因。天宝十四载（755）十一月，安禄山和他的同乡史思明见时机已成熟，于是假称奉玄宗密旨讨伐杨国忠，发动15万兵马，从范阳南下。一场空前的浩劫就这样开始了。

消息传到了奉先县，杜甫感到震惊，虽说他对国家动乱曾有预料，却不愿看到这种事实。他创作了《后出塞五首》，通过一个从范阳叛军中逃回来的士卒的自述，揭露安禄山的反唐真相，并揭示酿成灾难的原因在于天子的好大喜功，养虎贻患。组诗"其三"说："古人重守边，今人重高勋。岂知英雄主，出师亘长云。""重守边"，就是以防御为重，打击来犯之敌；"重高勋"，则是挑衅于边疆，发动开边之战以取得功勋。这是古今边将的不同之处。岂知当今皇上又是一位喜好战功的"英雄主"，于是君臣"遇合"了，派出开边打仗的军队有如连绵不断的长云。这是揭示安史之乱的主要原因，在于边将骄宠。"其四"说："主将位益崇，气骄凌上都。边人不敢议，议者死路衢。"主将，即安禄山，造反前他已被封公封王，地位很高，于是气凌国都，反意已露。而天子仍蒙在鼓里，竟把反映安禄山情况的人交由安禄山处死。这就是"边人"二句所凭藉之史实。由此看出，《后出塞五首》是杜甫对这场战乱的发生所作的深层思考，他得出的结论是完全正确的。

天宝十五载（756）二月，杜甫由奉先县回到长安，继续在率府供职。入夏，叛军逼近潼关，杜甫担心在奉先县寓居的家属会遭到不测，就返回奉先，带着家属向北逃难到了白水。白水县尉崔氏是杜甫的舅父，把杜甫一家安置在高斋住下来。杜甫在山冈上散步，向南遥望，高耸的华山依稀可见。想到华山附近的潼关，哥舒翰将军正在那里守关拒敌，便似乎看见了那里的山林间涨满了战争气氛，水光中杂着兵器的光芒，希望守将能枕戈披甲、闭关防御，等到力量足够时再与叛军决战。[1] 但事与愿违，由于玄宗在杨国忠的唆使下急于求成，逼迫哥舒翰开关迎敌。哥舒翰无奈，只好硬着头皮与叛军决战，结果全军覆没。哥舒翰被俘，潼关陷落。叛军长驱直入，逼近长安，白水县受到威胁，杜甫携带家属继续北逃。当时逃难的人很多，杜甫的表侄王砅一家也随同一起北逃。上路之初，杜甫骑着牲口，不料途中给人抢走了，只好步行，渐渐落在后边，一不小心掉进蓬蒿坑里，再也无力爬上来。王砅走着走着，回头一看，杜甫不见了，就拨转马头，逆着人流呼叫寻找，走回十里路才找到他，遂把自己的马让杜甫骑，左手牵着缰绳，右手拿着刀，护送他追上前面的家人。若非王砅热心救助，老杜此番怕是难得活命了。14 年后，杜甫流落潭州（今湖南长沙），见到了王砅，回忆这段往事，作《送重表侄王砅评事使南海》，对王砅的救命之恩感念不已。

杜甫与家人会合以后，继续北行，深夜里经过白水县东北 60 里的彭衙故城（今陕西彭衙堡），但见凄凉的月色照着山岭，布谷鸟高一声低一声地叫着，却不见有返回家园的人。杜甫怀中抱着小女儿，她饿得直哭。杜甫担心哭声会招来虎狼，就捂住她的嘴；小女儿不懂大人的忧虑，挣扎着，哭声反而更大了，真叫杜甫左右为难。小儿们年龄稍大些，懂得父亲的难

---

[1] 以上所述见《白水崔少府十九翁高斋三十韵》。

处，就摘些路边的苦李子来充饥，嘴里还说李子不苦，当爹的听了心里更为难过。一旬之中多半是雷雨天气，一家人相互拉着拽着在泥泞里挣扎，既没有遮雨的器具，道路又滑，衣服也不能御寒。有时遇到特别难走的路段，走了一天也不过几里。没有干粮，就用野果当饭；没有人家投宿，就睡在低矮的灌木丛中。一早起来就踩着石头蹚着水赶路，傍晚就住在烟雾弥漫的山野间。路过同家洼时，遇到了老朋友孙宰。这个人很讲义气，见杜甫一家人如此狼狈，十分同情，就把他们带进家中，又是烧洗脚水，又是剪纸招魂，还连夜做饭招待他们。杜甫于艰难之际受此款待，感动得不知如何是好。[1]

在同家洼小住了几日，杜甫带着家属继续北行，他是想把家属安置在叛军走不到的地方。老天似乎专门跟人过不去，经过三川县（今陕西富县南）时，又遇到了连日的雷雨。三川县到处是荒僻的山谷，见不到一块平坦的土地。杜甫一家在山谷里走了好几天，盛夏的火云不时涌现，闪电在眼前飞窜。暴雨成灾，山洪泛滥，昏黄的水汽弥漫山谷，众水汇合奔腾回旋。山谷里的水位不断升高，麋鹿被赶到高坡上聚集在一起。放眼望去，干枯的木头和被拔起的树木一同在水中翻滚，巨大的石块堆在一起堵住了水口，洪水被憋得发出鬼哭神号般的叫声。水势的变化使杜甫产生了隔世之感。他想，这山洪将奔赴黄河，用不了两夜就会流到潼关，沿途会把几个州一同淹没的。想到这里，他的耳边依稀传来千家万户的哭嚎声。眼下，

[1] 以上所述见《彭衙行》。

云雷仍在屯聚不止，风涛继续怒吼着，杜甫一家人侧着脚走在光滑的石壁上，随时都有跌下深谷的危险，人间之大却无容身之处。前面的路被洪水隔断了，举目四望，没有桥梁可越，只好停下来等候大水退落。山林间困居着一群群被洪水赶上来的难民，杜甫想到他们会难以逃脱葬身鱼腹的厄运，心中悲痛不已，不禁仰面祈祷苍天，希望降下众多的鸿鹄，让人们骑上以躲过灾祸。[1]

自身遭难，尚忧同类之难；自家难保，犹为黎民祈祷。这就是杜甫的过人之处，也是他贯以终生的为人信条。此前，在回奉先探视家属时，他就由小儿被饿死而想到天下的苦难民众——"默思失业徒，因念远戍卒"。此后，在流落成都的岁月里，他仍由自家茅屋破漏而念及"天下寒士"。同情弱小，是人类的伟大情感，却又非人人皆能具有；世人都渴望获得同情，却又不懂得同情他人。我们因此而歌颂杜甫，歌颂他那伟大的仁爱之心！

且说杜甫一家被洪水困在山林间，待水势稍落，便继续北行，到达鄜州（今陕西富县）。城内无亲可投，又不太安全，杜甫便将家属安置在城西北二十余里的羌村。羌村坐落在山沟里，这里山高林密，交通闭塞，人情古朴，适于安身。杜甫租了几间茅屋，又用随身携带的诗书把墙壁糊了糊，弄得像个居室的样子。这些诗书是杜甫所珍惜的，他在九死一生的逃难途中也没有遗弃它。可是，当他想到如今天下大乱，"奴仆且旌

---

[1] 见《三川观水涨二十韵》。

旄"，像安禄山、史思明这些家伙本来是奴仆之类，居然也举旗反叛了，诗书还有何用？于是怀着痛愤的心情把书籍化整为零，糊了墙壁。安顿了家小，杜甫稍事喘息，回顾自白水县北逃以来的艰辛历程，作《避地》一诗书写感慨。诗云：

避地岁时晚，窜身筋骨劳。

诗书遂墙壁，奴仆且旌旄。

行在仅闻信，此生随所遭。

神尧旧天下，会见出腥臊。

避地，是说为躲避灾难而迁居异地。杜甫身在异地他乡，却没有忘记打听时局的变化。他从传言中得知肃宗于灵武（今属宁夏）即位，感到庆幸，坚信由高祖开创的大唐天下，定会光复于胡兵的腥臊尘埃之中。

第二节 | 感时花溅泪，恨别鸟惊心

就在杜甫举家北逃之际，叛军逼近了长安。玄宗自料京都难保，便于六月十二日凌晨，从延秋门弃城西逃奔蜀。行至马嵬驿，护驾的龙武大将军陈玄礼举行兵谏，要求杀了杨国忠和他的儿子，以及韩国夫人、秦国夫人等，并请玄宗诛杀杨贵妃。玄宗无奈，只得让高力士将贵妃引入佛堂缢死。铲除了诸杨，将士高呼万岁，继续护送玄宗入蜀。为了主持抗敌，玄宗把太子李亨留下。七月十三日，李亨在灵武（今属宁夏）即位，这就是唐肃宗，年号改天宝为至德。

肃宗即位的确切消息传到羌村，杜甫坐不住了。这倒不是因为他是东宫的属官，在此国难当头、朝廷用人之际，杜甫实不忍心闲居自安。于是告别了羌村的家属，走向大西北，投奔肃宗的行在灵武。行至途中，不料被叛军俘获，押回长安。此时的长安已经沦陷，满目疮痍，惨不忍睹。安禄山攻陷长安后，把未及逃走的朝廷大员和知名人士都解赴洛阳，逼受伪职，如王维、郑虔等都未能幸免。杜甫沾了官职小的光，被留在长安，也没有受到严格的俘虏待遇，尚有在城内行走的自由。这使他有可能目睹胡兵践踏下的长安惨象，写出一批反映国难的现实主义诗篇。

从《月夜》这首诗来看，杜甫被拘禁长安的时间是在至德

元年（756）八月初。诗中写中秋节的夜晚望月思亲的情事，十分感人：

今夜鄜州月，闺中只独看。

遥怜小儿女，未解忆长安。

香雾云鬟湿，清辉玉臂寒。

何时倚虚幌，双照泪痕干？

有人说，杜甫明是自己思念妻子，却从妻子如何思念自己方面下笔，手法高妙。我以为与其说是手法高妙，不如说是杜甫精神高尚，因为他一向是为别人着想的多。在那个战乱的年月，在那个荒僻的小山村，妻子携儿带女，日子多么艰难！中秋之夜，她不能成寐，望月思夫，当属必然。善于体谅人情的杜甫，此时体谅妻子的苦衷，也是自然之事，用不着去从艺术角度构思经营。过于从艺术手法上着眼读杜诗，只怕会减弱对杜甫思想精神的认识。又有人说，"香雾""玉臂"，用字"倩丽"，可能是"后世的风流文士所窜改的"，应为"薄雾侵鬟湿，清辉入臂寒"。[1] 这么看老杜，是把他绝对理性化了，忘记了"人是感情动物"这一基本常识。人皆有七情六欲，杜甫也是血肉之躯，他对自己的妻子用了些"倩丽"之语以表达思念之情，满足情欲心理要求，有何不可？[2]

---

[1] 见傅庚生《杜诗析疑》。

[2]《孟子·告子上》："食色，性也。"早期儒家并不否定人从感官欲望和自然生理本能的满足中获得快乐。

杜甫在长安时经常到街上走走,有一次,遇到一个玄宗逃跑时被遗弃的王孙。此人在街旁的一角哭泣,问他姓名,也不肯说,只说生活困苦,乞求当个奴仆。为了免遭叛军杀戮,他已在荆棘丛中躲藏了上百天,身上没有一块完整的皮肤。这个王孙是个无辜的受害者,杜甫对他十分同情,作《哀王孙》以记其事。此诗可与史料互补。王孙的处境印证了两点史实:一、安史叛军极端凶残。史载,长安沦陷后,安禄山部将孙孝哲杀害霍国长公主、王妃及驸马等八十四人,又害皇孙及郡、县主二十余人,皆挖心碎首,血流满街。[1]二、玄宗仓皇出逃,弃骨肉于虎口之下。史载:"(甲午)上移仗北内。既夕,命龙武大将军陈玄礼整比六军,厚赐钱帛,选闲厩马九百余匹,外人皆莫之知。乙未,黎明,上独与贵妃姊妹、皇子、妃、主、皇孙、杨国忠、韦见素、魏方进、陈玄礼及亲近宦官、宫人,出延秋门。妃、主、皇孙之在外者,皆委之而去。"[2]杜甫在《哀王孙》的开头,即将这弃绝骨肉的一幕写出:"长安城头头白乌,夜飞延秋门上呼。又向人家啄大屋,屋底达官走避胡。金鞭折断九马死,骨肉不得同驰驱。"白头乌鸦乃不祥之物,写它飞上延秋门呼叫,这就暗中点明玄宗西逃所出之门,于是"金鞭折断九马死"的仓皇逃命、"骨肉不得同驰驱"的弃孙行为,也就有了当事人,就是这位玄宗皇帝。所以,《哀王孙》这首诗对安禄山的暴行和玄宗的无情都有鞭挞。杜甫当时的处境虽无力救助这个王孙,但仍冒着危险对他作了叮嘱和安慰,

---

[1] 见《资治通鉴》卷218。
[2] 见《资治通鉴》卷218。

劝他谨慎隐蔽，告诉他回纥援军将到，大唐会兴复的。这也表现出杜甫坚强不屈的性格。

《悲陈陶》《悲青坂》二首，记录了官军战败的惨状，表达了杜甫对国事的焦虑。至德元年（756）十月，宰相房琯请求率兵收复两京，得到肃宗允许。于是分兵三路，向长安进发。十月二十一日，中军、北军与敌将安守忠相遇。房琯本拟沉着应战，无奈监军邢延恩（宦官）促战，只得仓促交手于陈陶斜（在咸阳东）；再加上房琯不恰当地使用古代的车战法，用2000辆牛车和骑兵步兵夹着进攻；叛军呐喊、擂鼓，牛皆震骇，又借着风势纵火，官军队伍大乱，死伤4万多人。杜甫在长安听到这个消息，心情沉痛地写了《悲陈陶》一诗：

孟冬十郡良家子，血作陈陶泽中水。
野旷天清无战声，四万义军同日死。
群胡归来血洗箭，仍唱胡歌饮都市。
都人回面向北啼，日夜更望官军至。

义军鲜血汇满陈陶泽，虽非杜甫所亲睹，但有"四万"烈士为据，想象是合理的。而那些得胜归来的胡兵，携着沾血的兵器，在长安城内纵饮狂歌，则为杜甫所目击。如实写来，便有强烈的震怒涌动其中。敌人获胜，长安百姓则更加遭殃，所以有"向北啼"（当时肃宗政府已由灵武迁至彭原，即今甘肃宁县，在长安西北）和"日夜更望官军至"的痛切心情。

时隔两日，房琯亲自率领南路军与叛军交战于青坂（地址不详，当在陈陶附近），又败。杜甫作《悲青坂》，以"山雪河冰野萧瑟，青是烽烟白人骨"的惨烈诗句，记录了自己震颤的心灵，并希望官军积蓄力量，不要再草率用兵——"焉得附书与我军？忍待明年莫仓卒。"杜甫的急于告诫而又无法传告的心情可以想见。在当时敌强我弱的形势下，这种战略思想无疑是正确的。在《塞芦子》诗中，杜甫陈述了用兵之策。芦子，即芦子关，唐属延州境内（今陕西安塞西北）。杜甫得知敌军要包抄大西北、从根本上摧毁唐王朝军事力量的意图后，十分着急，认为迅速调一万人去防守芦子关，就可以制止叛军西进，从战略上保住官军实力。可见，杜甫虽身陷贼中，却仍在处心积虑于国家的命运。

冬去春来，造物不管人间痛苦，又一次送来柳暗花明。一天，杜甫潜行到了曲江岸边，但见往昔繁华的游览之地，如今已寂寥无人，江边宫殿都上了锁，只有细柳、新蒲似不解人愁，依旧现出绿色。他想起以往此时，玄宗和贵妃曾在这里游乐，而今一个逃了一个死了，彼此间再无音讯可通。抚今追昔，不禁发出"人生有情泪沾臆"（《哀江头》）的悲叹。这首《哀江头》固然是哀歌王室的衰落，但是须知，在民族战争的年代，王室分明代表着国家和民族。在杜甫的这支哀歌里，我们不能听不到他对国家和民族的叹息。至于"揭露最高统治者因荒淫召祸"之说[1]，亦恐非作者意图。

除了忧国，这个时期他还十分担心家人的安危，写了不少

---

[1] 见聂石樵、邓魁英《杜甫选集》。萧涤非《杜甫诗选注》亦持此说。

思亲之作，其中两首思念幼子宗武的诗《遣兴》《忆幼子》最为感人。宗武小名骥子，此时也就四五岁，小小年纪跟着母亲远处荒野山林，其遭逢可知，怎不让做父亲的牵肠挂肚？前诗回忆他牙牙学语的娇稚之态，以及"问知人客姓，诵得老夫诗"的聪明可爱。转而又自责为父失职，在乱世之中未能像庞德公那样携其归隐，并乞望上苍保佑，能使父子团聚，哪怕这个日子来得迟些也行。体察杜甫当时身被拘禁、命难保全的处境，便可知"觅归免相失，见日敢辞迟"这种可怜语，是多么切心，多么沉痛！后诗感慨冬去春来时光变换，却依然与幼子相隔，听到黄莺的歌声，便仿佛听到幼子的说笑声。于是他的心越过空寂的山路涧水，来到那长满老树的羌村，走进那熟悉的柴门。……想象归想象，现实是陷身贼中，为摆脱愁思，只好大白天睡觉，或者百无聊赖地弯着脊背晒太阳。杜甫对儿女的亲情堪称为父的表率，而这种亲情又带着那个时代的鲜明烙印。

《春望》这首诗是把忧国与思家两种感情融为一体的名篇，写于至德二载（757）的春末，杜甫被拘禁长安已有七八个月了。诗云：

> 国破山河在，城春草木深。
> 感时花溅泪，恨别鸟惊心。
> 烽火连三月，家书抵万金。
> 白头搔更短，浑欲不胜簪。

"国破"是说国都长安沦陷，"山河在"是说山河在眼，是扣住题中的"望"字来写。作者于首句中把"破"与"在"二者对举，目的是让依然如故的城外山河与沦陷的都城构成强烈的对比，抒发一种"风景不殊而人事已非"的深沉感慨。次句，"城春"的"春"字点题，春天是美好的季节，然而城中却是"草木深"，杂草丛生，正见人迹稀少，季节与景观又构成了强烈的反差，作者的感慨亦因之而加深。说杜甫喜用顿挫之笔，于此处可以观之。春天的花鸟本是娱人之物，作者却观之而"溅泪"，闻之而"惊心"，心理的反常愈见感情的沉痛。作者之所以观花溅泪，是由于"感时"，感慨国家的艰危时局。他看到自然界的草木度过了严冬重新绽开花朵，进而想到国事依旧留在严酷的战争冰雪中；花儿能在春风中弄着姿色，而沦陷区的人民却在刀光中流着鲜血——国事和人命竟不如花草！这就是他观花而溅泪的心理过程。他之所以闻鸟而惊心，是由于"恨别"，怨恨与家人的离别。他听到春鸟欢乐地和鸣，忙着筑巢、育雏，双双对对，自由飞翔，便由鸟的自由想到个人的被拘禁，由鸟的团聚想到亲人的隔离，感到人竟不如鸟雀。这就是他闻鸟而惊心的心理过程。五六两句分别补足"感时"和"恨别"的内容：烽火连绵，可见时局之艰危；家书难得，可见隔绝之严重。章法谨严，细针密线。尾联以无奈的搔首作结，总括忧国与思家的纷繁情绪，蕴含丰富，耐人联想，道出了难以尽道的情感。杜诗风格之"沉郁"，即指这种情思深厚、郁勃而言。

杜甫在城中虽有行动自由，却无生活保障，经常挨饿，只好去旧相识家中东凑一顿西凑一顿，靠着对大唐复兴的信念和乐观的精神，顽强地生活着。在几位朋友当中，苏端是待他最好的了，或者可以称为"百吃不厌"吧，从来没有怠慢过。杜甫这个人擅长记叙生活实事，一生行迹，所感深者，必记之于诗。这使我们写起他的传记来颇为顺手，用不着"合理想象"。且看这首《雨过苏端》吧，就是写他到朋友家"蹭饭"的事。诗云：

> 鸡鸣风雨交，久旱雨亦好。杖藜入春泥，无食起我早。
> 诸家忆所历，一饭迹便扫。苏侯得数过，欢喜每倾倒。
> 也复可怜人，呼儿具梨枣。浊醪必在眼，尽醉摅怀抱。
> 红稠屋角花，碧秀墙隅草。亲宾纵谈谑，喧闹慰衰老。
> 况蒙霈泽垂，粮粒或自保。妻孥隔军垒，拨弃不拟道。

鸡鸣之际风雨交加，老杜却不能睡懒觉了，因为肚子不饶人，叽里咕噜地乱叫，催他快点起来找饭吃。老杜拄着藜杖出了门，走上了泥涂，雨凉路滑，行步艰难，可是一想到久旱得雨，老天又放人一马，庄稼能有收成，自己脚下的困难又算得了什么！难题不在脚下，而是在眼前——到谁家吃去呢？回想以前去的几家，吃了一顿也就不好再去了，挨饿的罪不好受，可也不能不要面子啊。想来想去，还是决定去苏端家。这个苏端也是个家底贫薄的可怜人，可是心肠好，义气足，待客的热情每每令人倾倒。杜甫曾多次去过他家，路也走熟了，说到就到了。苏端见老杜一大早冒雨赶来，就明白了，连忙叫孩子们端来梨枣，又摆上酒饭，虽说是"浊酒"，却也要喝个"尽醉"方休。酒酣耳热，又说些逗乐的话来宽慰老杜。老杜食得果腹，酒得开怀，看那屋角的花也红了，墙边的草也绿了，看哪儿哪儿舒服，就连最挂心的妻儿之事，也不想说了，怕影响气氛，辜负好朋友的美意。由此诗我们可以了解杜甫被拘禁长安时的生活状况，也能了解杜甫所具有的诙谐风趣的性格，他靠着这种天性，在困境中不倒下。

让杜甫感到惊喜的是，居然能在长安见到患难之友郑虔。长安沦陷后，郑虔被叛军押至洛阳，安禄山逼他做水部郎中（工部下属的水部司长官），他推说有病，没有赴任，又暗中搜集情报，把洛阳的叛军情况写成密信，让人转到肃宗政府。这在当时的危难处境中是难能可贵的。至德二载（757）正月，安禄山的儿子安庆绪抢班夺权，杀死了安禄山，叛军内部混乱，郑虔乘机逃出洛阳，来到戒备已不甚严的长安。杜甫见到郑虔，大喜过望。二人各述遭遇，百感交集。"不谓生戎马，何知共酒杯？"（《郑驸马池台喜遇郑广文同饮》）没有料到我们会生逢战乱，更没料到我们还能共举酒杯！两句感叹把战争灾难之巨大、侥幸生存与患难相逢之惊喜，尽情倒出。杜甫得知郑虔在贼营中的勇敢行为，以"白发千茎雪，丹心一寸灰"的诗句，高度赞美了他的报国之心。后来，两京收复，郑虔却被肃宗远贬。杜甫深为愤切，为这位挚友抱终生之憾。

叛军对长安的控制时紧时松。至德二载（757）春季，曾一度变得紧张，杜甫为躲避风险，来到大云寺中暂住。大云寺，又称大云经寺，在长安朱雀街南，怀远坊东南角。寺中的住持赞公对杜甫颇为友善，照顾很周到，不但供应斋饭，还赠送细软的青丝履、光洁的白氎巾。杜甫来大云寺，是为了躲避奸人的告发，从所作《大云寺赞公房四首》"狞狞国多狗"句，可知当时风声很紧，不得不提防"恶狗"咬人。这位赞公后来流落到秦州，杜甫也因"满目悲生事"而到了秦州，异地不期而遇，不胜欣喜，另有一番交游。这是后话。

第三节 | 犹瞻太白雪，喜遇武功天

至德二载（757）二月，肃宗把临时政府从彭原迁到凤翔，向长安逼近了一大步。凤翔在长安西，两地仅距300余里。杜甫得知后，暗自做着逃往凤翔的准备。经过细密的筹划，终于在四月的一天，从长安西城金光门溜了出去。当时，叛军正在西郊屯防，他不敢走大道，专捡那偏僻无人的小路走，又怕迷失方向，一边走一边望着驿道两旁的树木以引导方向。在叛军鼻子底下逃窜，危险可知，他对着落日的方向望眼欲穿，提心吊胆，不复有生还的希望。等到他越过死亡线到达凤翔时，已是衣衫褴褛、枯瘦如柴了。惊魂初定，他把这一路逃亡的经历和感受，以及到达凤翔的喜悦心情，写在组诗《自京窜至凤翔喜达行在所三首》中。如"眼穿当落日，心死著寒灰"，写逃窜时的急切与哀绝的心情；"生还今日事，间道暂时人"，写逃亡路上杀机四伏的险况；"死去凭谁报？归来始自怜"，写侥幸生还之后自怜性命危浅；"犹瞻太白雪，喜遇武功天"，写身归行在的莫大喜悦；等等，都能让人深刻地感受到杜甫对复兴国家的耿耿忠心，不能不使人对他生起敬意。

"麻鞋见天子，衣袖露两肘。"（《述怀》）这是杜甫在凤翔拜见肃宗时的穿着。肃宗为其精神所感，授予左拾遗的官职。左拾遗是谏官，是给皇上的政事提意见的，官阶为从八品上。在

五月十六日，肃宗下达授官诰文，诰文写道："襄阳杜甫，尔之才德，朕深知之。今特命为宣议郎行在左拾遗。授职之后，宜勤是职，毋怠！……"杜甫对于这个职守是忠实的，认真的，然而却因此得罪了肃宗，险些丧了性命，那是因为房琯罢相之事。

房琯是扈从玄宗入蜀的大臣，到成都后，曾为玄宗献策，由诸王子分制天下，这等于分了李亨的权。李亨即位于灵武之后，玄宗派他和贾至等人来灵武佐政，被肃宗授予宰相重职。此时肃宗尚不知他在成都献策之事。后来，御史大夫贺兰进明将此事告诉给肃宗，便引起肃宗对房琯的敌视，借口他的门客董庭兰受贿而罢免了相职。[1]杜甫既为谏官，便去履行职责，他上疏给肃宗，认为"罪细，不宜免大臣"。廷诤时亦态度坚决，缠着不放。肃宗大怒，诏令三司审讯杜甫。亏得新任宰相张镐和御史大夫韦陟出面营救，杜甫才得免罚。张镐奏道："甫若抵罪，绝言者路。"[2]韦陟奏道："甫言虽狂，不失谏臣体。"[3]肃宗虽心中恼火，但在当时国难当头、亟须用人的情况下，只好忍下这口气，让杜甫仍任原职。杜甫虽遭挫折，但未服输，在《奉谢口敕放三司推问状》中，强调自己上疏的主观动机是好的，至于论事措辞激烈，是由于身陷贼中、愤惋成疾所致；对房琯的为人仍旧称美；重申自己的上疏目的是"望陛下弃细录大"，也就是仍然坚持自己的观点。由此可知，杜

---

[1] 见《旧唐书·房琯传》。

[2] 见《新唐书·杜甫传》。

[3] 见《新唐书·韦陟传》。

甫的性格是倔强的。这种性格在明主临政时或许可以做一番事业，但在如肃宗这类庸主手下，只能遭到疏远。从五月十六日任左拾遗，到此事了结的六月一日，总共才有半个月，可谓出师不利。杜甫疏救房琯而触怒肃宗，此事在他的政治生涯中关系重大，后来他被外放直至脱离官场，都与此事直接相关。

杜甫虽遭打击，但并未消沉，仍然为收复两京而积极工作。六月十二日，他与左拾遗裴荐，左补阙韦少游，右拾遗魏齐聃、孟昌浩等人向朝廷推荐岑参。岑参此前曾领伊西北庭支度副使，头年年底从轮台回来，此时刚到凤翔。杜甫在《为补遗荐岑参状》中称"岑参识度清远，议论雅正"，使岑参得以任右补阙。可见杜甫在为朝廷广纳贤才上是颇为留意的。当时各地防务甚急，朝廷不断派员去四方赴任，杜甫写了不少送别诗，对前往任职的人，都能从国家利益的制高点上加以勉励。《送长孙九侍御赴武威判官》诗中写道："天子忧凉州，严程到须早。去秋群胡反，不得无电扫。此行收遗甿，风俗方再造。"将长孙九侍御此行赴任的使命，说得庄重而神圣，很能激励斗志。《送从弟亚赴河西判官》一诗是为堂弟杜亚送行。杜亚起身于草野，肃宗在灵武时，曾上书论时政，擢为校书郎。至德二载（757）五月，杜鸿渐任河西节度使，朝廷派杜亚出任幕府判官。杜甫在这首诗中以"盛夏鹰隼击，时危异人至"的警竦诗句，赞美杜亚的英卓才干；又以"宗庙尚为灰，君臣俱下泪"状写国难之惨重，以"崆峒地无轴，青海天轩轾"写河西地区天地翻覆，急待贤才整治，这些都是在为杜亚壮行色。《奉送郭中丞兼太仆卿充陇右节度使三十韵》这首长诗更是慷慨激昂，郭中丞，即郭英乂，曾任御史中丞、太仆卿，至德二载（757），加任陇右节度使。诗中盛称郭公忠勇，为时局所需而西御羌戎，望其能迅速靖边而归，扫除安史叛军。《送杨六判官使西蕃》是为出使吐蕃的杨六判官而写。《旧唐书》载：至德元年，吐蕃遣使和亲，表示愿助唐朝讨伐安史叛军。至德二载（757）三月，吐蕃再次遣使和亲。其后，朝廷派给事中南巨川赴吐蕃报命。杨六判官当是此次随同南巨川前往，杜甫写此诗叮嘱杨六慎重此行，完成使命。《送灵州李判官》是这组送行诗中最短的一首，用五律的体式写成。诗云：

羯胡腥四海，回首一茫茫。

血战乾坤赤，氛迷日月黄。

将军专策略，幕府盛才良。

近贺中兴主，神兵动朔方。

前四句慨叹战争酷烈：羯胡叛军搅得四海腥膻，回首往事心绪乱成一团。血战连绵，天地都被染红；烽烟弥漫，日月变得昏黄。这是老杜用诗的语言表达对战乱的整体感受，惊警而又真实。这种真实自然是指艺术的真实，倘若把每个字都与实际对号，那显然不尽相合；不过，那样一来也就没有抒情诗了。老杜有两副笔墨：其叙事诗密切贴近生活实际，可做史料来读；其抒情诗重在揭示心灵感受，每每动用夸张。读杜诗不可不分辨这两副笔墨。后四句写官军威势，用以振作李判官的精神。史载，禄山反，朝廷以郭子仪为朔方节度使[1]，朔方军治在灵武。郭子仪专精策略，幕府中广集良才，他的大军已从朔方开拔，收复两京则指日可待了。杜甫是时刻不忘为自己人鼓气的。

在致力国事之余，杜甫每每念及远在羌村的家属。自从头年八月离开她们，到现在已将近一年，始终得不到消息，又听说叛军所到之处杀得鸡犬不留，更是惶恐不安了。曾经写过家信，询问家中情况，迟迟不见回音，不禁多方猜想：她们是否已经不在人世了？羌村里的那座茅屋前还有人在望我的归影吗？要是她们已死，埋在冰冷的松根下，尸骨大概还没朽吧。想到这乱世中没有几人能保全性命，就更感到家中情况不妙，甚至反倒害怕有消息传来，一旦传来了凶讯，自己的心是承受不了的。忽而又想，也许她们都还侥幸活着呢，不久就可与她们欢会了；但转念一想，这是不大可能的，恐怕此时自己已经是个孤老头了。真是愁肠百转。杜甫把这曲折心情写入《述怀》诗中，表达了战乱年代人们的普遍心理，很有典型性。

这年秋天，他终于收到了家信，得知家属仍在羌村，且都无恙，便向朝廷请假，回羌村探亲。肃宗因杜甫上疏援救房琯一事，对这个倔强老头已心怀厌恨，只是碍着宰相张镐等人的情面，不好轰他走开，如今见他提出回家探亲，就满口答应下来，表面上自然是说要照顾他。

八月的一天，杜甫上路前夕，中书舍人贾至、给事中严武

---

[1] 见《旧唐书·郭子仪传》。

以及中书、门下两省僚友，举办酒宴，为杜甫饯行。席间，杜甫作诗与诸友告别。诗云：

田园须暂往，戎马惜离群。

去远留诗别，愁多任酒醺。

一秋常苦雨，今日始无云。

山路时吹角，那堪处处闻？

田园指羌村，妻儿们在那里居住一年了，须要前去探望；可是当此戎马征战之际，实在不忍心离开诸位僚友。感到去留皆非所宜，正见出忠臣与慈父的双重品格。一秋苦雨，今日无云，亦见留之不宜；山路吹角，不堪所闻，亦见去之不宜。矛盾心情，反复道之，给人留下极深的印象。

第四节｜世乱遭飘荡，生还偶然遂

　　至德二载（757）闰八月初一这天，杜甫怀着依恋的心情告别了凤翔行在，便启程北征了。从凤翔到鄜州西北的羌村，方向是由西南往东北，路程有六七百里。当时为了打仗，公私马匹都交付军队使用。杜甫迫于路途遥远，只好向李嗣业将军求援。当年杜甫在长安时，曾与李嗣业有过交往。安史之乱发生后，肃宗召见李嗣业，让他与郭子仪共同平息叛乱。杜甫作《徒步归行》给李嗣业，说"妻子山中哭向天，须公枥上追风骠"，想来李嗣业该会答应他的。从凤翔向东北行进，走了160里到达麟游，城西5里有九成宫，是隋朝建造的，原名仁寿宫，唐太宗贞观年间复修以避暑，改名九成宫。《资治通鉴》载，隋文帝开皇十三年（593）二月，下旨在岐山之北修建仁寿宫，夷山填谷，工程浩大，民工死者数万。杜甫对此宫的历史是清楚的，观览之际，不禁对隋文帝的荒唐行为发出叹息。隋朝终因帝王奢侈而匆匆灭亡了，唐代帝王是否接受了这一教训呢？杜甫在所作《九成宫》诗中说："虽无新增修，尚置官居守。"看来并未真正弃奢从俭啊，由此联系当今国家动乱的时局，不禁仰天长叹，历史的悲剧总是不由人意地在重演啊！

　　离开麟游向北行70里，到邠州（今陕西郴州）。由邠州向东北行210里到宜君，城西北凤凰谷有玉华宫，是贞观年间为太宗养病而建造的离宫。太宗诏令，建造此宫，务须俭约，只在正殿加瓦，其余皆覆茅草。杜甫来玉华宫观览，只见宫室已然荒废，"苍鼠窜古瓦""阴房鬼火青"（《玉华宫》），以致不敢相信这竟是一代英主太宗皇帝的离宫了。遂沉痛慨叹太宗子孙未能尊仰其祖的俭约之德，致有今世之乱[1]，并对"美人为黄土"——英主太宗的过世，表示深深的悲哀。

自宜君北行200余里，长途跋涉的杜甫终于抵达了羌村。那是一个秋日的黄昏，西天上屯集着峥嵘的红云，云缝里泻下夕阳的巨大光柱，在鸟雀的欢噪声中，杜甫来到了自家的柴门前。妻子儿女们闻声而出，惊疑地看着他，没料到在这人命危浅的乱世中他还能活着回来，直到惊魂已定，仍不住地擦着眼泪。杜甫在所作《羌村三首》中慨叹道："世乱遭飘荡，生还偶然遂。"是啊，在战火纷飞的年代漂泊流荡，能够生还，确实是很侥幸的事。邻居们听说杜甫回来了，都趴在墙头上观看，禁不住低声叹息，默默哭泣。在这久别重逢之际，到了深夜也毫无睡意，一家人围着昏暗的烛光，面对面地坐着，仿佛身在梦中。

能与家人团聚固然是幸事，但是当此国家多难之秋，杜甫心中是少有欢趣的。孩子们不了解父亲的心事，看到他那沉郁的脸色，都害怕地走开了。杜甫回想去年夏天初到羌村安下家来，常在房屋附近的池边树下乘凉，颇得快意，现在何不再去转转以遣愁怀？于是就去那里走了几圈。可是眼下已是秋季，

---

[1] 杜甫在多首诗中反复表述，安史之乱是由玄宗生活腐化和开边战争招致的，如《壮游》《遣怀》《寄贺兰铦》《有感五首》等。

萧萧北风吹得正紧，对景生情，抚事伤怀，反而增添了难以忍受的众多忧思。幸而得知羌村这儿秋粮已经收获，耳边似乎听到糟床上酒浆下注的声音，有了足够的酒，姑且用来安慰自己的迟暮之年吧。

杜甫为人淳朴，与邻里关系素来很好。邻居父老们知道他喜欢喝酒，如今千里迢迢回到家中，正该以酒相慰。于是各自携带着酒食，一起来到杜甫的柴门前。此时，院子里群鸡正在争斗、乱叫，杜甫把鸡轰到树上[1]，才听清有敲门声，赶紧开了门，把父老们让进屋里。摆好饭桌，父老们把各自带来的家酿倒了出来，抱歉地说："请你不要嫌弃酒味淡薄，因为黍地没有正经劳力耕种啊。战争还没有停下来，孩子们都去东征打仗了。"面对山村父老的深情厚意，杜甫深深感动了；在这艰难的岁月接受穷苦乡民的馈赠，又使他十分感愧。他别无所有，只会作诗，便即兴为大家唱了一支歌。那自然是一支国家危亡之歌、民生凋敝之歌、乡情感激之歌。一曲唱罢，仰天长叹，四座父老，热泪纵横。

上述种种情事，皆出自《羌村三首》之所记。这组诗以平实而细腻的笔触，展现了动乱年代里作者的家居生活和心情，以及纯朴的村风民俗，读来宛在眼前。它标志着苦难的生活已把杜甫的感情进一步推向人民群众，也表现出杜甫现实主义诗歌艺术已经成熟。

在羌村闲居的日子里，杜甫创作了名篇《北征》。这首长

---

[1]据石声汉《齐民要术今释》，知黄河流域养鸡，到唐代还一直有让鸡栖息在树上的。把鸡轰到树上，就是赶鸡回窝，让它们安静下来。

达 700 字的纪行诗，记述了从凤翔到羌村的沿途经历和到家后的情事，采用夹叙夹议的手法，对当时的政治和军事提出了个人的见解，忧国忧民之情贯穿始终，思想性和艺术性都达到了空前的高度。

全诗内容可分为五段。

第一段主要写临行前恋阙忧国的心情。"拜辞诣阙下，怵惕久未出。虽乏谏诤姿，恐君有遗失。君诚中兴主，经纬固密勿。东胡反未已，臣甫愤所切。挥涕恋行在，道途犹恍惚。乾坤含疮痍，忧虞何时毕？"一片赤心跃然纸上。为辞别天子，杜甫来到殿前，心情惶恐地久久站在那里。他所恐惧的是君主在执政上有所疏漏。君主固然是位中兴之主（这是门面话，若真是"中兴主"，杜甫何以对他放心不下），计划军国大事也确实费尽了心力，但是当此天下疮痍满目、叛军猖獗未已之际，怎敢保证万无一失？杜甫的恋阙心情是感人的，因为他恋阙的落脚点是忧国，他所担心的是天子执政失误而影响平息叛乱、拯救国家民族的大业。在君主专制的时代，君主的言行直接关系着国家的兴衰命运，我们不能要求作为封建文人的杜甫采用否定皇权的形式去谋求国家的复兴。

第二段写沿途观感，具体描绘了战乱给广大农村造成的巨大破坏，一幕幕悲惨景象令人触目惊心。"靡靡逾阡陌，人烟眇萧瑟。所遇多被伤，呻吟更流血。"田原萧瑟，人烟稀少。活下来的人都负伤流血，呻吟不绝。据史书记载，至德元年（756）十月，房琯与叛军战于陈陶、青坂，大败；至德二载（757），郭子仪与叛军战于清渠，又败。诗中所写应是沿途目击的真实情况。另外，还描写了月下战场的恐怖景象，令人毛骨悚然："鸱鸟鸣黄桑，野鼠拱乱穴。夜深经战场，寒月照白骨。"锦绣田园已然变成鬼蜮世界。这段诗中还插入对草木的描写，写菊花应时而开，山果应时而熟，"或红如丹砂，或黑如点漆。雨露之所濡，甘苦齐结实"。在这里，自然风物与社会人生构成强烈对比，蕴含着人命不如草木的深沉感叹。

第三段写到家后的悲喜之状。杜甫于头年八月离开羌村，至此时已整整一年，艰难困苦，忧国思家，头发全白了。亲人相见，抱头痛哭，泉水为之鸣咽，松涛亦相呼应。妻子憔悴消瘦，衣衫褴褛。小儿饿得面色惨白，见爹来到，背面而啼，脏兮兮的脚上连双袜子都没有。床前站着两个小女儿，衣裳补丁叠补丁，短得刚刚过了膝盖，那些补丁是从旧绣上剪下来的碎布，东一块西一块地补着，错乱了原有的图案：海图的波涛被拆碎了，天吴和紫凤也是东倒西歪……这一段细腻的描写，笔端饱含着关切与自责，真实地记录了战乱给家庭带来的不幸，并使人由点及面地看到当时广大人民的苦境。接下来是叙写天伦之乐。身为妻夫子父，杜甫没有忘记给她们买些绸料、胭脂什么的，于是，家庭气氛活跃了，"粉黛亦解苞，衾裯稍罗列。瘦妻面复光，痴女头自栉。学母无不为，晓妆随手抹。移时施朱铅，狼藉画眉阔"。望着妻女梳妆打扮的情景，杜甫重新得到了家庭的温馨，而这种对闺房琐事的近于沉湎的关注，深刻地反映出杜甫的饱经乱离之苦，是一种寓哀于乐的笔法。同样，对于孩子的吵闹与纠缠，捋着他的胡子问这问那的失礼举动，也不加呵斥，反倒觉得心里很甜。这与其说是慈父的本色，不如说是他已受尽了与家人长期隔绝的寂寞之苦，即诗中所谓"翻思在贼愁，甘受杂乱聒"。这些笔墨看似平常乃至琐屑，其实处处都在烙印着那个动乱的时代。于平实的叙述中反映重大的生活感受，是杜甫现实主义诗歌的一大特色。

第四段是对时局的议论，包括以下几个方面：一、对朝廷向回纥借兵以平叛乱表示忧虑。据史料载，至德二载（757）九月，朝廷采纳了郭子仪的建议，向回纥借兵。回纥怀仁可汗派遣其子叶护、将军帝德率领精兵4000余人到达凤翔。肃宗命广平王李俶与叶护约为兄弟。杜甫认为，回纥兵固然有勇可用，但也怕会留下后患，故云"阴风西北来，惨淡随回纥""此辈少为贵"[1]，认为不可多用。后来事实证明，杜甫的忧虑是必要的，回纥军队帮助唐王朝恢复两京后，大肆掠夺财物，给人民带来深重的灾难。二、朝廷应主要依靠自己的军队平息叛乱。"官军请深入，蓄锐可俱发。"不仅可以迅速收复"西京"和"伊洛"，而且可以攻下"青徐"二州，恒山、碣石等边远之地也可收复。三、断言反攻之势已成。"祸转亡胡岁，势成擒胡月。"叛军的厄运已经来到，朝廷应抓住时机。这些建议体现了作为谏官的杜甫对朝政的积极参与精神，可以看作是用诗写的奏疏，是"恐君有遗失"的具体体现。

第五段通过古今对比、人心归向来说明唐王朝一定能够中兴。诗中高度赞扬了龙武将军陈玄礼发动的马嵬兵谏，玄宗能在紧要时刻接受兵谏，赐死贵妃，铲除祸根，这在古代帝王中

---

[1] 廖仲安认为"此辈少为贵"之"少"指"年少"而言，谓回纥风俗重年轻者。可备一说。

是没有的，故而中兴有望。而天下百姓也都心向大唐，日夜盼望皇上的仪仗进入京都。主明，臣忠，民心归附，三者并具，所以结尾二句"煌煌太宗业，树立甚宏达"，就显得水到渠成。全诗以时代的最强音作结，令人神思高举，具有巨大的鼓舞力量。

这年九月，天下兵马大元帅、广平王李俶率官军及回纥援军15万，从凤翔出发，长驱东进，直逼长安，列阵于香积寺北，准备与叛军决战。杜甫在羌村闻知此讯，作《喜闻官军已临贼境二十韵》，以昂扬奋发的情感，铺陈官军将士的巨大声威，说他们将像热水涤荡腥臊那样彻底消灭叛军，叛军则如鼎中之鱼苟延残喘，如穴中之蚁无处可逃。杜甫感到整个京都都在兴奋地跃动，同时又似乎听到叛军溃逃前疯狂屠城、百姓子女可怜的哭嚎声。但是胜利的曙光总算看到了。杜甫想象，长安城中的百姓家家户户都在变卖首饰，换取美酒，准备迎接官军入城呢。历来论杜诗者每称其后所作《闻官军收河南河北》为老杜平生第一首快诗，其实《喜闻》一诗情感之欢快，气势之磅礴，并不在其下。

其后不久，官军收复了长安。十月又收复了洛阳。肃宗回驾长安。杜甫在羌村闻讯，作《收京三首》，诗中并未作浮泛的欢颂之辞，而是以沉着冷静的笔触，作痛定之思。第一首重提玄宗被叛军所逼离京入蜀之事，意在告诫君主，胜利可珍，当好自为之。第二首写闻知肃宗下达哀痛诏的感受，诏书中提到广平王李俶的巨大战功，杜甫深知肃宗妃张良娣忌恨李俶，此前，李泌曾为确保广平王的地位献策于肃宗，如今李泌已归隐衡山，则皇储之争实堪忧虑。第三首写收京之后，只恐回纥会恃功邀赏，诸将僭奢无度，天下各地送喜，致使君主不能集中精力以彻底平乱。可见，当朝野上下欢呼雀跃之时，杜甫却为国家的未来作深邃的思考，爱国之心何其殷重！

至德二载（757）十一月，杜甫携家属自羌村返回长安，继续任左拾遗官职。十二月，玄宗由成都返回长安。朝廷对扈从玄宗入蜀和扈从肃宗去灵武的臣子大加封赏，对陷贼的官员六等定罪。郑虔、王维、储光羲等被贬职。郑虔被定为三等罪，贬往台州作司户参军，匆匆上路，未及与杜甫辞行。杜甫与郑虔为患难之交，知其遭贬，深为伤感，未能饯行，更为不安，作七律《送郑十八虔贬台州司户》以遣怀，诗中说"万里伤心严遣日，百年垂死中兴时"，认为郑虔被贬，可伤心者有四：其一，"万里"远贬，投身荒蛮；其二，"严遣"忠臣，难平其怨；其三，"垂死"遭贬，境况可哀；其四，国家"中兴"，而老臣沦落。这些，不仅能看出杜甫珍重友情，而且表现出他敢与朝廷相抗的胆量。老杜性格之倔强，确实令人敬慕。

两京收复后，君臣得以喘息。此间杜甫所作的几首表现侍臣荣遇的诗，如《腊日》《奉和贾至舍人早朝大明宫》《宣政殿退朝晚出左掖》等，均无多少思想意义。倒是《春宿左省》《题省中壁》二首较能窥见其内心世界。前诗写他在门下省值夜，为了不误第二天一早上朝进谏，竟彻夜不眠，"不寝听金钥，因风想玉珂"，足见忠于职守、对朝政的关心。后诗感叹进谏不被采纳，岁月虚度，违背了报国的初衷，从侧面批评了肃宗的刚愎自用。

此时，在平和景象的背后，一场尖锐的政治斗争正在进行。大体说来，就是随玄宗入蜀的旧臣与随肃宗赴灵武的新贵之间发生的派系斗争。共济时可以同舟，上岸后便要争斗。玄宗回京后，每与臣民接触，这引起了肃宗的猜疑，在宦官李辅国和宠妃张良娣的挑唆下，错误地对玄宗旧臣如房琯、贾至、严武等人实施打击。房琯、贾至、严武是肃宗即位灵武之后，玄宗从蜀中派出的大臣。房琯在蜀中时，曾为玄宗制置天下，"命元子北略朔方，命诸王分守重镇"。元子，即太子李亨；朔方，即灵武。这个策略把李亨放在了与诸王同等的地位（当然，此时玄宗君臣尚不知李亨已经即位[1]），李亨自然不满。即位之后，当他从贺兰进明那里得知此情，便对房琯和拟制诏书的贾至有了戒心。至德二载（757）五月，借故罢黜房琯的宰相职务，降为太子少师，而未处置贾至，是碍于大敌当前，打击面不宜过大。如今两京收复，又见玄宗与臣民往来，疑心渐重，为防不测，便挖玄宗根基。贾至是那个诏书的拟制者，所以第一炮就打到了他。乾元元年（758）春天，免去贾至中书舍人的职务，出为汝州（今河南临汝）刺史。这是外放玄宗旧臣的第一步。杜甫在政治系统上属于房琯、贾至、严武一派，对于贾至的被贬深为痛心，在《送贾阁老出汝州》诗中说"艰难归故里，去住损春心"。贾至的故里在洛阳，与汝州

[1] 据《资治通鉴》卷218，可知李亨即位于七月甲子，而玄宗制此诰文在七月丁卯。则李亨即位事，玄宗君臣不知。过了三十天，肃宗使者方至蜀，告知即位事。

邻近，故称其"归故里"，"去"者指贾至，"住"者指自己，言彼此都为这春日离别而伤怀。从此，杜甫的情绪开始低落，写了一些感伤情调的诗作，《曲江二首》为其代表。其一云：

> 一片花飞减却春，风飘万点正愁人。
> 且看欲尽花经眼，莫厌伤多酒入唇。
> 江上小堂巢翡翠，苑边高冢卧麒麟。
> 细推物理须行乐，何用浮名绊此身。

倘若把它看成感叹人生苦短故须及时行乐，那是没有摸准杜甫的脉搏。须知，他的伤春正是在感伤政治光景的暗淡。面对李辅国等把持下的混乱朝政，自己无力回天，只好借酒浇愁。又见江边昔日的小堂如今巢居翡翠，苑边昔日的贵人高冢如今石麟偃倒，可知沧桑变迁乃是自然之道，那么对于自己这一派的转入逆境，也就无须牢骚太盛，切不可为了区区微官而苦了自己。杜甫对肃宗的失望，已见端倪。其二云：

> 朝回日日典春衣，每日江头尽醉归。
> 酒债寻常行处有，人生七十古来稀。
> 穿花蛱蝶深深见，点水蜻蜓款款飞。
> 传语风光共流转，暂时相赏莫相违。

每日散朝，都去曲江边上典衣买酒，取醉而归；典尽春衣，还要到处借债买酒。老杜这么做，都只因朝政失纪，小人当道，虽身为谏官，亦难尽职，于百无聊赖之际，只好观赏蝴蝶、蜻蜓。平淡语中自有无穷忧愤。稍后所写的《曲江对酒》，则干脆表示要辞职："纵饮久判人共弃，懒朝真与世相违。吏情更觉沧洲远，老大徒伤未拂衣。"整天的醉酒，早已不怕被众人嫌弃。懒得上朝当摆设，真的是与世情相违了。苦于微官缚身，更觉得沧洲遥远。自叹年岁已老，徒然为没能早日归隐而悲伤。可知，杜甫于肃宗而言愈发感情隔膜了。

就在杜甫为朝政深忧之际，肃宗在李辅国、张良娣的谋划下，又迈出了打击玄宗旧臣的第二步。这年五月，罢张镐宰相职务，接着又以结党营私的罪名，贬太子少师房琯为邠州刺史，贬京兆尹严武为巴州（今属四川巴中）刺史，贬国子祭酒刘秩为阆州（今四川阆中）刺史。杜甫与房琯为布衣之交，在凤翔时又曾违旨疏救房琯，肃宗早已厌恨他，此次亦罢免了他的左拾遗官职，出任华州（今陕西华县）司功参军，主管地方文教事务。赴任前夕，好友孟云卿来访，二人秉烛对饮，互诉心曲，唯恐夜短。席间，杜甫吟诗赠别："乐极伤头白，更长爱烛红。相逢难衮衮，告别莫匆匆。但恐天河落，宁辞酒盏空。明朝牵世务，挥泪各西东。"（《赠孟云卿》）贬谪之际辞别旧友，更觉依依难舍。

第二天，杜甫便离京奔赴华州。华州在长安东 180 里，一般来说，去华州应出长安东门，而杜甫却是从长安西城的金光门上路的。对此，古今学者多感不解。[1] 其实，只要我们仔细

---

[1] 如陈贻焮《杜甫评传》说："华州在长安东，往华州为什么要出西边的金光门呢？不得而知。"

读一读他离京时所作诗的题目，就会明白其中原因。这首诗的题目是《至德二载，甫自京金光门出，间道归凤翔。乾元初，从左拾遗移华州掾，与亲故别，因出此门，有悲往事》，"与亲故别，因出此门"，不是说得很清楚了吗？因为要和住在城西的亲故告别，于是便从金光门出城。杜甫记事一向注重严谨，这个细节是不会忽略交代的。杜甫取道金光门出城时，一下子引出一段辛酸的记忆。金光门，这是个多么令人难忘的地方啊！头年四月，自己就是从这道门冒死逃出投奔肃宗的啊；今日又出此门，却是被这个无情的君主所放逐！想到这里，不禁心潮涌动，感慨万千，写出题为上述的五律：

此道昔归顺，西郊胡正繁。

至今犹破胆，应有未招魂。

近侍归京邑，移官岂至尊？

无才日衰老，驻马望千门。

前四句回忆往事，申述报国的赤心。"归顺"，是指逃离叛军控制下的长安城，前去投奔肃宗。"胡正繁"，是说当时胡兵正在西郊密集设防。情况危急，千钧一发，至今想起来仍然心惊胆战，神思恍惚，似有部分飞散的魂魄没有招回身上来（道家认为人有三魂七魄）。这样的忠臣，按情理说应该得到皇上的信任，不会遭贬，然而事实完全相反。前四句的忆旧为后四句的叙今布置了感情波澜。后四句笔锋逆转，写今日遭贬之事，"近侍"，指官居左拾遗，左拾遗是皇上身边的侍臣。"归京邑"，即指贬斥华州，华州靠近京都，故称"京邑"。"移官岂至尊？"此句一般解释为是在说门面话，虽明知是皇上把自己贬斥的，但不便直言，而归到进谗的小人头上。[1]我以为，这种委婉之辞虽为不少古人所用，但敢于直言的杜甫却不屑用之。[2]仔细读前四句，可知杜甫已经在控诉肃宗的不义了，这里的"移官岂至尊"，乃是杜甫大声疾呼：贬斥忠臣，难道是明主可以做的事吗？这不是"不便直言"，而是悲愤斥责。说自己"无才""衰老"，是牢骚加感叹，不平之心搏动其间。"驻马望千门"，形象极富感情内蕴：白发老臣，将别京都，徘徊门外，顾恋不已。此时，他对这位"中兴主"已经看得透彻，他的徘徊、顾恋，是出于对国事的忧虑，出于对这位昏庸君主的不放心。

从至德二载（757）五月到乾元元年（758）六月，杜甫身为侍臣的时间仅有一年多一点。这次贬官，对于他的政治生涯来说固然是严重挫折，而对于他的现实主义诗歌创作来说则是幸事。遭受贬谪，一是使他对肃宗朝政有了清醒的认识，从而加强了诗歌批判现实的力量；二是使他得以离开朝廷来到社会中间，重新接触广阔的社会人生，取得现实主义诗歌创作的源泉。回顾在长安供职的这几个月中，他并未写出像样的作品，倘若他一直这样走下去，则无疑会断送现实主义诗歌的创作前途。天赐方便，他离开了京都，离开了皇上，而且以后越离越

[1] 仇兆鳌《杜诗详注》引顾宸语："'移官岂至尊'，不敢归怨于君也。"今人亦每持此说。

[2] 杜甫对肃宗的揭露、讽刺颇用直笔，如"唐尧真自圣""张后不乐上为忙"等。

远，他的心却与国家和人民越来越近，这是他的幸运，也是他的伟大之处，尽管当时他还没有认识到。

乾元元年（758）六月，杜甫来到华州，主掌文教工作。从皇帝的侍臣一下子跌进公文堆里，颇觉不惯，再加上遭贬的怨气，盛暑的炎热，越发感到难以忍受。《早秋苦热堆案相仍》这首诗反映了他初到任上的这种心情。诗云：

> 七月六日苦炎蒸，对食暂餐还不能。
>
> 常愁夜来皆是蝎，况乃秋后转多蝇。
>
> 束带发狂欲大叫，簿书何急来相仍。
>
> 南望青松架短壑，安得赤脚踏层冰？

炎天助长心火，一点东西也吃不下。蝇子多得撞脸，蝎子满地爬，更是让人心烦意乱。如此境况，还要穿戴整齐，在衙门里处理频来不断的公文，故而生出赤脚踏冰之想。这一切，皆为贬谪而发。

华山位于华州东南60里，山峰险峭，云环雾绕，为中国人尊仰的五岳之一。杜甫在华州时，每每翘首眺望，但此时的心情毕竟与早年眺望泰山时不同，且看他的第二首《望岳》：

> 西岳峥嵘竦处尊，诸峰罗立如儿孙。
>
> 安得仙人九节杖，拄到玉女洗头盆？
>
> 车箱入谷无归路，箭栝通天有一门。
>
> 稍待秋风凉冷后，高寻白帝问真源。

首二句想象奇妙而老道，把华山的主峰喻为老人，其他较矮的山峰喻为儿孙，这种想象固然十分贴切华山群峰峭立如人形的特征，但仔细品味，其中亦不乏诙谐风趣，这是作者在饱受精神重压之际，为寻求轻松的心态而发出的一声逗笑。这与望泰山的那首起句"岱宗夫如何？齐鲁青未了"的磅礴气势完全不同。诗中虽也表示了"凌绝顶"的心愿，但目的迥然不同，他不再是"一览众山小"了，而是"高寻白帝问真源"，要向华山之神——白帝讨教人生的真谛。求仙访道，正是杜甫遭到挫折之后精神困惑的表现。另外，望泰山一诗以雄劲的笔墨描绘泰山的高大（"造化钟神秀，阴阳割昏晓"），这种笔墨在望华山诗中也不复再有，有的只是感叹山路的狭险：车箱进入山谷便无法回头，山路细如箭杆通向南天门。这险陡的山路无疑是杜甫坎坷人生之路的艺术写照。说明他在经历困苦生活之后，开始以凝重的目光、现实的视角去审视大自然，并从大自然中发现了自己。

　　这年的重阳节，杜甫是在蓝田崔氏庄友人那里度过的。蓝田在华州西南，两地直线距离约百里。今人陈贻焮先生考证，崔氏庄即"崔氏东山草堂"，崔氏，即崔季重，是王维的内兄（舅父之子），崔氏庄与王维辋川庄东西相邻。[1]杜甫去崔氏庄过重阳节，是为了遣闷，七律《九日蓝田崔氏庄》记录了这种心情。诗云：

---

[1] 见陈贻焮《杜甫评传》。

老去悲秋强自宽，兴来今日尽君欢。

羞将短发还吹帽，笑倩旁人为正冠。

蓝水远从千涧落，玉山高并两峰寒。

明年此会知谁健？醉把茱萸仔细看。

　　年老悲秋，正因遭际不好；虽逢佳节，也是强作欢颜。想到晋朝人孟嘉参与桓温的龙山之会，不慎被秋风吹落了帽子，弄出了好大的笑话；那我就须小心预防此事的再度发生，笑请旁人为我正一正帽子，因为我的头发实在少得可怜了。杜甫此举虽富幽默情趣，但其中苦味也很浓，"短发"何来？愁苦所致，在陷身长安时，他就自叹"白头搔更短，浑欲不胜簪"（《春望》）了，又经过一年多的国事、家事、个人事的煎熬，头发稀疏怕是已到了可数的地步。"蓝水""玉山"二句虽是观景娱心，却也含有江山永恒、人生短促的蕴意，故结尾二句生发出不知明年谁复健在、权且珍重此会的叹息。

　　在蓝田崔氏庄逗留期间，杜甫受到崔季重的款待，还去西庄王维的别墅一游，但见柴门闭锁，满院的松竹默然而立，惆怅之情油然而生。此时王维大概仍在长安悔过。当年长安陷落，王维被叛军押到洛阳，安禄山逼他接受伪职，他没有断然拒绝，而以身体有病为托词。两京收复后，论罪当斩，因种种原因被从宽处理。杜甫与王维素有交谊，曾作诗说他"一病缘明主，三年独此心"（《奉赠王中允维》），对他在贼营中的表现给予较高的评价。此次前来探其故居，当是为了珍重故交。

　　这期间杜甫创作了一些咏物诗，均是借咏物以自伤。《瘦马行》写东郊一匹瘦马，毛皮上烙印着官字，却因病弱被官家遗弃了，它流落路旁，无人收养。"皮干剥落杂泥滓，毛暗萧条连雪霜。""天寒远放雁为伴，日暮不收乌啄疮。"这匹瘦马分明是杜甫的自画像。《义鹘行》写一只仗义行侠的健鹘，为苍鹰报仇的故事。苍鹰的幼子被白蛇吞食，健鹘得知后，义愤填膺，以凌厉的翅膀打死白蛇，事后不求酬谢，翩然没入长空。诗末点明写作目的，是"用激壮士肝"，希望世上有锄强扶弱的侠士出现。侠士是黑暗世道的星火，是弱者失望于官府而又渴望生存的救星，他们永为弱者所企盼，所仰慕。杜甫此时处于政治的逆境中，故希望有正义果敢者出来携助。回想杜甫年轻时所写的"鹰""马"，何等矫健，何等雄杰！"竹批双耳峻，风入四蹄轻。……骁腾有如此，万里可横行。"（《房兵曹胡马》）"何当击凡鸟，毛血洒平芜！"（《画鹰》）那时他年轻气盛，未遇挫折，故笔下"鹰""马"皆壮志满怀，气势凌人。如今所写，马是瘦马，鹰是困鹰，这显示出他的人生旅途和心境的重大变化。

杜甫作华州掾期间，还为华州刺史郭某代写了几篇文章，其中《为华州郭使君进灭残寇形势图状》，陈述了彻底消灭安史叛军的战略和策略，批评朝廷撤走河北大军致使叛贼得以喘息的失策之举。提议调遣各路兵马，"穷犄角之进"，并对各路兵马的行进、攻取目标作了具体说明。可见，杜甫虽位居下吏，心怀怨气，但对于国事的关心丝毫未减。这年九月，朝廷调遣9个节度使，合兵20万围攻邺城（今河南安阳）残敌安庆绪。此前，调李嗣业率部从怀州（今河南沁阳）赴长安待命。李嗣业西进经过华州时，郭刺史留他宴饮，杜甫作陪。头年，杜甫从凤翔回羌村探家曾向李嗣业借过马，此次重逢，见将军虽久经沙场而英气犹在，谈笑自如，视敌寇如草芥，不禁欢欣鼓舞，写了《观安西兵过赴关中待命二首》，热情洋溢地赞美李部的精锐和声威，对李部的严明军纪也大加赞许。李嗣业多次与叛军交战总是打先锋，手中大棒每令敌人丧胆，立下赫赫战功，深为杜甫所敬重。可惜在这次重逢的几个月后，乾元二年（759）正月，李嗣业在攻打邺城时被流箭射中，以身殉国。

第六节 | 眼枯即见骨，天地终无情

乾元元年（758）冬末，杜甫离开华州前往洛阳探望亲故。自从洛阳陷落，至今已有几年未回了。一路上虽风尘弥漫，兴致却很高；遇到一些旧识新交，也颇得良趣。回乡总是令人兴奋的啊！在洛阳住了一段，便去城东旧居，指望能见到弟弟们，却未能如愿，战乱中诸弟流离四方，一个也没有回来。环顾空空荡荡的旧庐，唯见弟弟的书法还挂在墙上，老犬懂得主人心情，垂着头偎依在床边。此情此景令他伤心，作《忆弟二首》，回忆当初仓皇逃难，未料竟成长别。"即今千种恨，惟共水东流。""故园花自发，春日鸟还飞。"花笑人未笑，鸟归人未归，触景伤情，感慨不已。

这次东都之行，途中拜访了阔别20年的卫八处士。身经大难之后，旧友重逢，恍如隔世，而亲情厚爱，一如当年。杜甫以朴实的文字记下了人生的美好情谊，这就是那首为人传诵的《赠卫八处士》。诗中说：人生世上却彼此不能见面，这境况每每就像天上的参商二星一样。然而今晚又是怎样的一个晚上呢，我们竟能在同一盏灯光下倾诉衷肠！一个人的青春年华能有几时？转眼间我俩都已鬓发苍苍。打听旧友，多半已经做鬼了，禁不住连连惊呼，热辣辣的痛感满心肠。哪里会料到啊，分别了二十载，今日会重登您的厅堂！想当初分别时您还

没有成婚，忽然间您身边已儿女成行。他们和颜悦色地接待父亲的知心朋友，亲切地问我来自什么地方。问辞答语尚在进行，孩子们已把酒浆摆到桌上。您冒着夜雨去园中割来春天的嫩韭，还煮了一锅黄白米饭又热又香。您说人生难得相会，一连同我对饮了十觞。饮了十觞我也不醉啊，是因为感激您的故人情意如此深长。明天分手后我们又要被山岳隔开，唉，彼此的境况又将难以知详。

其言何浅，其情何深！足见杜甫是个深于情而笃于爱的人，对于国家、百姓，对于亲人、朋友，总是那样的一往情深。他无疑是古来第一"情种"，是人类史上难得的"情圣"[1]。他作为中世纪的东方人文精神的唯一代表而进入世界文化名人之列[2]，是当之无愧的。

乾元二年（759）二月，杜甫仍居洛阳，密切地关注着国家的时局。当时形势有可喜的一面，也有堪忧的一面。杜甫把他的忧喜之情写入名篇《洗兵马》[3]，诗中既表达了迎接彻底平息叛乱的爱国热情，又反映出冷静透析现实的头脑。全诗主要表达以下几层意思：

其一，欢呼官军包围邺城，为当时大好的军事形势而击节高歌："中兴诸将收山东，捷书夜报清昼同。河广传闻一苇过，

---

[1] 梁启超《情圣杜甫》称杜甫为"情圣"。

[2] 1961 年 12 月 15 日，在斯德哥尔摩举行的世界和平理事会主席团会议上，决定将杜甫列为次年纪念的世界文化名人。1962 年，世界各地举行了纪念活动。

[3] 《洗兵马》写作年代有二说：黄鹤、王嗣奭、朱鹤龄、仇兆鳌、浦起龙、杨伦、冯至、萧涤非、朱东润、廖仲安等，主乾元二年说。赵次公、钱谦益、吴瞻泰、詹锳、徐树仪等，主乾元元年说。此依前说。

胡危命在破竹中。只残邺城不日得，独任朔方无限功。"当时史思明已宣布投降，安庆绪固守邺城，城中粮草缺乏，兵力不足，而官军以 20 万人马将其团团围住，按常理说，自然是不日可得。杜甫在大好形势面前的欢腾雀跃之状，见于字里行间。与此同时，他又认为叛军虽弱却仍不可轻视，告诫肃宗须保持冷静的头脑，别忘了当初的帐殿生活："已喜皇威清海岱，常思仙仗过崆峒。"眼前的胜利是来之不易的："三年笛里关山月，万国兵前草木风。"兵民用鲜血和生命换来的胜利，做君主的宜自珍视，不可疏忽大意，捐弃前功。

其二，赞美了救济时危的将帅功臣，充分肯定了成王李俶、郭子仪、李光弼、王思礼的"整顿乾坤"之功。杜甫说，由于这几位英杰应时而出，国家才得以复兴，官吏们不再为了避难而去隐居，百姓们也都有家可归，妩媚的春光又随百官进入宫殿，玄宗、肃宗皆得以回归京都，肃宗也得以尽孝亲之情："鹤驾通宵凤辇备，鸡鸣问寝龙楼晓。"此二句实为寓劝于颂，字面是说肃宗和太子的车驾通宵整备，等候天亮去龙楼，向玄宗问安。其实，在李辅国、张良娣的挑唆下，肃宗已视玄宗为敌了，他排挤玄宗旧臣，就是要孤立玄宗，父子间的温情面纱已然撕下。杜甫知道此中真相，妙在能于歌颂诸将之际，对肃宗顺刺一笔，却又了无痕迹。肃宗若能读到这两句，心中自当作痛。

其三，对朝廷重用群小而疏远贤臣提出批评。肃宗昏庸，把宦官李辅国视为亲信，李辅国又与张淑妃勾结，爬上元帅府行军司马的高位，势倾朝野。还有个王玙，也是肃宗信任的人，两京收复不久，乾元元年（758）五月，肃宗即让王玙代张镐为相。王玙是个什么东西？一个不学无术、靠装神弄鬼以迎合皇上迷信思想的小丑。《资治通鉴》上说他"专依鬼神以求媚，每议礼仪，多杂以巫祝俚俗"。神汉为相，国事可想。杜甫写此诗时，王玙仍居相位，故以"攀龙附凤势莫当，天下尽化为侯王"讽刺群小升天的昏乱朝政。又以"汝辈岂知蒙帝力，时来不得夸身强"的呵斥之辞，警告李辅国、王玙之流，休得自尊自大，汝辈得势不过是一时的运气，蒙受了"帝力"的抬举而已；而群小居然"蒙帝力"得高升，则肃宗的昏庸偏私，亦在不言之中。与群小得势的情况相反，杜甫紧接着提出贤臣遭贬的现实，房琯和张镐从肃宗在灵武组织抗敌到两京收复，曾先后任宰相，其辛苦、功劳可知，但因为他们都是玄宗旧臣而相继被贬，杜甫对此颇有异议，希望肃宗能复用他们。

其四，为地方官吏报喜不报忧、朝廷上下沾沾于既得胜利而忧虑。两京收复，中兴有望，各地官吏便争献祥瑞以求天子厚遇了，"不知何国致白环，复道诸山得银瓮"表达了杜甫对这种庸俗伎俩的极端反感。那些在战乱中逃入深山当隐士的官吏，此时也觉得有机可乘而下山摘桃；一批拍马文人，也在忙着写作歌颂清平盛世的文章。总之，这些弄虚作假、盲目乐观的种种行径，均为杜甫所深忧。迎着君臣上下一片喜洋洋的笑脸，杜甫把一瓢凉水兜头泼了过去："田家望望惜雨干，布谷处处催春种。淇上健儿归莫懒，城南思妇愁多梦。"史载，这年春天，关中一带旱情严重，而青壮劳力都已去"淇上"围攻邺城，农村土地荒废了，虽有布谷鸟在殷切地催叫，却无法春种。这一严酷的现实，是那些地方官不愿上报的，是昏庸的肃宗无法知道的。诗的末尾点明题意："安得壮士挽天河，净洗甲兵长不用！"总摄一篇之旨，形成百川归海之势。诗中无论是欢呼邺城之围，褒奖功臣以励斗志，呼吁朝廷复用贤臣，批评肃宗重用群小，还是指责地方官吏虚假逢迎，都是为了这一目的：彻底消灭叛军，永远结束战争。此诗颇多议论语，似与"诗主性情，不主议论"[1]的观点相冲突，但因所议皆国家大事，且有不同流俗的精辟之见，加之以形象的语言、饱满的情绪，故使人不觉枯燥乏味。可见，写诗并不一概地拒绝议论，关键在于是什么样的议论。宋诗议论亦多，却不具备上述特点，故而"味同嚼蜡"[2]。

且说官军自乾元元年（758）九月包围邺城，至乾元二年（759）春，已历数月之久，因军中未设主帅，故而攻城不力。正月，史思明降而复叛，在魏州（今河北大名东北）自称大圣燕王。李光弼请与郭子仪朔方军北逼魏城，以防史思明南下救邺，被肃宗安置在官军中的心腹宦官鱼朝恩（此时鱼任观军容使）否决。二月，史思明从魏州引兵救邺，时时派遣小股部队骚扰官军，并派人化装成官军拦截粮草，官军无食，军心动摇。三月三日，官军在邺城北面摆开阵势，与叛军决战，杀伤相半，突然狂风吹起，黄沙弥漫，对面不见人马，双方士兵惊

---

[1] 严羽《沧浪诗话》："诗者，吟咏情性也。……近代诸公作奇特解会，遂以文字为诗，以议论为诗，以才学为诗。"张戒《岁寒堂诗话》认为"诗成于李杜，而坏于苏黄"，原因是"子瞻以议论作诗，鲁直又专以补缀奇字"。方东树《昭昧詹言》："作诗切忌议论。"
[2] 毛泽东给陈毅同志的一封谈诗的信中谈到对宋诗的印象。

骇，分头向南北溃逃，兵甲器仗扔了一路。郭子仪退保洛阳，他的部队原有战马万匹，只剩三千，甲仗十万几于丢尽。洛阳城的官员和百姓纷纷逃入山谷。杜甫离开洛阳，返往华州。在归途中，但见兵荒马乱，民生涂炭。统治者为了补充兵员，实行毫无章法的拉兵政策，不分青壮老少，见到就抓。杜甫深为震惊，异常痛切，遂把他所见的拉兵惨象写入"三吏""三别"两组诗中。"三吏"以地名命题，依作者西行路线，三首次序应是《新安吏》《石壕吏》《潼关吏》。

《新安吏》写尚未成丁的少年被征当兵。新安县在洛阳西70里，杜甫从洛阳出发，傍晚时抵达县城，见县吏征点少年入伍，惊问其故，方知是上边下来了公文：壮丁征尽，次选少年。"中男绝短小，何以守王城？"杜甫怀着沉痛心情望着这群身材短小的孩子，用笔录下送行的凄惨场面："肥男有母送，瘦男独伶俜。白水暮东流，青山犹哭声！莫自使眼枯，收汝泪纵横。眼枯即见骨，天地终无情。"白水，是指流经新安、东入洛河的那条河水。写白水在苍茫的暮色中向东流去，是暗比这群孩子在亲人无奈的泪眼中向东行进。他们是去补充郭子仪的部队，郭子仪此时守河阳（今河南孟州市），河阳在新安东部。白水东流，征夫东去，方向正好一致；水去不可阻，人去不可留，二者有一致性，所以说"白水暮东流"有暗比征人远去的意思。"青山犹哭声"，从听觉上说，这自然是写送行者的哭声使青山发生回响，可见哭声之大；从抒情上说，也是在于渲染一种物我同悲的气氛。面对如此惨痛的场面，杜甫愤切地咒骂"天地无情"，这里的"天地"，显然在影射朝廷。杜甫对人民的苦难是同情的，但他也十分清楚，面对敌人的疯狂进攻，必须用战斗去回答。为了安慰这些悲哀的送行者，他所能做的也只有说几句宽心话了："就粮近故垒，练卒依旧京。掘壕不到水，牧马役亦轻。况乃王师顺，抚养甚分明。送行勿泣血，仆射如父兄。"说这些孩子们到营地有饭吃，屯营也不远，较安全，活儿不累，能得抚养，仆射郭子仪像慈爱的父兄。——这些好事，怕是连杜甫也不敢想的。但是，在战争的危急时刻，杜甫对人民的劝慰是有积极意义的，可以避免发生内部斗争。至于指责杜甫未能鼓动民众起来斗争，追究"祸国殃民者"的"责任"[1]，更不是稍具民族感情者所应持有的立场；在民族危亡的关头，去鼓动内部分裂、角斗，这是什么人的行为呢？杜甫心中有民族的大局，也有民众的眼泪；大局须要顾全，眼泪也需要擦拭。他对送行者的这番劝慰，是出于对悲痛欲绝的家长们的不忍啊，他的心思是说：走了的既然已经走了，留下的还得打起精神活下去。唉，老杜的这份苦心，却非人人都能理解，所以不得不多说几句。

出了新安城往西走，接近陕县的时候，天色已晚，杜甫投宿在石壕村的一户农家。没承想，又遇到差吏抓丁。其后，他把此夜经历写入《石壕吏》：

> 暮投石壕村，有吏夜捉人。
>
> 老翁逾墙走，老妇出看门。

---

[1] 见郭沫若《李白与杜甫》。

吏呼一何怒，妇啼一何苦！

听妇前致词：三男邺城戍。

一男附书至，二男新战死。

存者且偷生，死者长已矣。

室中更无人，惟有乳下孙。

有孙母未去，出入无完裙。

老妪力虽衰，请从吏夜归。

急应河阳役，犹得备晨炊。

夜久语声绝，如闻泣幽咽。

天明登前途，独与老翁别。

24句诗便叙述了一个完整的故事，而且人物形象历历在目，主题鲜明突出，不能不说杜甫叙事功夫之深。叙事作品第一要紧的便是对生活素材的剪裁，去掉旁枝以突出主干，去掉游词以鲜明主旨。杜甫此诗堪称剪裁之典范。就说开头两句吧，由"暮"到"夜"，由自己"投宿"到差吏"捉人"，时间和事件上跳跃都很大，对个人行迹略作交代便直奔中心事件。倘若不作剪裁，把生活经历原原本本端上来，就可能写成这副模样："暮投石壕村，周身汗涔涔。挨家求住宿，十室九闭门。幸遇殷勤主，开门问苦辛。为我明蜡烛，为我洗风尘。草草晚餐罢，悠悠度梦魂。忽闻犬声烈，有吏夜捉人。"这些生活琐事与主题无关，写入诗中毫无意义，所以必须剪掉。我们只有认识到剪裁的妙用，才能理解杜诗的精炼，而更重要的还是对作品的内容不至于产生曲解。比如，当今一些杜诗选本或教材，皆给"听妇前致词"以下的13句加了引号。这种做法就是不懂剪裁手法的体现，没有看到杜甫在这13句中使用了剪裁，剪去了差吏的步步逼问，只保留了老妇的答话，以答话去间接地表现问话。把13句答话用引号一圈，就成了这是老妇人一连气说的了：她说了儿子的情况，又说屋里人的情况，最后表示自己可以去服役。这就成了老妇人自请服役，抓丁的罪恶被淡化了。老妇人果真是自请服役，要求为国献身吗？那她何必让老头逃走呢？须知，老头的逃走她是知道的，很可能就是她的主意，她讲屋里人的情况时，没提还有个老头，就是明证。所以，对诗人使用的剪裁手法不可不认识。认识了，才能通过想象，对门前的这场激烈的较量进行复原。从作者安排韵脚的转换上，可以清楚地看出老妇人这13句话分为三个层次。第一层，老妇人讲述三个儿子为国献身的情况，这就间接地写出了差吏的第一层逼问："把你儿子交出来！"老妇人的第二层哭诉讲的是屋里现有人口情况，这分明显示出差吏听到老妇人刚才的诉说之后并未认可，仍在逼问屋里还有什么人。而当老妇人讲完屋里只有孤儿寡母之后，差吏如果认可，则老妇人不必请求以年迈之躯前去应征，必是差吏紧逼不放，让她家无论如何也要出一人应征之后，老妇人为了保住儿媳（也就是要保住吃奶的小孙子）才不得已作出这个决定的，而她的"急应"之求，是担心夜长梦多，万一拖到天亮，老头贸然而归，那就前功尽弃了。可知，老妇人的"请从"与"急应"完全是事非所料、无可奈何之举，绝非"深明大义""慨然应征"。这首诗深刻地揭露了差吏的狠毒无情，抓丁所及，连老太婆都不放过，由此可见当时的兵役制度已经黑暗到何种程度。全诗通篇用白描，杜甫把他的同情与憎恨，不动声色地见于生活场面的描绘中。寓主观于客观，是杜诗叙事的一大特色。

杜甫继续西行，来到潼关（在今陕西潼关县，古称桃林塞），见士兵正在紧张忙碌地建筑城堡以备敌患。邺城失利以后，官军向西退却，叛军乘势推进，潼关设防也就显得十分重要。杜甫眼望潼关，不禁想起三年前官军在此处的一场惨败，那时叛军逼近潼关，守将哥舒翰本拟凭险拒敌，以待时机，但杨国忠出于私心，唆使玄宗促其出关迎敌，哥舒翰无奈，只好出关，遂致全军覆没。惨痛的教训使杜甫不能沉默，作《潼关吏》，通过与守吏问答的方式，表达了敌至则拒关而守的军事思想，提醒守将不能蹈哥舒翰的覆辙。在当时的形势下，这种军事思想无疑是正确的。[1]

如果说"三吏"是通过人物问答的方式来叙事，那么"三别"，则纯然是人物的独白，作者隐于事外，更能体现寓主观于客观的叙事特点。"三别"的内容仍是写人民群众在那个特定的时期所遭受的兵役之苦。

《新婚别》写一对"暮婚晨告别"的新婚夫妻，离合时间的特殊性带来了事件的悲剧性。全诗以新娘子的口吻来写，开篇就写她自叹命运可悲："兔丝附蓬麻，引蔓故不长。嫁女与征夫，不如弃路旁。"出语沉痛而愤激，却又入情入理。接着

---

[1] 郭沫若《李白与杜甫》则认为，杜甫这种"军事见解并不怎么高明。战争的胜负，关键在乎人心的向背。"郭氏之论调虽高，却大而无当，空泛得缺乏应有的责任心。

就围绕"新婚而别"诉说悲怨：昨晚刚刚结为夫妻，连席子还没睡暖，你就开赴河阳去打仗了，这不是有点过于匆忙了吗？古时礼节，女子过门三日，才算明确人妻的身份；现在却连身份都不能取得，连公婆也无法去拜了。接着又追述自己从小藏在闺中，父母的一片苦心，是为了让女儿能够顺顺当当地嫁出去，一旦嫁出去，那就"鸡狗亦得将"了。却未料到连随鸡随狗的缘分都谈不上。读到此处，人们怎能不与这位新娘子"沉痛迫中肠"呢？新娘子发誓要同丈夫一起到军中去，要死就死在一块吧！可又一想，妇人在军中，恐怕会影响士气，好心反倒把事情弄糟。最后，还是安慰丈夫"勿为新婚念，努力事戎行"，并且当着丈夫的面脱下新嫁衣，洗掉脸上的脂粉，这是在发誓等待他的归来。对于新娘子的九曲回肠，杜甫作了认真细致的体会，所以写来感人至深。杜甫通过这个人物的言行，既表达了对苦难人民的同情，又表达了支持国家平息叛乱的立场。

《无家别》写的是老年男子被征服役的事。这是一个刚从邺城溃散回来的老兵，途中开了小差，逃回故乡来。走进村子一看，到处都是蒿草荆棘，原来居住这里的一百多户人家，死的死，逃的逃，仅仅剩下一两个寡妇老婆。空巷无人，阴森可怕，时时见到狐狸从草丛中跳出来，对他怒目嗥叫，那意思似说："我在这里住着，你来干什么！"家乡虽已荒废，但毕竟是生身的热土，这个老头还是鸟恋故枝般地住下来了，扛着锄头下田耕种，想凑合着度过余年。不料，县令得知了消息，还是把他征入营中去敲战鼓。临行之际，他环顾空室，唯一的老母亲已在战乱中孤独地死去，如今连个话别的人都没有，不禁仰天长叹："人生无家别，何以为蒸黎？"人生一世却弄得无家可别，这还怎么称得起是天子的百姓呢？说得沉痛，问得深刻。诗中展现的战乱中农村的萧条景象，令人触目惊心，可作史料来读。史载：安史乱中，"函陕凋残，东都尤甚，过宜阳、熊耳山至武牢、成皋，五百里中，编户千余而已。居无尺椽，人无烟爨，萧条凄惨，兽游鬼哭"[1]。这段文字中所列地名，在河南中西部，也就是杜甫当时的行经之地，足见杜甫的笔是忠于现实的。

《垂老别》也是写老翁从军，但与《无家别》又有区别。这个老翁有家，有老伴儿，但子孙都已阵亡。极度的悲伤产生了反常的心理，他不想活了，要去乱军中寻求一死，去追随子孙的亡灵。就这样，他告别了老伴儿去求死。老伴儿趴在路边，哭哭啼啼给他送行，明知他不会回来了，还苦苦劝他多吃点饭。他回过头看自己这个劳苦一生的妻子，知道她不会久于人世，却也在为她衣单而伤心。老两口身当暮年却仍不能相依相守，凄凄惨惨作了死别。

"三吏""三别"所写的人生酸楚事，以其血泪积蕴强烈地震动着善良人们的心，使人一经读得，便终生难忘。六首之中有五首写人民的兵役之苦，而又互不重复，这显然是经过作者认真布置、精心构思而成的。杜甫是想通过这组生活画面，广阔而深刻地反映安史之乱时期人民群众的悲惨境况。诗中跳动

---

[1] 见《旧唐书·刘晏传》。

着一颗痛苦的矛盾的心。一方面，他为人民的不幸而悲哀；另一方面，他又为国家民族的命运考虑而支持人民去作出牺牲。战争中的百姓是悲惨的，悲惨的百姓要打起精神来迎接战争。他的忧国与忧民情怀，矛盾而又统一在作品中。杜诗的人民性和爱国主义精神在组诗中得到了强烈的表现。其现实主义诗歌的艺术手法也已达到炉火纯青的境地。

杜甫晚年寓居夔州（今重庆奉节）时，对这段生活曾有回忆，他说："曾为掾吏趋三辅，忆在潼关诗兴多。"（《峡中览物》）可知，这六首诗的写成，是在杜甫到达潼关后。从洛阳出发后，兵荒马乱，虽多目击抓丁惨事，亦不能从容赋诗。到达潼关，方得安全，遂将生活素材进行加工、熔铸，而成此辉煌篇章。

第四章

奈何迫物累，

一岁四行役

第一节 │ 西征问烽火，心折此淹留

乾元二年（759）春末，杜甫由洛阳返回华州任上。这年关中地区旱情严重，从春初到夏末，未降雨水，粮食无收，米价暴涨，一斗米价格达7000钱，出现了"人相食"的惨事。太宗贞观年间，斗米仅三四钱，玄宗开元年间米价有所上涨，也不过20钱一斗。关中百姓无食，纷纷上路逃荒。杜甫作《夏日叹》《夏夜叹》，书写深忧。前诗以纪实之笔描写旱情的酷烈："朱光彻厚地""良田起黄埃""飞鸟苦热死，池鱼涸其泥。"面对"万人尚流冗，举目惟蒿莱"的荒野流民惨状，他"对食不能餐"，叹息贞观治世和贤良宰相的渺然长逝。古人习惯把天灾同乱世、奸臣相联系。后诗写夏夜乘凉，看见飞虫在月光下飞翔，于是想到生命之体无论大小，都以自得其乐为常情，由此忽而想到戍边的士兵，此刻正在挥汗巡逻戒备，连洗濯的工夫都没有，他们的境况尚不如飞虫。不禁发出浩叹，缅怀过去那种国泰民安的太平岁月。

由于饥荒严重，政局混乱，主要还是由于肃宗昏庸无德，刚愎自用，对玄宗旧臣一味排挤，使杜甫对这位天子完全失去了信心，他决定辞去华州司功参军这个于军国大事无足轻重的微职，远去秦州（今甘肃天水）。[1]《立秋后题》这首诗即表达

---

[1]《新唐书·杜甫传》说"关辅饥，辄弃官去"是未能详察杜甫辞官的主要原因。

了弃官远去的意志："罢官亦由人，何事拘形役！"既然解掉官职是可以由个人来决定的，又何必让我的心为形体所拘役！杜甫性子倔强、果决，一旦把事看透，便毫不迟疑地付诸行动。另外，从抵达秦州后写的《秦州杂诗》第二十首中，也能看出他弃官的理由："唐尧真自圣，野老复何知！""唐尧"，是用以讽称肃宗；"自圣"，算是倒出了老杜的一肚子怨气。自圣，是天生的圣明，在娘胎里就万事通了，那还要什么左拾遗、右拾遗？我这个"野老"在他眼里是什么都不知，狗屁不如！那我又何必自作多情！这使人想起四年前他在《自京赴奉先县咏怀五百字》诗中对玄宗的态度："生逢尧舜君，不忍便永诀。"也使人想起两年前在《北征》诗中对肃宗的态度："虽乏谏净姿，恐君有遗失。"那些时候他对君主还是抱有希望的，以为通过包括自己在内的贤臣们的辅佐，君主是会圣明起来的。现在他明白了，这些君主是自以为天生圣明的，是拒绝规谏的。儒家说，"用之则行，舍之则藏"[1]。既如此，则正该辞职了事。如果从生活上考虑，杜甫的官职虽小但总能有些俸禄可拿，一旦辞了职可就没有经济来源了。杜甫的骨气就在这里，他宁可肚子受屈也不让心灵遭苦，不能忍气吞声地向肃宗要口饭吃。杜甫的这种骨气，我们可以从他在秦州所作的《佳人》中看出来：

[1]《论语》中有六处申述此种观点，如："邦有道，谷；邦无道，谷，耻也。""邦有道，则仕；邦无道，则可卷而怀之。""天下有道则见，无道则隐。""以道事君，不可则止。""邦有道则知，邦无道则愚。"杜甫的归隐亦在儒家思想范畴之内。

绝代有佳人，幽居在空谷。

自云良家子，零落依草木。

关中昔丧乱，兄弟遭杀戮。

官高何足论，不得收骨肉。

世情恶衰歇，万事随转烛。

夫婿轻薄儿，新人美如玉。

合昏尚知时，鸳鸯不独宿。

但见新人笑，那闻旧人哭。

在山泉水清，出山泉水浊。

侍婢卖珠回，牵萝补茅屋。

摘花不插发，采柏动盈掬。

天寒翠袖薄，日暮倚修竹。

  诗中的这位佳人，出身良家，因关中丧乱，兄弟遭害，娘家败落致使丈夫情移，把她抛弃了。她携带侍婢远居秦州的山谷，住在破漏的茅屋里，靠变卖首饰生存，无心插花打扮，只是常常采拾柏枝。柏枝味苦而坚贞，借以寄托苦难的身世和不屈的意志。天寒日暮，她身穿单薄的翠衣，倚着劲节修竹——她的形与神和修竹的形与神融为一体。这位佳人或许是杜甫在秦州附近的山谷中所遇（战乱的年代每有此事），或许是杜甫创造的艺术形象，无论怎样，我们都能从她的身上看到杜甫的影子。古人每以夫妻喻君臣，"夫婿轻薄儿"，骂得多解气！杜甫冒死投奔肃宗，肃宗却将他遗弃，能说不轻薄？更重要的是遭弃之后的那种不乞怜、不屈服的气节，老杜借"佳人"的言行作了淋漓尽致的表达。从这里也能看出老杜辞职的真正原因。由此我们还能辨识杜甫长安困居十年求进仕途的目的，果真就是为了"致君尧舜上"的，是为了政治上的远大抱负的，而不是谋一官职以求衣食饱暖。此时，同样是为了政治上的原因而舍弃谋生之道，以致把个人和全家带入穷谷，这就是此后杜甫在诗中经常说到的"计拙"，但他并不后悔。

上面这些话，是为了说明老杜辞职的原因。因为有不少人认为他是为躲饥荒而辞职去秦州的。这种说法是依据《秦州杂诗》第一首的"满目悲生事，因人作远游"。"悲生事"，历来注本多引关中旱灾、米价暴涨的史料为注脚。其实，杜甫的"生事"之可悲处，岂仅为此？在上一章里叙及的他到任华州的种种苦痛，哪一件不堪悲伤？不可把"生事"仅理解为衣食。况且，身为功曹参军的杜甫，官职虽小，也不可能连饭都吃不上。可以断定，杜甫从贬斥华州的那天起，弃绝肃宗的心思就有了，辞官只是早晚的事。天灾使他联及到朝政，对朝政更无信心，这只是促使他早日辞职而已。说杜甫因为衣食问题辞官而去，这无疑会给他戴上一顶保身弃国的帽子，这对杜甫来说是冤枉的，是没有认识到杜甫的思想境界。

这年七月，立秋过后，杜甫带着家属离开华州，走上西去秦州的漫漫征途。他从此远离了肃宗，走上了后半生漂泊秦陇巴楚的艰难道路，得以和人民群众作更广泛、更密切的接触。他虽然远离了肃宗，却始终心系国家和时政，这是他对孔孟儒家思想的突破，是他的伟大过人之处。

秦州距长安780里，位于六盘山支脉——陇山的西侧。陇山高达 2000 多米，南北走向，把陇西高原和渭河平原分为两处。其关口称为大震关，形势极为险峻。杜甫带领全家胆战心惊地度越陇山和陇关，"迟回度陇怯，浩荡及关愁"（《秦州杂诗》其一）。一路上不断打听西部地区有无烽烟战火，"西征问烽火，心折此淹留"（同上）。想到即将留居秦州，心中颇为伤感。经历万千险阻，终于到达此地。

秦州是西北重镇，是内地通向西域的门户，孤城一座，群山拥簇，羌汉杂居，风俗颇异。杜甫为什么要来这里，他在《秦州杂诗》第一首中有"因人作远游"的说明，"因人"即依人，投附他人，这个人就是杜甫的族侄杜佐，这从杜甫秦州诗中可以看出来。有人解释"因人"为随同他人，即当时同来秦州的人，这种解释没有依据，且无意义。

来到异地，必先安居，让一家人住下来。杜甫此行是来投奔杜佐，杜佐住在东柯谷，东柯谷在秦州城东南 70 里。要在山沟里建筑房屋，也非一朝一夕可成，所以杜甫就在城内租了一所宅子暂且住下，同时经营建房之事。城中的这所民宅是十分简陋的，《秦州杂诗》第十七首专记其况："边秋阴易夕，不复辨晨光。檐雨乱淋幔，山云低度墙。鸬鹚窥浅井，蚯蚓上深堂。车马何萧索，门前百草长。"借雨中景物状房宅简陋，颇见杜甫擅长构思。雨水淋幔，可见屋檐短窄；山云度墙，可见墙头低矮；"鸬鹚"二句，见房基低洼；门前草长，见交游冷落。据此可知杜甫在秦州的生活状况。族侄杜佐来秦州城拜访时，曾向他讲述东柯谷环境幽雅，物产也很丰富。杜甫就想去那里找一处合适的地方结庐而居，在给杜佐的诗中写道："自闻茅屋趣，只想竹林眠。"（《示杜佐》）表达了前往定居的意思，并且以魏时文学家阮咸比杜佐，赞其贤能，也是为了调动他的积极性，在建房问题上多予协助。其后，大约是杜佐邀请他前来东柯谷察看房基地，一天，他搭乘便船前往，一路上想象东柯谷的佳处，简直就是桃花源："传道东柯谷，深藏数十家。对门藤盖瓦，映竹水穿沙。瘦地翻宜粟，阳坡可种瓜。船人近相报，但恐失桃花。"（《秦州杂诗》其十三）山谷幽静，住户深藏，风景秀丽，粮菜充足，真是个绝好的结茅之处！于是不断地提醒船人，靠近此村就及时相告，以免错过。《秦州杂诗》第十六首，是写东柯谷的实景："东柯好崖谷，不与众峰群。落日邀双鸟，晴天卷片云。野人矜绝险，水竹会平分。采药吾将老，儿童未遣闻。"从诗中写景细致来看，非身到其地则不可为之。由此可以断定，杜甫是到过东柯谷的，并且打算要在那里采药终老。不知是何原因，这种打算没能实现，也许是没有找好建房的基地吧。其后，他在闲游时偶然遇到了赞公，这位赞公是杜甫的旧交，当年杜甫陷身于叛军控制的长安，曾为躲避风声，一度伴在大云寺，赞公是该寺的住持，给予杜甫很多关照。如今异地重逢，彼此百感交集。当赞公得知杜甫要卜居山野，便热情地领着他到处踏寻可供建宅的地方。他们曾去过西枝村，西枝村在东柯谷的西边。为了找到一处朝阳的暖地，赞公拉着杜甫的手，拽着藤萝艰难地向山顶登攀，终于爬过了背阴的冻坡。每当遇到长有老藤或蟠曲古树的地方，便沉吟徘徊不忍离开。可惜最终也没找到理想的处所，只得杖策而归。天色已晚，蔓草上凝结了许多冷露。当晚，杜甫住在赞公的窑洞，将一天的行迹写诗记录下来，虽说没有找到满意的地方，杜甫并未灰心，他准备第二天一早再去西南山野寻找。"幽寻岂一路？远色有诸岭。晨光稍朦胧，更越西南顶。"（《西枝村寻置草堂地，夜宿赞公土室二首》其二）可能是走得太累了，第二天没能成行。但过了几天，杜甫便以诗代简，邀请赞公再次相陪，去西枝村一带寻找。可见杜甫的确是打算在秦州附近定居下来。有一种说法，认为杜甫离开华州时就打算去成都，在秦州不过是歇歇脚。[1]这种说法看来与实情不符。

接下来谈谈杜甫在秦州的生活情况。他能举家西迁，行程七八百里，到了秦州，又能租赁房宅，可见并非一贫如洗。两年的为官虽说官级低微，也能积攒一些资财。但是，由于没有经济来源，未免坐吃山空，所以生活只能是越来越窘迫。他来秦州是想依附于杜佐，但是这个族侄看来家境也不富裕，一个住在山谷里的农民哪有力量满足这一大家子的衣食需求？杜甫初到秦州，杜佐曾来看望他，并答应给他一些小米，杜甫很高兴。白露节过后，谷子已成熟，却迟迟不见杜佐送米，杜甫未免心急，就写诗催促："白露黄粱熟，分张素有期。已应春得细，颇觉寄来迟。"（《佐还山后寄三首》其二）既是求人"分张"（即施与），心里虽急，也得言辞委婉："小米迟迟未能寄来，可能是由于你要把小米春得很细。"倘若不是亟须杜佐援助，又何必如此苦心措辞？在这组诗中，杜甫还向杜佐索求白薤，白薤俗称薤头，多年生草本植物，鳞茎可做蔬菜。为让杜

[1]朱东润《杜甫叙论》说："他决定挂冠出走。走向哪里去呢？……只有向西，绕过长安，穿过陇坂，再行走向川中。"

佐答应此求，他把菜圃的景色写得很美："几道泉浇圃，交横落幔坡。葳蕤秋叶少，隐映野云多。"（《佐还山后寄三首》其三）简直是要以诗换菜了。就在他焦急等待的时候，有一位叫阮昉的隐士主动送来30捆白薤，这使他大喜过望，感激万分，写诗致谢道："隐者柴门内，畦蔬绕舍秋。盈筐承露薤，不待致书求。束比青刍色，圆齐玉箸头。衰年关膈冷，味暖并无忧。"（《秋日阮隐居致薤三十束》）在杜甫的眼中，这些白薤长得多好啊，一束束的薤秧绿得像刚割下的青草，圆滚滚的薤头有如玉箸头那样晶莹洁白，至于它的功能更可称道，不仅能充实菜盘，还能治好胸腹寒弱的病症呢！

天气渐渐寒冷了，冬天的脚步依稀可闻。秦州地势较高，冷得也早。九月里就让人感到衣服单薄了。"北里富熏天，高楼夜吹笛。焉知南邻客，九月犹绨绤！"（《遣兴五首》其一）绨绤，是葛布的通称，是做夏衣的料子。杜甫穿着夏衣过深秋，自感到寒不能禁，却又无钱购置秋装。《空囊》这首诗最能反映他的生活困况：

翠柏苦犹食，明霞高可餐。

世人共卤莽，吾道属艰难。

不爨井晨冻，无衣床夜寒。

囊空恐羞涩，留得一钱看。

无米可炊，故不用打水做早饭，井水也就封冻了。衣被单薄，醒来以后感到床板特凉。肚子饿得难受，躺在床上忽发奇想：那苦味的柏枝既然还能当饭，则高天上艳丽的早霞也是可以充饥的吧！唉，添衣买米当然都是生活所需，可是把钱都花光了，恐怕要羞愧得很呢，还是存下一个小钱来，让它看家为好。老杜的这点幽默，时时能使他在困境中取得一种轻松的心态。然而，自嘲归自嘲，精神不能代替物质，缺衣少食的现实终究对他的身体发生了作用。他的疟疾病复发了："隔日搜脂髓，增寒抱雪霜。徒然潜隙地，有靦屡鲜妆。"（《寄彭州高三十五使君适、虢州岑二十七长史参三十韵》）古人认为疟疾是鬼在作祟，每隔一天就来搜刮一次脂髓，发作时五内增寒，如同怀抱着霜雪，冷得打战。古人迷信，以为患疟疾者化了装，潜伏于幽隙之处，就可以躲避疟鬼的纠缠。杜甫被疾病所苦，只好照办，穿上女人艳丽的服装，又在脸上抹了些脂粉，然后找个幽僻的地方藏起来，这副打扮让他感到十分羞愧，难以见人。虽说每次都不能免除病痛，可是一旦发作起来还是要这么做，因为再无他计可施了。"心微傍鱼鸟，肉瘦怯豺狼。"（同上）此时他已是心身俱弱了。

但是，他从未放弃关注国事。有时，他夹在人群中观看来往于京都和边地的使臣，观看从西域金微都督府调来的征讨叛军的部队，为士兵的奔劳而叹息："城上胡笳奏，山边汉节归。防河赴沧海，奉诏发金微。士苦形骸黑，林疏鸟兽稀。那堪往来戍？恨解邺城围。"（《秦州杂诗》其六）有时远眺边关烽火，为吐蕃犯边而忧愤不已："警急烽常报，传闻檄屡飞。西戎外甥国，何得迕天威！"（《秦州杂诗》其十八）夜晚倾听震天动地的鼓角，感慨战乱难平："鼓角缘边郡，川原欲夜时。秋听殷地发，风散入云悲。"（《秦州杂诗》其四）正是出于对国事的关心，他对昏庸误国的肃宗也加大了批判的力度，这主要集中在回纥问题上。早在至德二载（757），杜甫就曾对肃宗借回纥兵以平叛军的做法提出见解，认为少借为好（见《北征》）。回纥协助唐军收复两京后，大掠洛阳城中财物，百姓深受其害。其少主叶护请求把士兵留在沙苑，再为肃宗收取范阳。肃宗欣然同意，并对其将士大加封赏。杜甫对肃宗的一味依靠回纥，深感忧虑，作《留花门》表示反对。花门，回纥的别称，因回纥西南有花门山堡，故有此称。杜甫认为肃宗的"留花门"是失策的，"花门天骄子，饱肉气勇决。高秋马肥健，挟矢射汉月"。这样一个民族，"自古以为患"，并非虚谈。然而如今却让其"倾国"而至，"出入暗金阙"，比在老家还放纵，真是古来所无。[1] 杜甫关心的是农民将受其害，"田家最恐惧，麦倒桑枝折"。他们以食肉为生，哪里懂得庄稼的重要？所以"花门既须留"，则必定是"原野转萧瑟"了。其后事实果如杜甫所言，宝应元年（762）回纥破了史朝义，又到洛阳抢掠，杀百姓万余人。广德二年（764）、永泰元年（765），回纥与吐蕃联兵，攻掠奉天、同州等地。如此看来，杜甫反对一味依赖回纥援军的做法，是正确的。这个时期所作的《即事》一诗，也是对肃宗的依赖回纥进行严厉的批评。诗云：

---

[1] 曾亚兰、赵季《杜甫议降公主借回纥申说》(《杜甫研究学刊》1998 年 3 期）认为杜甫否定肃宗借兵回纥，是不切实际的清议。今按，杜甫并非完全反对向回纥借兵，只是建议"少为贵"，反对"倾国至"；少借则可用其勇，多借则难以控制。"中原有驱除，隐忍用此物。"杜甫对借兵回纥的意义是清楚的，反对无节制的借兵也是正确的。

闻道花门破，和亲事却非。

人怜汉公主，生得渡河归。

秋思抛云髻，腰支剩宝衣。

群凶犹索战，回首意多违。

乾元元年（758）七月，肃宗为求得回纥的援助，把幼女宁国公主嫁给回纥可汗，第二年，可汗病死，宁国公主险些被殉葬，经公主力争，方以割面毁容为代价获得生还，回归时间为乾元二年（759）八月，此时杜甫正在秦州。诗题为"即事"，可知是宁国公主回归时经过秦州，为杜甫所目击。古人每以"即事"为诗题，"即事"，就是以眼前事为题材作诗。杜甫不在题中标明公主回还字样，当是以此事为国耻而不忍书之。"秋思抛云髻，腰支剩宝衣"二句，将一个身心遭到摧残的少女写得形神真切，催人泪下。而"群凶犹索战"的现实，又说明借兵回纥的无济于事。杜甫严厉批判了肃宗卖女求安的行径，表现出可贵的民族自尊意识。

这个时期，杜甫还创作了一批山水风情诗篇。他以敏锐的感受力，描绘出一幅幅陇右山川的奇俗异景，读来令人眼新。如：

写秦州的地理和天文特征："莽莽万重山，孤城石谷间。无风云出塞，不夜月临关。"（《秦州杂诗》其七）"关云常带雨，塞水不成河。"（《寓目》）"远水兼天净，孤城隐雾深。"（《野望》）"黄云高未动，白水已扬波。"（《日暮》）景物皆带地方特色。

写当地民俗特征："羌妇语还笑，胡儿行且歌。"（《日暮》）

"羌女轻烽燧，胡儿掣骆驼。"（《寓目》）"马骄朱汗落，胡舞白题斜。"（《秦州杂诗》其三）白题，为古代匈奴人所戴的毡笠。诗中所写的民俗皆剽悍、劲健，与内地迥然不同。

写秦州一带的物产特色："一县葡萄熟，秋山苜蓿多。"（《寓目》）"塞柳行疏翠，山梨结小红。"（《雨晴》）"麝香眠石竹，鹦鹉啄金桃。"（《山寺》）《广群芳谱》载："金桃，长形，色黄如金。"这种长圆形的桃子内地未曾见有，当是秦州特产。

其他如"烟火军中幕，牛羊岭上村"（《秦州杂诗》其十）之写秦州附近的山景，"黄鹄翅垂雨，苍鹰饥啄泥"（《秦州杂诗》其十一）之写雨中物象，都给人留下鲜明的印象。

秦州是一座古城，周围古迹、庙宇较多，杜甫常去游览，留下了不少佳作。隗嚣宫，在秦州城东北山上，隗嚣是东汉初天水成纪（今甘肃秦安）人，新莽末年，为当地豪强拥立，据有天水、武都、金城等郡，自称西州上将军，其后与汉军交战，屡次失败，忧愤而死。唐时这座宫殿还在，但已经荒废了，古老的山门上长满了苔藓，空寂的野殿中残存着当年的壁画。杜甫在《秦州杂诗》第二首记录了游览的观感："秦州城北寺，胜迹隗嚣宫。苔藓山门古，丹青野殿空。月明垂叶露，云逐度溪风。清渭无情极，愁时独向东。"想到秦州是历史上军阀割据的地方，不禁愁从中起，产生了东归故乡的念头。南郭寺，在秦州城南的慧音山上，此寺至今尚存，香火依旧，寺内一株古柏虽已倾斜，却仍吐翠。杜甫来游寺庙，写成五律一首："山头南郭寺，水号北流泉。老树空庭得，清渠一邑传。秋花危石底，晚景卧钟边。俯仰悲身世，溪风为飒然。"诗中写的"老树"，当即至今存活的那株古柏，经科学家测定，此树树龄为 2500 年左右。[1]"北流泉"，也在寺中，因泉水北流而得名，如今仅存泉井一眼，水不外溢而味甚甘甜。当年老杜游览之时，水势尚盛，故有"清渠一邑传"的诗句。还有麦积山，在秦州东南 90 里处，山峰形如麦垛，故名。麦积山上有后秦时建的瑞应寺。开元二十二年（734）二月，秦州一带发生大地震，"坏庐舍殆尽，压死四千余人"（《秦州志》）。25 年后杜甫来游麦积山，地震所造成的灾难依然可见，作《山寺》诗以记其况："野寺残僧少，山园细路高。麝香眠石竹，鹦鹉啄金桃。乱水通人过，悬崖置屋牢。上方重阁晚，百里见秋毫。"野麝眠于石竹，鹦鹉啄食金桃，皆因人迹稀少所致，这正是地震劫难的写照。山因地震而崩裂，崩石截断水道，故水流纷乱而浅，人可涉过；悬崖间的佛室震后犹存，故觉其牢。杜甫游览此山时，自当知晓 25 年前这里曾发生地震，故笔墨围绕震情，当时的人读到此诗，也自会明白作者的意图，故杜甫未加注释。但如果我们不知道此中还有个地震的背景，则难以真正读懂这首诗。[2]杜甫还去游览过太平寺（此寺故址在今甘泉镇西山，今已不存），作《太平寺泉眼》，赞美寺中的泉水神异而清净，表示要在此处卜居，服食修炼，当然这也是一时之想。

杜甫身在边地秦州，每每念及平生好友，感叹"云端各异

[1] 见李济阻等《杜甫陇右诗研究论文集》。

[2] 李济阻考察史料，找到开元二十二年（734）秦州地震的有关记载，为解读此诗提供了方便。其文见《杜甫陇右诗研究论文集》。

方"。他思念患难之友郑虔，思念政治上的同道贾至、严武，思念诗友李白、高适、岑参、薛据、毕曜，写出一批情深意切的诗篇。在《有怀台州郑十八司户》诗中，他想象郑虔的贬谪之处是山鬼出没、蝮蛇纵横的险恶地方，为其被才名误身而嗟叹，如今二人一个东南一个西北，隔着莽莽乾坤而相互顾望，对叹沦落。李白因参加永王李璘的幕府，被判流放罪，于乾元二年（759）春夏间行至白帝城时，遇肃宗大赦天下而得东还。李白遇赦的消息，杜甫尚未得知，对其安危垂念不已，作《梦李白二首》以传心曲。其一曰：

> 死别已吞声，生别常恻恻。
>
> 江南瘴疠地，逐客无消息。
>
> 故人入我梦，明我长相忆。
>
> 君今在罗网，何以有羽翼？
>
> 恐非平生魂，路远不可测。
>
> 魂来枫林青，魂返关塞黑。
>
> 落月满屋梁，犹疑照颜色。
>
> 水深波浪阔，无使蛟龙得。

积念成梦，醒后生疑。古人迷信，以为梦中所见的人是他的魂灵前来相会。杜甫想，李白的放逐地点是夜郎（今贵州桐梓县境），那里瘴疠肆虐，去者少能存活，如今魂来千里之外的秦州，莫非是他的鬼魂吗？因为路途如此遥远，生魂是不容易来的。这是在为李白的生命担忧。"落月满屋梁，犹疑照颜色"，将大梦初醒、似假还真、惊疑不定的心情，逼真地表达出来。其二曰：

> 浮云终日行，游子久不至。
> 三夜频梦君，情亲见君意。
> 告归常局促，苦道来不易。
> 江湖多风波，舟楫恐失坠。
> 出门搔白首，若负平生志。
> 冠盖满京华，斯人独憔悴。
> 孰云网恢恢？将老身反累！
> 千秋万岁名，寂寞身后事。

这一首作于前首后两日，由于对李白的生死存有疑虑，思念更甚，故连续两夜都梦见了他。诗中描写李白告归时依依不忍的情态，生动感人（梦是做梦者心头所想，由此可见杜甫对离别的珍惜）；对李白的名传千古而枯槁当年的不幸遭遇给以深切的同情，"千秋万岁名，寂寞身后事"，此二句似有矛盾，既然称李白死后会万古留名，为什么又说"身后事"是"寂寞"的呢？这里应该把"寂寞身"三字连读，说李白生前寂寞，"后事"二字承接"千秋万岁名"。杜甫在诗中还斥责了天道的无知，也含有对肃宗滥罚无辜的怨愤之情。《天末怀李白》则是专为李白喊冤的。"天末"，指杜甫所在的秦州。诗中说："应共冤魂语，投诗赠汨罗。"屈原无罪而遭贬，沉江自杀，故称之为"冤魂"；贾谊因才高而致谤，贬至长沙，曾写赋吊屈原。杜甫在诗中设想李白行经汨罗时，会像贾谊那样投诗赠屈原，并与屈原共诉千古冤情。客观地说，李白与屈原在对国事的执着程度上，是有区别的，杜甫在此把他与屈原等同起来，其中含有借他人之酒浇心中块垒的意味。后来，杜甫在秦州终于得到李白遇赦的消息，并得知他的下落，遂作一首长律寄给他，诗中回顾了李白一生的荣辱和二人亲密的交谊，对李白的诗才给予高度的评价，说他"笔落惊风雨，诗成泣鬼神"，对其"才高心不展，道屈善无邻"的坎坷人生路和"五岭炎蒸地，三危放逐臣"（《寄李十二白二十韵》）的蒙冤处境，表示了深深的同情。遗憾的是，如此深情的赠诗却未见对方的酬答，我们权且认为此诗并没有寄到吧。在寄给贾至、严武的五十韵长律中，表达了对二位政治同道遭贬的愤懑不平之情，对他们的生活处境表示深切的关注；又以平实的笔墨回顾了与二人的亲切交往，字里行间涌动着人事无常的慨叹；还向他们诉述了自己自趋奔凤翔到投迹陇右这一段坎坷的履历，揭示了被肃宗疏远的原因，是一篇同志式的推心置腹的言辞。寄给高适、岑参的二十韵长律，对二位诗友被外放进行安慰，对他们的诗才给予高度评价："意惬关飞动，篇终接混茫。"说二友之诗立意惬切，机神飞动，篇势将终，而元气混茫。其实这也是杜甫的诗歌美学观，是他的艺术追求和实践。以上两首长律是杜甫处于生活困境中（后诗题下原注："时患疟疾"）写的，自顾不暇还要关心和安慰别人，而自己的处境还不如这些人，这是杜甫为人忠厚、善良的表现，是他能超越时人写出伟大诗篇的主要原因之一。

东方文化素厚人伦，亲朋之情向为所重。区别之处在于有人止于表面，有人身体力行，杜甫属于后一种人。他对于亲朋情义的执着，是令人感动的。在秦州时，他经常思念在战乱中离散的弟弟们，《月夜忆舍弟》一诗感情深挚而凝重。诗曰：

> 戍鼓断人行，边秋一雁声。
>
> 露从今夜白，月是故乡明。
>
> 有弟皆分散，无家问死生。
>
> 寄书长不达，况乃未休兵。

杜甫有弟四人，名为颖、观、丰、占，随其入秦州的只有杜占，其余分散在山东、河南。白露节的夜晚，雁声月影，引起思亲情绪，感念战乱不止，寄书难到，诸弟生死，不得而知。"月是故乡明"五个字，凝聚着何等深沉的思乡情感！它把天下游子的共同心声作了精确的表达，千载之下，吟诵不绝。这是诗的功劳，是杜甫的贡献。作诗者能有此一句，亦无愧于跻身翰墨之中了。从章法看，此诗前四句以景抒情[1]，后四句以事抒情，基本确立了杜甫律诗的笔墨布局。

从体裁上看，杜甫的秦州诗中还有一批咏物之作。这些作品的内容较广，或忧时伤世，或感慨盛衰，或刺世疾邪，或托物自况。其中托物自况的诗，如《蒹葭》之以秋芦自况，《苦竹》之以苦竹自况，均已失去早年以鹰、马自况的豪气，衰飒

---

[1]张忠纲《杜诗纵横探》驳斥明人单复所谓"此诗前四句言月夜，后四句忆舍弟"之说，认为此诗"最大特色，就是字字忆弟，句句有情"。甚为中肯。

与幽独为其主调，从中可以窥见杜甫离开仕途之后的心境：虽苍凉而不屈，变豪壮为坚忍。

　　杜甫在秦州居住约三个月，作诗却多达 87 首，平均每日一首，这在他一生中是创作的高峰期。诗体是清一色的五言，有五言古诗、五言律诗和五言长律。无论是对诗艺的追求还是对声律的探索，都表现出一种刻意的精神，并取得了新的成就。

第二节 | 无食问乐土，无衣思南州

　　乾元二年（759）十月，缺衣少食的杜甫，收到了从秦州西南的同谷县（今甘肃成县）寄来的一封邀请信，"邑有佳主人，情如已会面。来书语绝妙，远客惊深眷"（《积草岭》）。这使杜甫感激涕零，遂决定携家属离开秦州，南下同谷。在《发秦州》诗中讲了移居的原因："无食问乐土，无衣思南州。"秦州偏北，无衣无食的人难以过冬，必须追随旅雁的翅膀了。而要去的南州同谷，气候温和，可补无衣之缺；物产丰富，可填无食之腹。杜甫抱着这种求生的希望，拖儿带女地上了路。行前曾前往赞公的窑洞，与赞公依依相别，叹息言道："百川日东流，客去亦不息。我生苦飘荡，何时有终极？""相看俱衰年，出处各努力。"（《别赞上人》）

　　同谷距秦州265里，其间山重水复，路途艰险，为杜甫始料不及。他在这条路上创作了12首纪行诗，真实地记录了每一步的艰辛。十月的一天，夜半时分，杜甫一家坐上马车启程。"中宵驱车去，饮马寒塘流。磊落星月高，苍茫云雾浮。"（《发秦州》）此时，孩子们可能还在梦中。车马伶俜而行，杜甫望着天上磊落的星月和山峦间浮动的苍茫云雾，不禁感到自身的孤微和生涯的飘荡，仰天叹息道："大哉乾坤内，吾道长悠悠！"

凌晨时分，行至赤谷。赤谷位于秦州西南，是一条南北走向的大山谷，因两边的山石皆呈红色，故名，当年是秦州通往陇南各县的主要道路。赤谷的北段，地势比较开阔平坦，南段地势渐窄，乱石堆积，非常难走。[1]杜甫行至赤谷亭，再往南走，就进入了难行地段。"晨发赤谷亭，艰险方自兹。乱石无改辙，我车已载脂。"（《赤谷》）山谷里的乱石间，两条模糊的车辙通向前方，连拐弯回头的可能都没有。车子颠颠簸簸，车轴已多次涂抹油脂。就这样走走停停，没有走上多远的路，天色就已暗下来。"山深苦多风，落日童稚饥。悄然村墟迥，烟火何由追？"一个"追"字写出杜甫急切的心情，本来，村墟烟火是不移动的，但由于道路艰难，行速缓慢，眼看着前边的村庄炊烟，却总也接近不了，便觉得它好像也在往前走似的。杜甫这个人很疼爱孩子，听到孩子喊饿，心就急了，恨不得一步就能进村啊！荒山野谷，落日高风，谁知道会遇到什么不幸呢？"常恐死道路，永为高人嗤。"在他看来，死在路上之所以可怕，倒不是惜命，而是怕给高人们当作笑料。唉，命都没了，还顾虑什么高人嗤笑呢？老杜也真太爱面子了。细想起来，腼腆确乎是他性格的一个方面。当年他在长安下杜城居住时，有一次去族孙杜济家中找饭吃，被杜济没好气儿地"招待"了一顿，他觉得面子上过不去，就以"联络家族之谊"来解释此行的目的。后来，他就任右卫率府兵曹参军，每天拜迎官长，颇觉"趋炎附势"，感到自己脸皮薄，做不来。作《去

---

[1] 此节涉及的地名，参考了李济阻等《杜甫陇右诗研究论文集》中有关地名的实地考察材料。

矣行》说："野人旷荡无䑌颜，岂可久在王侯间？"在秦州时闹疟疾，为躲避"疟鬼"的纠缠，穿上女人的衣服，涂脂抹粉，便觉得羞愧难当。如果我们把这些事联系起来，就可知杜甫确实是很爱面子的人了。可惜的是，他越是爱面子，生活就偏越给他难堪。可敬的是，尽管以后的生活不断地给他难堪，他的脸皮也终究没有变厚，直到逝世前夕，他还在说："齿落未是无心人，舌存耻作穷途哭！"（《暮秋枉裴道州手札，率尔遣兴寄递，呈苏涣侍御》）认为像晋人阮籍那样对着穷途放声哭嚎，是令人感到羞耻的事。

且说杜甫继续往前走，进入铁堂峡。铁堂峡位于天水镇东北七八里处（天水镇在秦州西南，两地相距约 70 里），峡的南北两口很窄而中间宽阔，有如厅堂；又因峡壁岩石色青如铁，故称为铁堂峡。杜甫作《铁堂峡》诗，对此峡的奇形异色作了惊人的描写："碛形藏堂隍，壁色立精铁。径摩穹苍蟠，石与厚地裂。修纤无垠竹，嵌空太始雪。"峡堂空寂，使人生畏；铁壁默立，令人屏息。而写山巅积雪，用"嵌空"状其高，用"太始"言其久，空间时间双管齐下，给人以强烈的印象，这正是老杜的笔力，老杜的艺术。还应该看到，这些怪异的物象中，渗入了作者的乱世惊魂，或者说它们是作者乱世心态的外化。认识到这一点，便可明白下文何以写"威迟哀壑底，徒旅惨不悦"了。杜甫带着一家人神色惨淡地在峡谷中曲折而行，默默无语。谷底每每有长冰横路，马的腿骨几乎被冻折。想到生逢乱世，叛贼猖獗，国事难宁，自己多年飘荡游走，内心火辣辣地难过。

出了铁堂峡，继续前行，进入长道（今甘肃礼县），城东30里处有盐井。唐时，全国盐井共计640个，长道县的盐井是其中之一。杜甫以前没有见过盐井，这次路过正好一观。远远望去，但见那里的草木一片枯白，煮盐的青烟在山川间弥漫。走到近前，见盐民们正在井边吃力地汲取盐水。由于盐井上层的水盐味较淡，下层的水含盐较多，故须取下层的水来煮盐。盐民们用竹篙为工具，把竹篙中间的关节打通，只留最下的一节当底；在竹篙的下部凿一个小孔，以使下层的井水进入；又用牛皮做孔盖，牛皮上系着一根长绳。盐民把竹篙插入井中，触底之后，拽动绳子，使牛皮张开，露出进水孔，当井水灌满竹篙，放松绳子，使牛皮重新盖住水孔，然后就往上提动竹篙。如此，方能把底层的井水汲取出来。把竹篙提出来以后，扛到煮盐锅前，泄水入锅，进行煮制。成盐以后，装车运走。盐井是官家的，盐民们汲的汲，煮的煮，装的装，运的运，十分忙碌，十分辛苦。杜甫看了，叹息连连，再一打听官价，才知盐商们成倍地谋利，心中虽有不平，又感到无力回天："君子慎止足，小人苦喧阗。我何良叹嗟，物理固自然。"（《盐井》）

离开盐井，沿着南北走向的山谷南行，谷地比较开阔、平坦，走出40里以后，两山间的距离突然变得狭窄，风也变得凛冽了。据今人李济阻先生实地考察，这里应当是杜甫《寒峡》诗所描写的地方。当时已交仲冬，峡中寒云堆积，遮天蔽日，北风急剧，涧水增波。偶尔遇见人家烟火处，便停下来在水边起火做饭。面对艰苦的行程，杜甫想到了那些转战四方的士兵们，他们的日子更苦，而自己却能"此生免荷戈"，所以也就"未敢辞路难"了。他总是能在艰难之际想到苦难的黎民百姓，并能借以自励。

再往南行20余里，法镜寺出现在眼前，使得杜甫一破愁颜。法镜寺故址在甘肃西和县城北30里的石堡城西山上，至今山脚仍可见残存的塑像、浮雕。杜甫当年行经这里时，法镜寺还十分壮丽："朱甍半光炯，户牖粲可数。"（《法镜寺》）时当早晨，红色的寺梁半映霞光，明艳的门窗历历可数。寺院的周围，景色也很美丽，碧绿的苔藓明净湿润，竹笋密集丛生，山根的泉水迂回萦绕，松叶上的宿雨珠光闪动。杜甫为景色所迷，在这里逗留了半日，直到日上中天，才依依不舍地上路。这是他沉郁的长征组歌中一支轻松的插曲，接下来的青阳峡则把他带入更为险恶的境地。

青阳峡，在西和县东南50里，今称青羊峡，是西和县通往成县的必经之地。此峡地形险恶，两面高山对峙，谷狭溪深。杜甫作《青阳峡》，对此作了惊心动魄的描写："冈峦相经亘，云水气参错。林迥峡角来，天窄壁面削。碛西五里石，奋怒向我落。仰看日车侧，俯恐坤轴弱。魑魅啸有风，霜霰浩漠漠。"放眼望去，冈峦纵横连绵无际，云气和水汽混杂交错。林木微茫，峡角峥嵘而出；天空狭窄，峭壁迎面而起。溪西的五里崩石，发怒似的要向行人滚来。杜甫仰望入云的山巅，担心它会把太阳神的车子撞翻；俯看沉重的山脚，只怕它会把地轴压断。山魈呼啸，引来凄凄寒风。霜雪弥漫，峡谷一片沉寂。如今的青羊峡已无复昔日的狰狞面孔，当年杜甫留在峡中的足迹也早已消失，但那饱含着乱世凄情的声声惊呼，却借助于诗章穿过历史的烟云，回荡在我们耳旁。

穿过青阳峡，来到龙门镇。龙门镇在同谷城西70里，周围群峰簇拥，云屯雪积，是唐时的一个军事要地。杜甫到达此镇时，天色已晚，看到暮色中的军旗暗淡无光、无精打采地飘着，寒风与湿气钝涩了士兵的刀锋。入夜，又听到了远离家乡的士兵在默默哭泣，作《龙门镇》以示同情，并对朝廷屯重兵于此镇、不调他们东征叛军，提出异议："胡马屯成皋，防虞此何及？"成皋，在洛阳附近，这年九月，史思明攻陷洛阳及齐、汝、郑、滑四州。[1] 就当时的主攻目标来看，杜甫的意见是正确的。

《石龛》一诗是写经过石龛时的观感。石龛，即石室，在西和县南80里处的山腰上；此地八峰巍立，古木参天，山上细竹丛生，为当地之特产，这种细竹是做箭杆的绝好材料。《石龛》诗前半写道路的艰危："熊罴咆我东，虎豹号我西。我后鬼长啸，我前狨又啼。天寒昏无日，山远道路迷。"阴森之境，令人毛骨悚然。但就在这虎豹熊罴出没的地方，杜甫却看到一个采竹的人，唱着悲歌攀登陡壁。经问得知，他是在给官府采伐箭杆，五年来一直在供应前线军需，可是眼下山间的小竹已经采尽，再也无法完成分派的任务。杜甫听罢苦诉，禁不住对这场战乱发出浩叹："奈何渔阳骑，飒飒惊蒸黎！"此诗以小见大，反映了安史之乱给国家的财力物力造成的空前浩劫，表达

---

[1] 见《资治通鉴》卷221。

了诗人对苦难黎民的深厚同情。

接下来是翻越积草岭。积草岭，在今甘肃徽县北40里。杜甫在所作《积草岭》题下注曰"同谷界"，则可知此岭已离同谷不远。杜甫一家人翻越此岭时，正值群峰堆积阴云，太阳忽隐忽现，林风飕飕，石色惨惨。但一想到前面百里处便是卜居之地，心情就有些激动，"邑有佳主人，情如已会面。来书语绝妙，远客惊深眷"。这位"佳主人"，可能是同谷县令吧，他写信给秦州的杜甫，邀请杜甫来同谷卜居。这种亲情简直使杜甫大喜过望，受宠若惊。此刻，他站在积草岭上，举目南天，恍惚间那座卜居的茅屋已然出现在眼前了。然而，杜甫过于天真，过于相信他人，他一向以诚待人，也就一向以诚视人，绝对想不到这封信仅是一纸空文。

过了积草岭，又翻泥功山。泥功山在同谷西北30里，山多泥泞。老杜一家翻越此岭，被满山的青泥搞得一塌糊涂："白马为铁骊，小儿成老翁。"（《泥功山》）人和马满身黑泥，面目全非。看到在泥泞中死去的猿和鹿，杜甫提心吊胆，恐怕家人遭到灭顶之灾。还时时回头呼喊走在后面的其他赶路人，让他们小心迈步，千万别着急。自顾不暇，还要关照不相识者，老杜心性如此。

最后一首纪行诗是《凤凰台》。凤凰台在同谷城东南7里的凤凰山上，杜甫于题下自注曰"山峻，人不至高顶"，可知他未曾登上此台，此诗是由台名进行想象而写成的。古人把凤凰视为王者的祥瑞，凤凰出则天下太平。杜甫渴望天下太平，国家昌盛，7岁时就曾歌咏凤凰。此时他来到凤凰台下，有感于动乱的时局，出于对太平盛世的向往，不禁仰望高台生发奇想：那台上大概住着失护的凤雏吧。"安得万丈梯，为君上上头？恐有无母雏，饥寒日啾啾。"为了救助这只能给人间带来祥瑞的雏凤，他表示愿意剖心肉以供其食，捐鲜血以供其饮，让它长出彩羽，飞游天下。"再光中兴业，一洗苍生忧。"可见，杜甫虽远离了肃宗，但对国家和人民，心却贴得很紧。

从秦州到同谷这12首纪行诗，不仅记录了沿途所历的自然风光和艰辛的步履，而且作者时时将自己的目光和情思由此及彼地推向广阔的社会人生。他不斤斤于个人的不幸，而是每每想到那些比自己更为艰难的士兵和百姓。这是杜甫人格的伟大之处，也是他对于传统的山水诗思想内容的宝贵开拓。

除了这12首纪行诗，行程中还写了一首《两当县吴十侍御江上宅》。两当县有吴十侍御的故居，吴十侍御，即吴郁。杜甫在凤翔任左拾遗时，吴郁任侍御史。当时，为了肃清间谍，抓捕了一些可疑的人，吴郁在审理中谨慎剖析，不忍滥杀无辜，为其中的良民摘除嫌疑，为此而得罪了上司，遭到贬斥。当时杜甫因疏救房琯而触怒了肃宗，正值困境，对于吴郁的遭贬，未能仗义执言。如今经过吴郁的故宅，想起几年前的这件事，深感愧疚，作诗自责道："余时忝诤臣，丹陛实咫尺。相看受狼狈，至死难塞责！"客观地说，吴郁受贬，于杜甫并无责任，因为他当时也遭审查。但他仍然引咎自责，而且出语如此沉痛，这只能说明他的心地过于朴厚、善良。

杜甫到了同谷，那位"佳主人"并没给予任何援助，想来他当初给杜甫去信邀请，不过是率意为之，或者是一种客套，没有料到杜甫真的会来。品性诚朴的杜甫上了当，只好住在凤凰山下的凤凰村里，生活状况还不如在秦州，完全陷入饥寒交迫的穷苦之中。《乾元中寓居同谷县作歌七首》，是杜甫对这段困苦生活的真实记录，其血泪声腔催落过后世无数善良人的同情之泪，久久回荡在同谷的天地间而不能消失，致使这块土地给人留下糟糕的印象。组歌"其一"唱道：

> 有客有客字子美，白头乱发垂过耳。
> 岁拾橡栗随狙公，天寒日暮山谷里。
> 中原无书归不得，手脚冻皴皮肉死。
> 呜呼一歌兮歌已哀，悲风为我从天来！

以白头乱发的暮年之躯，去天寒日暮的山谷捡拾橡栗充饥，以致手脚被冻得皴裂坏死。现实如此残酷地折磨着诗人，难怪在放声哀歌之际，天上的悲风也呼啸而下，与其相应和了。组歌"其二"唱道：

> 长镵长镵白木柄，我生托子以为命。
> 黄独无苗山雪盛，短衣数挽不掩胫。
> 此时与子空归来，男呻女吟四壁静。
> 呜呼二歌兮歌始放，闾里为我色惆怅！

镵，是当地一种挖土的农具，杜甫从房东处借来，去山野挖黄独（一种野生的土芋）。对长镵敬称为"您"，把一家人的性命交给了长镵，杜甫的生活体验有多深！这是饥饿的人才有的对长镵的认识啊！没有它就挖不到黄独，挖不到黄独就得饿死啊！可是，大雪封山，黄独的秧子被盖住了，杜甫穿着遮不住小腿的短衣，在雪地上漫无目标地乱挖着，东一镵，西一镵，挖了半天，毫无所获，只好空手归来，茅屋里传出孩子们饥饿的呻吟，四壁里一片沉寂，仿佛刹那间宇宙凝固了，他所能听到的，只有这一声声刺心的呻吟。他在自责为父的无能，为两手空空而羞愧；然而越是如此，我们越是不能平静了：这样一位才华卓世的大诗人，人们寄希望于他的是开拓诗的世界，怎能要求他必须挖出黄独来呢？这是怎样的世道！组歌"其三"唱道：

> 有弟有弟在远方，三人各瘦何人强？
> 生别展转不相见，胡尘暗天道路长。
> 东飞鴐鹅后鹙鶬，安得送我置汝旁？
> 呜呼三歌兮歌三发，汝归何处收兄骨？

古人视兄弟为手足，大凡人在危难之际，这种手足之情便显得异常珍贵。杜甫体弱多病，再加上衣食困乏，此刻已是在死亡线上挣扎，这使他更加思念诸弟，希望能活着回到他们身边，可是看来已经不可能了，"胡尘暗天道路长"，如何能回得去！惶恐之间，他抬眼望见鴐鹅（一种野鹅）和鹙鶬（秃鹙）向东飞着，想求告它们相助，又哪里可能？最后只好绝望地叹息，自己的尸骨是难得由弟弟们来收葬了。这自然是莫大的悲哀。组歌"其四"唱道：

> 有妹有妹在钟离，良人早殁诸孤痴。
>
> 长淮浪高蛟龙怒，十年不见来何时？
>
> 扁舟欲往箭满眼，杳杳南国多旌旗。
>
> 呜呼四歌兮歌四奏，林猿为我啼清昼。

杜甫有个妹妹，名字不详，嫁给韦氏，丈夫曾任方镇长官，不幸早逝，孤儿寡母，在钟离艰难度日。钟离是古县名，治所在今安徽凤阳县东北，临近淮河。杜甫挂念妹妹的处境，盼望与她相见，无奈"长淮浪高"，妹妹不能前来；南国箭满，自己又不得往，只有长歌当哭了。组歌"其五"唱道：

> 四山多风溪水急，寒雨飒飒枯树湿。
>
> 黄蒿古城云不开，白狐跳梁黄狐立。
>
> 我生何为在穷谷？中夜起坐万感集。
>
> 呜呼五歌兮歌正长，魂招不来归故乡。

此诗先以众多阴愁的景物——风多、水急、雨寒、树湿、蒿黄、云密、野狐出没，状写生活的"穷谷"，高度概括了自己在同谷寓居的艰难处境。后写中夜不寐，起身独坐，思考"我生何为在穷谷"这一现实问题，原因是众多的。肃宗的昏庸，小人的弄权，自身的刚直，"佳主人"的伪善，等等，难以细说，故用"万感集"来概括。须知，杜甫回顾所历，寻找原因，并非要使自己变得"聪明乖巧"以随合世俗，他的立身之道是坚定不移的，否则，也就不会有其后出现的伟大诗篇。组歌"其六"写道：

南有龙兮在山湫，古木巃嵷枝相樛。

木叶黄落龙正蛰，蝮蛇东来水上游。

我行怪此安敢出，拔剑欲斩且复休。

呜呼六歌兮歌思迟，溪壑为我回春姿。

诗中所写的"山湫"，即万丈潭，在同谷县城东南7里，相传有龙自潭中飞出。杜甫来此潭游览，原是为了这个动人的传说，但蛰龙未见，却见蝮蛇在水上浮游。蝮蛇是可恶的，故杜甫"拔剑欲斩"，而终未斩之，却是为何？因为蝮蛇出游，说明天气变暖，而天气变暖，对于无衣御寒的杜甫来说，是天大的喜事。正因为这喜讯是蝮蛇传报的，故杜甫不忍斩之，并由此环视左右，果然发现"溪壑为我回春姿"了。这里，杜甫迂曲地表达了他对春讯的盼爱，也正好反映出他过冬的艰难，所以这首诗仍然是写生活困苦的。不少注家认为"蝮蛇"有所喻指，宋人郭知达《九家注杜诗》引苏轼的观点，以为"蝮蛇"喻宦官李辅国。清人浦起龙则认为"蝮蛇"喻叛将史思明。[1] 李辅国、史思明，是杜甫所恨之极者，把他们喻为毒蛇，不是不可，但又如何解释"拔剑欲斩且复休"呢？难道杜甫还

---

[1] 见浦起龙《读杜心解》。

对之有所怜悯吗？是怕斗不过吗？都讲不通的。而且，"同谷七歌"其他各篇均写寓居之困苦，何以此篇却指向李辅国或史思明呢？当今注家亦多持喻指之说[1]，却也未能通圆全篇，把本来很清楚的诗旨说得晦涩难辨。组歌"其七"唱道：

> 男儿生不成名身已老，三年饥走荒山道。
> 长安卿相多少年，富贵应须致身早。
> 山中儒生旧相识，但话宿昔伤怀抱。
> 呜呼七歌兮悄终曲，仰视皇天白日速。

此篇由眼前的同谷困居而连及以往的奔劳，由生活的艰难而念及仕途的失败，以提示同谷悲歌的背景，并加大其悲哀深度。"三年饥走荒山道"，是指从至德二载（757）四月从长安逃奔凤翔，到此时寓居同谷近三年的流离生涯。"山中儒生旧相识"，这位流落到同谷山中的旧友，当指李衔，杜甫晚年所作《长沙送李十一衔》中说"与子避地西康州"，西康州就是同谷。旧友不期而逢，谈起往昔远大志向，相看今日沦落，难免伤怀。

"同谷七歌"字字皆是血泪，感情之沉痛在杜诗中亦属极致。看其语言，皆是浅易之辞，且不用典故，全以胸臆语写眼前事。这应该作为一条创作经验，由我们来思考和借鉴。

---

[1] 如萧涤非《杜甫诗选注》，聂石樵、邓魁英《杜甫选集》，陈贻焮《杜甫评传》等。拙著《杜甫诗全译》曾释"蝮蛇"句，认为"此句宜看作写实记奇，不必深求喻义"。

第三节 ｜ 季冬携童稚，辛苦赴蜀门

杜甫抵达同谷当在乾元二年（759）十一月初，十二月一日他就离开了此地，携儿带女奔赴成都，寻找安身之处。从同谷到成都，沿途山险水恶，杜甫将其所历写成纪行诗12首。从这些作品，我们可以大体上得知杜甫的行程路线，以及他所经历的危险和复杂的心情。

《发同谷县》是第一首，写辞别同谷时的感受，对"一岁四行役"的动荡生涯叹息不已。乾元二年（759）这一年，是杜甫一生中走路最长、吃苦最多的一年。三月，他由洛阳赶赴华州，一路上兵荒马乱；七月，他由华州迁到秦州；十月，由秦州南下同谷；现在又要长途跋涉了。然而杜甫也很会自我安慰，他居然想起一生奔波不已的孔子和墨子来了："贤有不黔突，圣有不暖席。况我饥愚人，焉能尚安宅？"既然圣贤们都还忙得席子坐不暖、饭也做不成，何况我这经常挨饿的愚顽之人，哪里还能安居宅中？人在困苦之际，总得找个精神支柱，老杜找到了孔、墨二位圣贤，这其中也含有自我解嘲的意味。另外，"况我饥愚人"这句透露出离开同谷的原因：饥寒所迫。杜甫很重人情，虽说在同谷住的时间不长，但临行前仍向多少给他关照的人们道别："临歧别数子，握手泪再滴。交情无旧深，穷老多惨戚。"这些人既非旧识，又非深交，只因彼此皆

为"穷老"，同病相怜，故多惨戚之别情。在这些人的眼中，杜甫不再是一位大诗人，他只是一个携儿带女背井离乡的穷苦老头。严冬腊月，本来不是长途远行的日子，杜甫出于无奈，只得冒着风寒，往暖和的南方走。他仰望林中的栖鸟，感到深深的惭愧。

就这样，他离开了同谷，向东南行进，走到栗亭（今徽县西40里之栗川）的西侧，改向南行，不久，便开始翻越木皮岭。木皮岭今已失名，不知当是哪座山了。《成县新志》载："木皮岭在县南百里，疑今白马关。《通志》载，黄巢之乱，王铎治兵于此，以遮秦陇。路极险阻，入蜀要路。"杜甫在《木皮岭》诗中以惊人之语描写了此山的高险："远岫争辅佐，千岩自崩奔。始知五岳外，别有他山尊。仰干塞大明，俯入裂厚坤。再闻虎豹斗，屡蹑风水昏。高有废阁道，摧折如断辕。下有冬青林，石上走长根。"站在岭腰环顾四周，但见群峰奔涌，争来拥簇；仰头望去，山巅横亘，塞满整个天空；俯首下视，深渊万丈，切开了厚厚的地层。山中风水昏昏，虎豹争斗。高壁间残留着七零八落的废栈道，山谷里的巨石上爬满长长的树根。山势如此险恶，杜甫一家人翻越之难也就可想而知。"汗流被我体，祁寒为之暄。"祁寒，即严寒。时值腊月，又临高峰，天气自然十分寒冷，但由于走得汗流浃背，反倒觉得天气温暖了。

翻过木皮岭，面临嘉陵江。杜甫两渡此江，写成《白沙渡》《水会渡》二诗。白沙与水会均为嘉陵江上游渡口，具体地址今已不详，大体来说应在今甘陕交界一带。前诗写暮渡嘉陵，心情较好，可能是由于一路翻山越岭，汗尘污身，现在来到水风清凉之处，便产生一种新鲜感，"水清石礧礧，沙白滩漫漫。翛然洗愁辛，多病一疏散"。江水清澈见底，卵石累累在目，沙色洁白，滩水漫漫，杜甫感到愁苦、疲劳忽如一洗而光，诸多的病痛也一齐消散了。从水会渡口渡嘉陵江是在夜间，情况与前次不同，那是一个没有月亮的夜晚，时当半夜，杜甫一家人仍在赶路，走着走着，忽然感到寒冷的江风袭来，张开困眼望去，"大江动我前，汹若溟渤宽"。到了水会渡口，上了船，江风呼啸，冻得手脚冰凉。船在浪涛中颠簸，杜甫忐忑不安，"入舟已千忧"，何况入中流！可是，那船工却显得把握十足，"篙师暗理楫，歌笑轻波澜"。杜甫提心吊胆的时候，篙师的歌笑给了他强烈的触动，也许他当时并非有意要表扬篙师的勇敢，但是那种自愧不如的心情还是写出来了。

这次渡江之后，便上了栈道。栈道建在江峡绝壁上，是古人在无路可走的情况下创造的一种道路：在临江的峭壁岩石上凿出一排孔穴，往孔中插入横木，横木成排，有绳索连结，横木下面又有立木支撑，立木的一头插入江底。由于江水日夜冲击，立木常有不稳；四季风雨剥蚀，横木亦难久坚，所以栈道之险是世人共知的。但它又是古时由汉入蜀的必经之路，杜甫欲往蜀地，舍此别无选择。这是他一生中一段最危险的行程。他带领着一支小小的求食队伍，步履维艰地踟蹰于云雾间的这条生死线上，走过几截又长又险的路段，并用诗歌记录了惊心动魄的一幕幕。

《飞仙阁》写踏越飞仙阁栈道时的体验。飞仙阁栈道架设在飞仙岭（今陕西略阳东）上，这是杜甫所经的第一段栈道。诗中写登上栈道所见的景象："万壑欹疏林，积阴带奔涛。寒日外淡泊，长风中怒号。"山谷间斜生着稀疏的林木，阴沟里奔流着如带的波涛，寒日在山谷外悬着淡影，长风在山谷间猛烈呼号。阴森惨淡，令人心寒。中途歇脚时，他们下到低洼之处，仰望刚才所在的栈道，愈发觉得高险可怕。当时还有一些南来北往的行客，大家混杂在一处，或坐或卧，在疲惫面前，"体面"二字再也休提。杜甫在沉思默想："浮生有定分，饥饱岂可逃？"人的一生遭遇看来都是命中注定的，该着挨饿又怎能逃避得了？既然如此，又何必经此大艰大险去成都呢？这是杜甫在极度疲劳的时候，心里暗自敲的几下退堂鼓，等到体力恢复，他又领着家属上了栈道，继续前行。

接下来是过五盘栈道。此栈道建在五盘岭（又名七盘岭，在今四川广元东北）上，栈道虽险，但环境颇为幽美，"地僻无网罟，水清反多鱼。好鸟不妄飞，野人半巢居"（《五盘》）。民风淳朴，杜甫见而心喜。然而这只是瞬间的心情，当他觉得身处桃源胜境，立刻又想到了烽火弥漫的中原和失散已久的弟妹："东郊尚格斗，巨猾何时除？故乡有弟妹，流落随丘墟。"东郊，指洛阳；巨猾，指史思明，史思明降而复叛，导致邺城之役官军失败，故以"巨猾"称之。邺城战役后，史思明再度攻陷洛阳，杜甫的故乡又成了敌占区。他虽身退而仍忧国事，身处宁静而仍忧战乱，这正可谓"进亦忧，退亦忧"，无时可得其乐矣。

《龙门阁》写登越龙门阁栈道的情景。龙门阁栈道建在龙门山（在今四川广元东北）绝壁间，下临嘉陵江，极为高险，着实让杜甫一阵阵出冷汗。俯看脚下，清江从龙门奔泻而下，长风驾着高浪，浩浩茫茫自太古而来。身边石壁陡绝，竟无尺土可存。危险的栈道在空中萦绕盘旋，仰首望去，如同垂挂的线缕。悬浮的梁木在摇曳着，相互撑拄着。山壁间的杂花纷纷飘坠到江中，看下去让人一阵阵眼眩。冷风吹雨，杜甫的头风病又发作了。在这种处境中闹病可真危险，他不禁想到了死：要是一失足栽下去，那就连尸首也甭想找到了，人的一生在哪里告终是说不定的啊！他扶着山壁缓步而行，尽量不看脚下的江水，终于越过了龙门阁栈道。这一段行程对他的刺激是太深太重了，"终身历艰险，恐惧从此始"，感到以前那些危险的经历都不足挂齿了。

石柜阁栈道是杜甫经历的最后一个栈道，也许经受了方才的严峻考验，胆气稍壮了些，他走在这条"临虚荡高壁"（《石柜阁》）的险栈上，竟有心思欣赏起山间的春花、水中的奇石和傍晚时江上的鸥鸟了。而且还想到了优游山水的谢灵运和放浪形骸的陶渊明，感叹自己未能像他们那样惬意地活着。

几天来，一直沿着嘉陵江边上的栈道行走，过了石柜阁，栈道终于走完了。杜甫一家人来到江边上的桔柏渡口（在今四川广元境内）。这个渡口上有竹索架起的长桥，此时江雾迷蒙，竹索桥被浸得很湿很滑，杜甫与家人相互搀扶着，走在摇摇荡荡的竹桥上，征衣在江风中飒飒而飘。待到走过桥去，即将西行山路，与嘉陵江永别，杜甫又不禁生出恋恋之意："孤光隐顾盼，游子怅寂寥。"（《桔柏渡》）把江水视为好友，临别频频顾盼，预料分别之后自己会感到寂寞。诗人之心，每每如此，唯其如此，方为诗人。

西行不远就是剑门关。剑门关在今四川剑阁县东北，地形之险，天下为最。杜甫路过此关，作《剑门》诗。诗中描写了剑门"一夫怒临关，百万未可傍"的险要形势，回顾了历代帝王在蜀地设官取贡引起百姓不满，致使一些豪杰乘机据蜀称霸的往事，又想到这种危机至今仍然潜伏着，这都与剑门的地形有关，为此，他发出愤言："吾将罪真宰，意欲铲叠嶂!"谴责天公无端设此天险，想把这重峦叠嶂铲平。想归想，现实归现实，他在天险与人事面前终究无可奈何，只有临风搔首默然惆怅而已。杜甫料事颇准，没过多久，蜀地果然发生了段子璋、徐知道等军阀的相继叛乱。

过了剑门山，向西南方向行进，抵达鹿头山（在四川德阳北）时，群山中断，千里阔野出现在眼前。险阻终于历尽，杜甫心情变得轻松多了。于是，以标志着险程终结的鹿头山为题，抒写感受。他想到当年刘备曾据此三分天下，王霸之气一度焕发，如今天下归于一统，但愿此地能长治久安。他还想到古代成都出的两大作家扬雄和司马相如，他们的文章流传千载，却不知死后埋在了何处，想来伤心。诗的最后，称誉成都尹裴冕，说他是朝廷的柱石，经纶满腹，可以振兴国家，说他来镇蜀是蜀地百姓的幸事。裴冕于至德二载（757）十二月，以右仆射封冀国公，其后，任成都尹，充剑南西川节度使。据史书记载，其人才德平平。[1]杜甫这样称赞他，想是为了得到他的关照。当事者难免如此，旁观者无劳责难。

自鹿头山南行150里，即达成都。那是腊月末的一个傍晚，杜甫一家浴着夕阳的余晖，走进了成都城："翳翳桑榆日，照我征衣裳。我行山川异，忽在天一方。"(《成都府》)眼前所见的是别具风貌的百姓，高大的城墙中填满了华丽的房屋，人声喧阗，笛笙错杂。想到此后将要长期留住在这里，他不免又心情惆怅，感到在这里无所适从。看到鸟雀夜各有归，而自己却越走越远，举目苍茫的原野，不知何处是故乡。

[1] 见《旧唐书·裴冕传》。

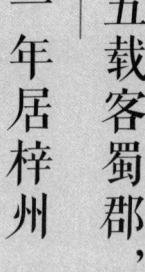

第五章

五载客蜀郡，

一年居梓州

第一节 | 卜宅从兹老，为农去国赊

　　杜甫初到成都，暂时住在城西七里的草堂寺。成都尹裴冕为他提供些米粮，邻里农民送些蔬菜，日子将就能过。闲居无事，在寺中听讲佛法，读读书。诗友高适此时在彭州作刺史，彭州在成都西北，两地相距百余里。听说杜甫来到成都，高适作《赠杜二拾遗》，以诗代简，致以问候。

　　第二年（即上元元年，760）春天，在亲戚和友人的帮助下，杜甫开始筹划建造草堂。地址选定在城郭西郊的浣花溪畔，百花潭的北面，这里环境清幽，尘事不杂，杜甫十分满意，作《卜居》诗以唱心中之乐。诗云：

　　　　浣花溪水水西头，主人为卜林塘幽。

　　　　已知出郭少尘事，更有澄江销客愁。

　　　　无数蜻蜓齐上下，一双鸂鶒对沉浮。

　　　　东行万里堪乘兴，须向山阴入小舟。

　　全诗句句赞美草堂选址恰当，语言清丽流畅，音韵和谐，反映出诗人久经动荡得以安宁之后的恬静安适的心境。尾联二句，就眼前浣花溪水路便利，生发东行山阴之想（他年轻时曾游山阴），也是在赞美此处风物的宜人。

杜甫有一位姑表弟在成都府任司马，听说杜甫要在西郊建造草堂，就走过来看他，还送了些钱。杜甫十分感激，作诗酬谢道："客里何迁次，江边正寂寥。肯来寻一老，愁破是今朝。忧我营茅栋，携钱过野桥。他乡唯表弟，还往莫辞劳。"(《王十五司马弟出郭相访遗营草堂赀》)平白朴实，如诉家常。然其谢意与希望，尽得表达。此所谓真情不必饰铅华。

关于草堂的建造过程，杜甫无诗记录，我们所见到的是，他忙着写诗向各地友人索求树苗，以美化草堂的环境。他向某县令萧实索要桃树苗："奉乞桃栽一百根，春前为送浣花村。河阳县里虽无数，濯锦江边未满园。"(《萧八明府实处觅桃栽》)晋人潘岳作河阳县令时，曾于县内遍种桃李。杜甫借用此典，以称许萧实的美政，好让他能痛快答应。一下子就要一百根桃树苗，还须春前送到，杜甫栽树的兴致真高！当然，要这么多不一定给这么多，从后来的诗中可以知道，仅有五棵栽在院子里，且都开花结果。

他还向绵竹县令韦续索要该县特产——绵竹："华轩蔼蔼他年到，绵竹亭亭出县高。江上舍前无此物，幸分苍翠拂波涛。"(《从韦二明府续处觅绵竹》)首先表示来日要去府上拜访，又赞美绵竹的亭亭秀姿，这是索物的艺术，亦足见他的渴求之心。

他又向绵谷县尉何邕索要桤树苗："草堂堑西无树林，非子谁复见幽心？饱闻桤木三年大，与致溪边十亩阴。"(《凭何十一少府邕觅桤木数百栽》)把对方称为幽栖知己，且盛赞桤树成材之快，这些话都是对方愿听的，老杜的用心真够良苦。

他还向涪江县尉韦班索求松树苗："落落出群非榉柳，青青不朽岂杨梅？俗存老盖千年意，为觅霜根数寸栽。"（《凭韦少府班觅松树子栽》）赞美松树落落出群、青青不朽，希望它能千载垂阴，把事情说得十分庄重，韦班不借，岂有此理？从其后所作诗中看到，这些绵竹、桤树、松树，均被栽活，且长势很好，可以想见老杜当时是颇为辛苦的。

此外，他还不辞劳苦地亲自去成都石笋街果园坊的徐卿家要果木苗："草堂少花今欲栽，不问绿李与黄梅。石笋街中却归去，果园坊里为求来。"（《诣徐卿觅果栽》）绿李，是一种果实成熟仍是绿皮的李子树。[1]不管是黄梅绿李或者其他，是果木树都要，老杜的胃口不小。这固然是为了装点草堂，同时也有以果实备荒的打算。他是挨过饿的，曾用野果充填过饥肠，深知这玩意儿的重要性。"高秋总馈贫人食，来岁还舒满眼花。"（《题桃树》）果可充腹，花可悦目，这就是杜甫对果树的整体审美。

花果树木之外，他还向人索要日用家什。居家过日子，锅碗瓢勺，少了哪件都不行。从他留传下来的诗中，我们得知他曾向韦班要过大邑县烧制的瓷碗："大邑烧瓷轻且坚，扣如哀玉锦城传。君家白碗胜霜雪，急送茅斋也可怜。"（《又于韦处乞大邑瓷碗》）开口向人家要家什，总是有点难为情，所以诗中才把瓷碗写得异常名贵，似乎不是用于吃饭，而是要作为艺术品加以珍藏似的。在唐代，诗歌广泛地用于社交，以诗代

---

[1]绿李，仇兆鳌《杜诗详注》引《西京杂记》："李十五种，内有绿李。"语焉不详。《汉语大词典》注解云："绿色李树。"不着边际。

简，是当时的习俗。老杜充分发挥了他的写诗才能，顺利完成了草堂生活的准备工作。

这年春天，草堂落成，树木栽起。老杜坐在院中，有滋有味地欣赏起来了。《堂成》一诗写道：

背郭堂成荫白茅，缘江路熟俯青郊。

桤林碍日吟风叶，笼竹和烟滴露梢。

暂止飞乌将数子，频来语燕定新巢。

旁人错比扬雄宅，懒惰无心作《解嘲》。

这就是杜甫草堂的基本面貌：背对城郭，覆以茅草。原本是很简朴的，后世几番重修，越修越阔气。乃至青堂瓦舍，俨然一个地主庄园。今日游人所见的成都"杜甫草堂"，是当年杜甫连想都没敢想的。虽说如此，杜甫却很满足，赞美它所面临的青青郊野，赞美遮日吟风的桤林茂叶，和烟滴露的笼竹翠梢，欣喜乌鸦前来暂息，燕子商定筑巢。细想起来，这些风物不过是普通农舍之景，却招来诗人如此赞叹，这从反面使我们认识到他的生活境况已落到十分可怜的地步。他在秦州山野寻找栖居之地的苦况，他长途跋涉于险山急流、危栈古道的种种艰辛，成为他乐此茅宅的生活和感情基础。

有了安身之处，便想为孩子们找点生活乐趣，他听说成都东南 600 余里的南州出产一种拳头大小的猴子，十分好玩，就

153

求人寻觅一只。慈父心肠，令人感动。[1]

　　草堂虽陋，却不孤寂，周围散居着八九户人家。除了几户农家之外，北邻是一个退隐的县令，为人风雅旷达，爱喝酒，能作诗，不惜花钱买些野竹来栽种（八成是借此来周济穷人），时常穿着皁鞋来杜甫家中小坐。南邻是个隐士，姓朱。此人家境清贫，用杜甫的话说是"园收芋栗未全贫"（《南邻》），园中小有收获，还没穷到底。日子紧巴，心肠却好，时常拿些饭粒喂养阶前的鸟雀，鸟雀们跟他混得很熟。又曾划着小船载杜甫沿溪野游，彼此关系十分融洽。还有一位邻居，叫斛斯融，是杜甫的酒友。此人擅写碑文，有时远出讨要卖文的钱，数日不归，弄得深草塞门，锅灶烟冷。还有一位邻居是黄四娘，院子里种着成畦的花木，万紫千红，莺鸣蝶舞，一片生机，杜甫曾前往观赏。剩下的几户人家都是心地善良的农民，杜甫与他们的交往很密切。农家时常送给他一些蔬菜，他也常把种植的草药赠给他们。从《寒食》这首诗中可以看出他与农民之间的亲情："寒食江村路，风花高下飞。汀烟轻冉冉，竹日净晖晖。田父要皆去，邻家问不违。地偏相识尽，鸡犬亦忘归。"有邀必赴，有赠必收。说杜甫已和农民"打成一片"，不是过分之辞。《旧唐书·文苑本传》讥笑杜甫"与田夫野老相狎荡，无

---

[1]《从人觅小胡孙许寄》一诗，黄鹤编在秦州诗内，仇兆鳌、杨伦皆从之。梁权道编在大历二年（767）夔州诗内。今按，杜甫在秦州时，衣食无着，难能产生给饥儿小猴耍的心思。而大历二年（767），小儿宗武已14岁，又超过了"童稚"的年龄。唯草堂落成这年，宗武7岁，而且小猴的产地——南州，距成都不远。《新唐书·地理志》："南州，南川郡下，武德二年，开南蛮置。"宋时改为南川县，即今重庆市南川区。

拘检"，这种酸言腐语竟也上了史书，说明封建士大夫与农民之间的隔膜是何等厚重，冲破这种隔膜又是何等不容易！杜甫能够冲出本阶级的精神营垒走向人民群众，这正是他的可贵之处，伟大之处。检数千古诗坛，能够跨出这一步的，又有几人？杜甫走向人民，固然是由于艰苦生活的推动，也与他秉性朴实大有关系。"二年客东都，所历厌机巧。"（《赠李白》）"野人旷荡无腼颜，岂可久在王侯间？"（《去矣行》）"不爱入州府，畏人嫌我真。及乎归茅宇，旁舍未曾嗔。"（《暇日小园》）这说明他骨子里确实有一种与虚伪的官场无法调和的东西，这就是他的朴实。人以群分，朴实的人自然要寻找朴实的人，杜甫找到了农民，是情理中的事。他在与农民的交往中，对农民的性格、品质有了日益深入的了解，便用诗歌赞美之，在初居草堂两年多的时间里，《遭田父泥饮美严中丞》在这方面写得最生动，最富激情。诗云：

步屧随春风，村村自花柳。田翁逼社日，邀我尝春酒。
酒酣夸新尹："畜眼未见有。"回头指大男："渠是弓弩手。
名在飞骑籍，长番岁时久。前日放营农，辛苦救衰朽。
差科死则已，誓不举家走。今年大作社，拾遗能住否？"
叫妇开大瓶，盆中为吾取。感此气扬扬，须知风化首。
语多虽杂乱，说尹终在口。朝来偶然出，自卯将及酉。
久客惜人情，如何拒邻叟！高声索果栗，欲起时被肘。
指挥过无礼，未觉村野丑。月出遮我留，仍嗔问升斗。

那是一个风和日暖的春晨，杜甫穿着草鞋出门散步，经过一户农家门口时，被户主老农拉入屋中饮酒。当时已临近社日（古代农村节日），加上大儿子刚从军营中复员回家，老农十分高兴，一定要同杜甫喝个尽兴。他呼唤老伴打开大号的酒瓶，还不停地从盆中夹菜给杜甫。菜吃光了，又大声叫嚷老伴儿端上果栗，用以下酒。杜甫几次欲起身告辞，都被他拽住。"指挥过无礼，未觉村野丑。"虽说动作鲁莽，杜甫却未觉其丑，就是因为他有一颗真诚待客的心。这顿酒整整喝了一天，直到明月东升仍不放行，当杜甫询问喝了几升几斗时，他还生气了。杜甫的笔墨如此生动，至今我们一读到它，还会在眼前浮现这酒宴的场面和这位老农的影像，与作者的感情产生共振。杜甫出乎意料地在农家茅舍里找到了寻觅已久的人生真诚，在不通文墨的农民身上读到了自己的为人信条。这使他感到，在茫茫人世间，自己的归宿还是与农民相杂为好。后来代宗即位，召杜甫回京补京兆功曹参军，他没赴任，想来与此不无关系。

就这样，杜甫在草堂住下来，心情较为宁静，以心迎物，写了不少颇具安恬情味的田园诗，如《为农》写道：

锦里烟尘外，江村八九家。
圆荷浮小叶，细麦落轻花。
卜宅从兹老，为农去国赊。
远惭勾漏令，不得问丹砂。

从诗中可以看到，杜甫很满意草堂的环境，表示在此定居一直到死，终生做个农民，远远离开京华。又如《田舍》写道：

> 田舍清江曲，柴门古道旁。
> 草深迷市井，地僻懒衣裳。
> 杨柳枝枝弱，枇杷对对香。
> 鸬鹚西日照，晒翅满渔梁。

幽静的农舍，古朴的风俗，生机盎然而又富有地方特征的花木鱼鸟，组成一幅安恬、秀丽的田园画，从中我们感受到诗人的那颗宁静的心。这是以前杜甫笔下未曾出现过的。《江村》一诗于景物之中插入家事生活的描写，更见情味。诗云：

> 清江一曲抱村流，长夏江村事事幽。
> 自去自来梁上燕，相亲相近水中鸥。
> 老妻画纸为棋局，稚子敲针作钓钩。
> 但有故人供禄米，微躯此外更何求？

"长夏"，即农历六月，全诗句句写"幽"，又分景幽、事幽、心幽三层来写。清江抱村而流，燕鸥各尽其乐，此为景幽；老妻对弈，稚子垂钓，画纸敲针，就地取材，因物求便，此为事幽；故人供米，微躯已足，此为心幽。此诗比较典型地反映出杜甫初居草堂时的心境。

杜甫有了安身之处，开始游览成都古迹，并与一些风雅人士进行交游。

他曾去成都南郊瞻仰武侯祠，作《蜀相》诗，对诸葛亮一生的卓著功绩作出高度评价，为其未能收复中原完成统一大业而痛洒千秋之泪。诗云：

> 丞相祠堂何处寻？锦官城外柏森森。
>
> 映阶碧草自春色，隔叶黄鹂空好音。
>
> 三顾频烦天下计，两朝开济老臣心。
>
> 出师未捷身先死，长使英雄泪满襟。

"柏森森"的取象，既是对祠堂景物的如实描绘，又是借柏树千秋凝翠以写武侯精神永在，景中寓情。颔联亦景情兼出，草碧莺鸣，祠中之景；而着"自""空"二字，又将其无心赏景、专事凭吊之意传达出来。颈联对武侯一生的才与德作了高度精确的概括，14个字抵得上万语千言，笔力之雄健，令人惊叹。尾联以沉痛的长叹，道出千古英雄的遗憾。此诗虽为吊古，却含伤今之意。当时战乱未平，山河破碎，宇内烟腾，在此国事维艰之际，是多么需要一位武侯这样的贤相来主持朝政！此外，诗中写他羡慕诸葛能遇明主，也含有不满于肃宗的意思。他素怀匡时济世的大志，为肃宗朝付出过巨大的牺牲，而得到的却是贬斥，这种不平之气隐隐动于诗中，从而为一篇吊古作品注入了生命的活力。

成都西门外有两根石笋，一南一北，夹道对峙。蜀人相传，它们是用来镇海眼的，如果被触动，就会冒出汹汹海涛。杜甫认为这是迷信，作《石笋行》予以揭穿。他说，这对石笋不过是前朝卿相墓门的石表，哪里是什么海眼的镇物？人们世代受其蒙蔽，乐意接受这种迷信，实在可悲，应该找个壮士，把它们远远抛到天外去。诗人还由石笋之迷惑众听，连及小臣之媚惑皇帝，致使"政化错迕失大体"。这个媚君的"小臣"，显然是指唆使肃宗排挤玄宗旧臣的"关中小儿"李辅国。

成都南35里，有战国时秦蜀郡太守李冰做的五头石犀，原是水文的标记。但千年以来，蜀人却把石犀当作神物，说洪水再也不会泛滥。上元二年（761）七月，大雨成灾。杜甫听说洪水冲走了灌口（今四川都江堰市西北）的不少人家，深为蜀人迷信石犀而忧虑，作《石犀行》以警诫，号召人们依靠自己的力量抵御洪水，"修筑堤防出众力"，这是有进步的思想意义的，是对早期儒家思想的继承。[1]

石镜，在成都西北的武担山（俗称五担山）上，此山今已夷平。据《华阳国志》记载，蜀都有一男子，化为美女，其实是个山精。蜀王见其貌美，遂纳为妃。不久她即死去，蜀王派遣五丁前往武都，担土作冢以葬，在其墓门前立了一面石镜。这个坟冢就是五担山。这面石镜厚5寸，直径5尺，光洁莹彻。杜甫前往观览，见镜感怀，以缠绵的笔触作《石镜》一诗，抒写美人沉沦之慨，对所谓"山精"的传说则未予涉及，

[1] 杨伯峻《经书浅谈》统计，《论语》12000余字，出现"神"字17次，"鬼"字5次，"子不语怪力乱神"。《孟子》35000余字，无一次出现"鬼"字，只有一次"百神"。杨先生结论云："孔子可能是无神论者，孟子真正是无神论者。"

更无"讥古人之好色"[1]的意旨。

琴台，在浣花溪北面，是汉代辞赋家司马相如和卓文君居住之处。[2]杜甫登临此台，临风眺望，作《琴台》诗，追思其风流韵事，"野花留宝靥，蔓草见罗裙"，写台边的野花蔓草尚为卓文君留影，想象新奇，情韵深长，颇见杜甫的诗人风采。

游览古迹的同时，杜甫还结交了一些风雅人士。当时著名画家韦偃（京兆人）也流寓于成都，他擅长画马，技艺可与韩干相匹。杜甫对他十分欣赏。一天，韦偃因事要离开成都，前来草堂向杜甫告别。杜甫请他在草堂正厅的东壁上画马留念。韦偃从容抟笔，挥洒自如，转眼之间，两匹骏马便出现在墙壁上："一匹龁草一匹嘶，坐看千里当霜蹄。"神态之逼真，气韵之生动，使杜甫忽发奇想："时危安得真致此，与人同生亦同死！"（《题壁上韦偃画马歌》）韦偃画松石、高僧亦颇佳绝，杜甫爱画心切，又请他再画一幅《双松图》："韦侯韦侯数相见，我有一匹好素绢，重之不减锦绣段。已令拂拭光凌乱，请公放笔为直干。"（《戏为韦偃双松图歌》）求画"直干"，亦能看出杜甫的为人性格。另有一位画家，是蜀中人王宰，擅画山水，能在咫尺之幅状万里之势。杜甫曾于他家厅堂见过所画《昆仑方壶图》，大开眼界，作《戏题王宰画山水图歌》，高度赞美了他的"尤工远势"的画艺，并且表扬了他严肃的创作态度："十日画一水，五日画一石。能事不受相促迫，王宰始肯留真迹。"认为绘画创作不应接受外界的压力和干扰，这一见解具

[1] 仇兆鳌《杜诗详注》评语。

[2] 梁载言《十道志》："琴台即相如与文君货酒处。"此说广传而实误。

有普遍意义，值得人们深思。

　　以上是对杜甫初居草堂两年多时间内的游览和交游所作的一番综合描述。杜甫喜爱草堂生活，对草堂周围的环境也一直在精心地进行美化，一天到晚拿着斧子在房前屋后转悠，给树木剪枝，或砍伐一些恶树。有一种叫"鸡栖"的杂树（即"皂荚树"），不能成材，却很顽固，随砍随生，让老杜十分恼火，却又无奈，只得每天来砍。他还在草堂周围种上枸杞，这种树的果实有滋补的功用。又在渠岸贴砌石块，以防塌溃。还开出一大片药圃，种植药材。这些都表明，虽说时时都在思念故乡，他是想在此地度过晚年的。

第二节 | 故国犹兵马，他乡亦鼓鼙

　　杜甫曾在《江村》诗中描写他的恬静生活，但诗中也提到了这种生活的条件是"故人供禄米"，因为他没有任何产业，只能依靠友人的周济。上元元年（760）三月，成都尹裴冕调任回京，接替他的是李若幽。李若幽非文人之友，对杜甫的生活不会有什么关照。当时在蜀中做大官的，一个是彭州刺史高适，一个是巴州刺史严武，这两人偶尔对杜甫接济失时，杜甫的生活就成问题。《狂夫》一诗所说的"厚禄故人书断绝，恒饥稚子色凄凉"，就反映了这种唯故人是依的拮据生活。这个时期，忧国与思乡（如《野老》："王师未报收东郡，城阙秋生画角哀。"）、感时与忆弟（如《遣兴》："干戈犹未定，弟妹各何之？拭泪沾襟血，梳头满面丝。"）等素常话题，也时或见于他的诗篇。

　　这年秋天，高适由彭州刺史转为蜀州刺史。蜀州即今崇州市，在成都西约百里。此前，杜甫曾写诗向高适呼救："百年已过半，秋至转饥寒。为问彭州牧，何时救急难？"（《因崔五侍御寄高彭州一绝》）高适自当解囊相助。如今杜甫得知高适转任蜀州，路途稍近，遂决定去看望老友。动身之前，以诗代简先打招呼，赞叹高适仕途得意："骅骝开道路，鹰隼出风尘。"又设想久别相逢的场面："天涯喜相见，披豁对吾真。"

（《奉简高三十五使君》）秋末，杜甫来到蜀州与高适会晤。在逗留期间，遇到了同乡韩十四。韩十四将去江东探望双亲（想是避乱流落于江东）。杜甫为他送行，来到城东北十里的白马江边，作《送韩十四江东省觐》相赠。诗云：

> 兵戈不见老莱衣，叹息人间万事非。
> 我已无家寻弟妹，君今何处访庭闱。
> 黄牛峡静滩声转，白马江寒树影稀。
> 此别应须各努力，故乡犹恐未同归。

　　送一位普通的乡人上路，却能连及战乱的时局和个人的亲故离散，故而诗情苍凉悲慨，境界浑阔。"白马江"，注家多以为在黄牛峡之东，有人更指出，颈联"二句是想象中之景，不是写送别时当前之景。黄牛峡、白马江，皆韩出峡往江东所必经之地。黄牛峡在湖北宜昌县西。旧注，江陵有白马洲"[1]。把"白马江"注为江陵的"白马洲"，完全错了。据《大清一统志》载，白马江在崇庆（即今崇州，唐蜀州）东北十里。又据台湾《中文大辞典》"沙沟"条注释："沙沟，岷江支流，自四川灌县南歧而南出，至崇庆县，又分为二支，一经县东为白马河，一经县西为西河，至县南二支复合，至新津县仍入岷江。"据此，可知杜诗中提到的白马江即指蜀州东北十里的那条河水。韩十四当是在白马江乘船南下，入岷江，再入长江东下。

---

[1] 见萧涤非《杜甫诗选注》。

诗中以"黄牛峡"代指韩十四的行程，以"白马江"代指作者的所在之处，意谓：当你乘船经过黄牛峡的时候，我仍站在白马江边（即告别之处）不肯离去。以两地分写行者与送者，这种手法在送别诗中经常见到。至于此诗的写作时间，历代编年本皆定在上元二年（761）。上元二年杜甫确曾去过蜀州，不过是在冬末，腊月二十日前后，韩十四不会在年关迫近方起程去江东与双亲团聚的。所以，此诗应以编在上元元年（760）秋末冬初为宜。[1]

这次蜀州之行，杜甫还同诗人裴迪相遇。裴迪，山西闻喜人，此时亦流落蜀中。二人同游蜀州城东南 70 里的属县新津，有诗唱和。然后，杜甫回草堂过春节。

上元二年（761）春天，杜甫重游新津县。县南二里有四安寺，杜甫独自登上寺的钟楼，深感寂寞，写诗寄给裴迪，责备他太疏于友情。可知，此次重游新津之前，他曾与裴迪相约，裴迪未能如约前来。老杜责备裴迪不重友情，是由于自己重视友情；这也反映出他的天真，不知天下疏于友情的人实在是不少呢！这次他还独自游览了修觉寺，此寺建在县城东南五里的修觉山上，"野寺江天豁，山扉花竹幽"（《游修觉寺》），巨笔勾勒与细笔精绘，为该寺留下了历史的瞬间。过了一些时候，他又来游览修觉寺，写出一首精美的五律《后游》。诗云：

　　　寺忆曾游处，桥怜再渡时。

---

[1] 拙文《杜甫〈送韩十四江东省觐〉写作地点及时间辨析》(载《杜甫研究论集》)，可参看。

江山如有待，花柳更无私。

野润烟光薄，沙暄日色迟。

客愁全为减，舍此复何之？

　　首联写自己对旧地的怜爱，颔联写旧地对自己的盼念，物我情亲，彼此神融，体现了诗人的民胞物与的博爱情怀。杜甫几次前往新津，都不会是单纯的浏览，想来皆与谋求他人援助有关。

　　杜甫虽处境艰难，却始终关注着国家的时局。上元元年（760）四月，李光弼在河阳（今河南孟州）击败史思明。消息传来，杜甫心情稍振，作诗言道："洛城一别四千里，胡骑长驱五六年。草木变衰行剑外，兵戈阻绝老江边。思家步月清宵立，忆弟看云白日眠。闻道河阳近乘胜，司徒争为破幽燕。"（《恨别》）虽说身老剑外江边，心忧弟妹远隔，却仍为司徒李光弼的取胜而称快。又听说李光弼率百万兵马长驱深入河北，心情更加振奋，作诗言道："百万传深入，寰区望匪他。司徒下燕赵，收取旧山河。"（《散愁二首》其一）

　　上元元年（760）九月，朝廷取消成都的南京之号，依节度使吕諲的要求，置南都于荆州。杜甫闻知，十分忧虑，作《建都十二韵》，指斥朝廷决策的失误：朝廷这么做只是考虑到"恐失东人望"，却未曾想到"其如西极存"这一重大的现实问题。西极，指吐蕃，当时吐蕃犯边正急，蜀地是抗击吐蕃的前沿，以成都为南京，有利于加强它的政治地位，阻止吐蕃的入侵。杜甫这种战略眼光无疑是正确的。他在诗中沉痛地说：朝廷官员徒然有那么多，却无人站出来反对这种决策；只恨当初自己疏救房琯未得一死，要是能杀身以谏，或许还能为他人做个榜样。其后，果如杜甫所忧虑的，吐蕃攻陷了成都西面的松、维、保三州，边患长期得不到解决。

成都的南京之号被取消以后，吐蕃气焰日盛，成都及蜀中各地的备战也愈加紧张，练兵的鼓角到处震响。杜甫远望中原，那里兵马格斗正急；近观蜀地，同样弥漫着战争的凶气，深叹国事难以收拾，《出郭》一诗记录了他的心情。诗云：

> 霜露晚凄凄，高天逐望低。
> 远烟盐井上，斜景雪峰西。
> 故国犹兵马，他乡亦鼓鼙。
> 江城今夜客，还与旧乌啼。

"斜景"，即斜阳；雪峰，又称西岭，在成都西部，是与吐蕃对峙的前沿。此句写那里斜阳暗淡，透露出军情的危急。安史未平，吐蕃又起，值此多事之秋，杜甫唯能与旧乌同啼了。

然而，灾难还不仅生于外患，蜀地的军阀也开始乘机作乱了。上元二年（761）二月，朝廷派崔光远代替李若幽为成都尹。四月，梓州（今四川三台）刺史段子璋举旗反叛，自称梁王。五月，崔光远与高适合兵围剿段子璋，死伤了大量将士，才得以平息这场叛乱。自此，蜀地军阀相攻，彼伏此起，竟无宁日。杜甫在前年奔赴成都经过剑门时，就曾预感蜀地会有军阀作乱，不幸今日竟成事实。对于这场战乱，杜甫深为痛心，对于在平叛中牺牲的将士，作诗予以哀悼（见《苦战行》《去秋行》），对恃功自傲、作威作福的崔光远部将花敬定，亦作诗进行讽刺（见《戏作花卿歌》《赠花卿》），表达了鲜明的爱憎立场。

蜀中动荡，自然会波及杜甫的生活。崔光远、高适忙于军务，无暇顾及他。这年秋天，他去青城县（治今四川都江堰市东南）寻求援助。青城县在成都西北，有200多里路程。"老被樊笼役，贫嗟出入劳。"（《赴青城县出成都寄陶王二少尹》）贫困欺人，老杜顾不得年老路遥，只好叹息上路。此行寻找何人资助，不得而知，只能从所作诗中知道他被青城山的常隐士招待了一顿栗子吃（《野望因过常少仙》）。据宋祁《益部方物赞》载，青城山特产"天师栗"，不仅味美，还可治疗风挛。杜甫很感激，作诗盛赞常少仙的情义。不过，杜甫来青城，肯定不是来找一个隐士求援的。他要找的人必是县中官员，但无诗记录，可知是白跑了一趟，这从他回家后作的《百忧集行》可以看出来。诗云：

忆年十五心尚孩，健如黄犊走复来。

庭前八月梨枣熟，一日上树能千回。

即今倏忽已五十，坐卧只多少行立。

强将笑语供主人，悲见生涯百忧集。

入门依旧四壁空，老妻睹我颜色同。

痴儿不知父子礼，叫怒索饭啼门东。

往返走了 500 里路，老杜疲惫不堪，不禁想起少年时的健康体魄（由"五十"岁而想及"十五"岁，是很自然的）。"强将笑语供主人"，是写他此次去青城县求县官援助时的情形，勉强向主人赔笑脸，以期得到同情。但还是空着手回来了，"入门依旧四壁空"，什么添项也没有。小儿饿得发怒，在门外大哭大叫向他要饭吃。从"不知父子礼"五个字，可以想象当时有邻人围观，这让老杜难为情。

这一年颇不顺利。早在夏天，一场暴风骤雨拔掉了草堂前的一棵古楠树，杜甫十分伤心。去年他选择草堂地址时，就是看中了这棵老楠的气象："沧波老树性所爱，浦上童童一青盖。野客频留惧雪霜，行人不过听竽籁。"（《楠树为风雨所拔叹》）老楠的树冠如盖，既可以为人遮霜雪，又有笙竽般的音响悦人听闻。杜甫用悼念故人的心情写诗致哀："我有新诗何处吟？草堂自此无颜色。"编年杜诗每将此诗编入秋天作[1]，但从诗中"东南飘风动地至"这一句来看，乃夏天物候特征。"飘风"即暴风，说它来自"东南"，应是盛夏之风。又，老楠被拔，也与大雨有关，诗中有"干排雷雨犹力争"的描写，惊雷暴雨也是夏天的物候。入秋以后，一场狂风又卷走了草堂顶上的一些茅草，随之而来的秋雨浇漏了茅屋："床头屋漏无干处，雨脚如麻未断绝。"盖了多年的破被子本已冷硬如铁，被雨一浇，哪里还能再用？长夜沾湿，苦待天明，他不禁想到此刻正不知有多少穷苦的人瑟缩于秋风秋雨中，"穷年忧黎元"的思

---

[1] 如陈贻焮《杜甫评传》，即将此诗视为与《茅屋为秋风所破歌》同时作。

想主弦又一次在心头拨动了："安得广厦千万间，大庇天下寒士俱欢颜，风雨不动安如山！呜呼！何时眼前突兀见此屋，吾庐独破受冻死亦足。"(《茅屋为秋风所破歌》)伟大的民胞物与情怀，宁苦己以利人的精神，不知感动和教育了多少世人！可是也曾有过一个存心与杜甫作对的人，硬是要把这一伟大诗篇否定掉。[1]理由之一，是草堂"屋顶的茅草有三重"，"这样的茅屋是冬暖夏凉的"，"比起瓦房来还要讲究"。照此说来，那些世代居住青堂瓦舍的官僚地主都是蠢驴了，他们应该拆掉房瓦换上三重茅草去"讲究"一番。笔者出身穷苦，故居房屋苫盖的是芦苇，也有一尺多厚，却从未感受到什么"冬暖夏凉"；倒是每逢夏季，常为屋漏而苦恼，整天整夜地用盆子接雨、倒水。理由之二，是杜甫"骂贫穷的孩子为'盗贼'"。这条罪状乍一看挺吓人，其实不值一驳。试问：何以知道"南村群童"都是"贫穷的孩子"呢？"南村"里没有地主吗？考证过吗？退一步说，即便他们都是贫下中农的孩子，其抢夺老杜茅草的行为也是错误的。再说，老杜营建这几间茅屋是多么不容易，求亲告友，费尽心力。正由于来之不易，他才不顾年老多病，在大风天里追拾吹落的茅草。这种艰难，是坐在书斋里舞文弄墨之徒难以体察的。理由之三，是认为"大庇天下寒士俱欢颜"中的"寒士"，不包括广大穷苦人民在内。这位先生说，杜甫关心的只是那些"没有功名富贵的或者有功名而无富贵的读书人"。称微贱的读书人为"寒士"，这只是魏晋南北

[1] 见郭沫若《李白与杜甫》。

朝时期的说法。"士"这个概念并非仅指读书人。在上古时代，它是成年男子的通称。《诗经·周颂·载芟》："依其在京，有依其士。"《朱熹集传》："士，夫也。言馌妇与耕夫相慰劳也。"怎能说"寒士"就是专指读书人呢？后来杜甫在《寄柏学士林居》中说："几时高议排金门？各使苍生有环堵。"环堵，即指房屋。可见，杜甫是关心百姓的居室的。退一步讲，即便此处的"寒士"是指穷苦的读书人，杜甫的思想就不够伟大了吗？穷苦的读书人就不值得同情吗？为什么如此轻贱知识分子？记得元朝统治者把读书人列在娼妓之后[1]，先生是从他们那里学来的吗？

老杜命蹇，死后诗歌遭到曲解，活着的时候顺心事也不多。这一年的早些时候，他曾应唐兴县（今四川蓬溪）县令王潜之约，写了一篇散文《客馆记》，按规矩王潜是应该付酬资的[2]，可是拖到秋天还不见兑现。杜甫为生活所迫，不得已写诗向王潜"求援"，说自己如同一匹患病的千里马，思食优厚的草料，希望王潜能施行高义，慷慨大度一些——"看君用高义，耻与万人同"（《敬简王明府》）。不知是王潜没有理睬还是给得太少，到了冬天，杜甫再次写诗给他："行李须相问，穷愁岂有宽？君听鸿雁响，恐致稻粱难。"（《重简王明府》）饥寒

---

[1] 元人谢枋得《送方伯载归三山序》，其中说道："七匠、八娼、九儒、十丐。后之者，贱之也；贱之者，谓无益于国也。"另据清人赵翼《陔余丛书》，前六者为"一官、二吏、三僧、四道、五医、六工"。

[2] 唐时社会重文章酬资。《旧唐书·张嘉贞传》载，张嘉贞为官清廉，虽官至宰相而无个人田产。但做定州刺史时，撰写《北岳恒山祠碑》，仍从北岳庙的香火钱中取出一部分，作为稿酬。可见当时风气。

之音，的确如旅雁哀鸣。

杜甫自身遭受困厄，便要由己及人，睁开眼睛去看成都郊野的穷苦黎民，《枯棕》这首诗就是一首为民请命之作。诗云：

蜀门多棕榈，高者十八九。

其皮割剥甚，虽众亦易朽。

徒布如云叶，青青岁寒后。

交横集斧斤，凋丧先蒲柳。

伤时苦军乏，一物官尽取。

嗟尔江汉人，生成复何有？

有同枯棕木，使我沉叹久。

死者即已休，生者何自守？

啾啾黄雀啅，侧见寒蓬走。

念尔形影干，摧残没藜莠。

此诗用皮被剥光的枯棕比喻蜀地的穷苦百姓。这是诗人来到成都以后，经过两年的观察了解，对此地百姓的生活状况产生的深刻认识。为了供应军需，地方官吏对百姓的搜刮已经达到了"一物尽取"的程度，"交横集斧斤"，何其惨烈！这是杜甫目击种种压榨、桩桩血泪之后作出的艺术概括啊！又作《病橘》诗，诗中写道，蜀地橘树生病，果实酸小而多蠹虫，但"蓬莱殿"里的君王是每餐必食的。"此物岁不稔，玉食失光辉。"既失光辉，则要降罪于有司。由此而回忆玄宗为贵妃索贡荔枝事："忆昔南海使，奔腾献荔枝。百马死山谷，到今耆旧悲。"最高统治者为满足口腹之欲，造成了吏民的大量伤亡，杜甫对此深感痛心，他劝诫君主宜自俭约："寇盗尚凭陵，当君减膳时。"这是具有进步意义的。而《病柏》一诗，则是为唐王朝的由盛而衰进行艺术塑影。[1]诗云：

> 有柏生崇冈，童童状车盖。
>
> 偃蹇龙虎姿，主当风云会。
>
> 神明依正直，故老多再拜。
>
> 岂知千年根，中路颜色坏！
>
> 出非不得地，蟠据亦高大。
>
> 岁寒忽无凭，日夜柯叶改。
>
> 丹凤领九雏，哀鸣翔其外。
>
> 鸱鸮志意满，养子穿穴内。
>
> 客从何乡来，伫立久吁怪。
>
> 静求元精理，浩荡难倚赖。

诗的前六句是对盛唐的艺术写照：一株柏树生在高冈上，茂盛的树冠有如车盖。枝干屈曲形似龙虎，伟岸的身姿主持风云聚会。神明依附正直之物，故老们多向此树礼拜。"岂知千年根，中路颜色坏！"是指安史之乱突然爆发，大唐根基出人

---

[1] 此诗的主旨，仇兆鳌以为是"伤直节之见摧者"，王嗣奭以为是"喻正人摧折"，李西崖以为是"伤房琯"，四川省文史研究馆《杜甫年谱》以为是"写正直壮健之才而横被摧残者"。唯黄生之论点稍近，黄云："喻宗社欹倾之时，贤人君子废斥在外，无所用其匡救，而宵小盘据于内，恣为奸私，国祚安得再振？天意如此，真不可问。"

意料地遭到破坏。"日夜柯叶改"是指唐王朝瞬间变得面目全非，昌盛的国势一去不返。象征着国家祥瑞的凤凰飞走了，而像猫头鹰一样的叛贼却志得意满。诗中的他乡来客，指的就是作者自己，他伫立久叹，静心求索天道物理，感到宇宙茫茫，盛衰之道难以弄得明白。显然，这是作者经历开元盛世和天宝之乱两个截然不同的时代之后，因国势的骤变而产生的深长喟叹。他经过艺术构思，准确地选择了病柏的形象，用它的前荣后枯来比喻国家的由盛而衰。形象的内涵是巨大的，诗人的忧思是深广的。也可以说，《病柏》一诗的内容和感情就是一部杜诗的缩影。

这年十月，成都尹崔光远因不能制止其牙将花敬定的掠民暴行，被朝廷怒责，忧愤而死。朝廷调遣蜀州刺史高适暂代尹职。高适来到成都，杜甫很高兴，写诗邀他前来草堂一叙。高适果然偕同王抡侍御来了，王抡此前曾携酒来看过杜甫，这次又带着酒来了，高适自然也会带份礼品。故友相聚，把盏赋诗，寂寞的草堂里传出欢声笑语。

十二月，蜀州李司马在皂江（即今四川金马河）上建成一座竹桥，解除了民众渡江的困苦。桥成之日，杜甫应邀前去观光，作诗颂功，从"天高云去尽，江迥月来迟"（《观作桥成月夜舟中有述还呈李司马》）所写月亮升起的时间来看，当在腊月二十日左右。杜甫在蜀州逗留期间，朝廷任命严武为成都尹，高适代理成都尹事已经完毕，由成都回蜀州继续任刺史。

严武与杜甫为世交，二人又曾同朝为官，同遭贬斥，在政治上属于同一派系。严武此时仕途稍有好转。他原被贬为巴州

（今四川巴中）刺史，后来升为东川节度使（驻地梓州，今四川三台），又任御史中丞，由东川节度使转为西川节度使（驻地成都），因东川节度使空缺，亦由他暂时代理。其后（广德二年，764）东西两川合为一道，他又任两川节度使。严武精于兵略，有他来镇蜀，吐蕃气焰有所收敛。他既与杜甫为世交，为同志、好友，对杜甫的生活自然要给予关照。

严武于上元二年（761）腊月底到达成都，第二年（即宝应元年，762）初春，便写诗邀请杜甫到成都游玩。杜甫写诗唱和，以老朋友的口气说，还是你来我的草堂一叙为好。严武此时才37岁，杜甫已满50岁，以世交而论，他是老大哥，故说起话来比对高适显得随便些，亲融些。过了不久，严武果然带着小队随从来到草堂，"元戎小队出郊坰，问柳寻花到野亭"（《严中丞枉驾见过》）。杜甫很高兴地写了这首十分雅正的诗赠给他。"问柳寻花"四个字，写严武一路打听草堂的位置，颇具情韵，也可以看出老杜以居草野自乐的心情。

此后，杜甫与严武之间的诗歌唱和与彼此往来日益频繁。杜甫曾陪严武在西城晚眺，写诗赞其雄才大略，希望他能安边立功，又曾约严武来浣花溪边垂钓。严武也时常给杜甫送些用品，一次，他派人送来青城山道士酿制的乳酒一瓶，这种酒用马乳葡萄制成，气味浓香。杜甫见了，满口流涎，当着"马军"（即差卒）的面就把酒瓶打开，喝了起来，然后赋诗一首，向严武致谢道："山瓶乳酒下青云，气味浓香幸见分。鸣鞭走送怜渔父，洗盏开尝对马军。"（《谢严中丞送青城山道士乳酒一瓶》）如此迫不及待地开瓶畅饮，固然是因为酒好，也说明了二人之间的亲厚关系。

杜甫对严武的军政之事也很关心。自去年入冬以来，成都一带持续干旱，到二月仍未降雨，杜甫作《说旱》一文，交送严武。文中说，旱情严重，或许是由于冤狱怨气积郁造成的，建议严武把前任的狱案彻底清理一遍。并指出，蜀地百姓面有菜色，是因为苛捐杂税太多，应予减轻。再有，凡在东西两川服役的兵丁，其家属的赋税应有所减免，还应派官吏前去慰问老人们的疾苦。这些建议体现了杜甫的仁政思想，和对严武的信任。对此，严武显然是有所采纳的。比如，他把一些服役日久而家无劳力的士兵放回务农，就很得人心。前文提到的《遭田父泥饮美严中丞》一诗，那个缠住杜甫畅饮终日的老农，就是因为儿子被严武下令放回而感激不已："酒酣夸新尹，畜眼未见有。"说自己活了这么大也没见过这样的好官[1]，而且表示："差科死则已，誓不举家走。"只要还活着，就一定按数交租税，决不逃到他乡。杜甫这样写，不过是告诉严武为政者爱民的重要，也是为了印证《说旱》中所提建议的正确。[2]

这年四月，久旱的蜀中终于降下大雨，一举解除了旱情。杜甫的忧愁也被大雨冲洗干净，痛快淋漓地写了一首题为《大雨》的诗。这首诗站在农民的立场上来歌颂大雨，写得很有气势。诗云：

---

[1] "畜眼"，萧涤非注云"老眼"，聂石樵、邓魁英注云"自有眼睛以来"，良是。唯郭沫若译作"牛眼睛"，以说明杜甫与农民的"阶级界线"。
[2] 郭沫若《李白与杜甫》认为，杜甫写此诗给严武，是为了得到很多的报酬。如此罗织罪名，堪称挖空心思。

175

西蜀冬不雪，春农尚嗷嗷。上天回哀眷，朱夏云郁陶。
执热乃沸鼎，纤绤成缊袍。风雷飒万里，霈泽施蓬蒿。
敢辞茅苇漏？已喜黍豆高！三日无行人，二江声怒号。
流恶邑里清，矧兹远江皋！荒庭步鹳鹤，隐几望波涛。
沉疴聚药饵，顿忘所进劳。则知润物功，可以贷不毛。
阴色静垅亩，劝耕自官曹。四邻未耘出，何必吾家操？

　　全诗以农民盼望下雨的苦情开始，又以农民雨后出耕的喜悦作结。至于个人方面，只是茅屋被大雨浇漏而已。然而诗人的态度竟是："敢辞茅苇漏？已喜黍豆高！"这使我们想见老杜欢天喜地地在茅屋里转走的情景，他时而指挥孩子们用盆碗接漏雨，时而又凑近窗户，瞭望在雨中长高的庄稼。宁苦己以利人，这是何等高尚的情操啊！这场大雨一连下了三天三夜，奔腾的积水荡清了旱魔的污秽。杜甫感到肺中清爽了许多，每日必服的药也停了，这雨水就是一服良药啊。

　　大雨解除了旱情，农民辛苦劳作，终于迎来了麦秋。可是，川陕交界的四个州，集州（今四川南江）、壁州（今四川通江）、梁州（今陕西汉中）、洋州（今陕西洋县），又发生了胡羌前来抢收的事。[1]百姓无力抵抗，蜀中官军又不肯涉远前去保护，眼睁睁地看着粮食被抢走。杜甫闻知，痛愤地把此事记入诗中："大麦干枯小麦黄，妇女行泣夫走藏。东至集壁西

[1]《新唐书·党项传》：上元二年，党项羌与浑、奴剌连和、寇凤州。明年，又攻梁州，进寇奉天。《旧唐书·肃宗纪》：宝应元年建辰月（三月），党项、奴剌寇梁州，观察使李勉弃城走。史书未详抢粮之事，此诗可补其缺。

梁洋，问谁腰镰胡与羌。岂无蜀兵三千人？部领辛苦江山长。安得如鸟有羽翅，托身白云归故乡！"（《大麦行》）"问谁腰镰胡与羌"是句中有问有答，杜甫的愤切心情从这句诗中得到表现。杜甫得知胡羌抢粮的消息，可能劝说过严武出兵三千前往驱敌，但没有获允，理由是路途太远太辛苦。当然，严武不愿分兵北进，也另有他的道理；但杜甫却不能忍受这种耻辱，故一时愤言，表示要离开成都，尽快回到老家去。

国家多难，兄弟离散，杜甫的心头笼罩着拨不开的愁云，有时骑马出去散心，而触目所见又每每牵动忧思。《野望》这首诗写道：

西山白雪三城戍，南浦清江万里桥。

海内风尘诸弟隔，天涯涕泪一身遥。

惟将迟暮供多病，未有涓埃答圣朝。

跨马出郊时极目，不堪人事日萧条。

"西山"，又名雪岭，在成都西部，那里有唐政府为防御吐蕃而设置的松、维、保三城，即诗中所称的"三城戍"（戍，与次句的"桥"相对，应为名词，指边防驻军的城堡。一般注本解为"戍守"，误）。当时，吐蕃趁安史之乱，唐政府集中兵力讨伐叛军的机会，加紧了入侵的步伐。"万里桥"，在成都城南的锦江上，是三国时诸葛亮送费祎出使东吴时的宴别之处，费祎临行前曾叹道："万里之行，始于此矣。"故称此桥为万里桥。万里桥因此也就带有伤别之意。杜甫跨马出郊，西望雪岭，但见白雪皑皑，三城警肃，一派森严、凶杀的气氛；南望锦江，又见万里桥横，似闻古人伤别的叹息。他不禁想起在战乱中天各一方的诸弟，感慨自身年迈多病，未有寸功回报多灾多难的祖国。

这年四月，玄宗和肃宗相继去世。肃宗弥留之际，张皇后（良娣）与太子谋划，欲杀李辅国。张、李二人起初内外勾结，但晚年有了矛盾。李辅国的亲信程元振得知其谋，告诉了李辅国，李于是抢先下手，杀了张皇后。肃宗死后，李辅国操纵太子即位，这就是代宗。代宗尊李辅国为"尚父"，五月，又任命李辅国为司空兼中书令。由于程元振欲夺李辅国的大权，不断向代宗进密言。六月，代宗先后解除了李辅国的行军司马、兵部尚书和中书令职务，并召还严武进京，共议国事，以高适为成都尹、西川节度使。

六月，严武接到进京的诏令。杜甫闻讯，心情很复杂。一方面，考虑朝廷里风云多变，国事艰危，需要严武前去执掌朝政："四海犹多难，中原忆旧臣。"（《奉送严公入朝十韵》）朝廷调严武进京是明智之举。另一方面，也为蜀中失去干城之将而惆怅不已："空留玉帐术，愁杀锦城人。"严武镇蜀，对吐蕃来说是极大的震慑，使他们不敢轻举妄动，正如严武死后杜甫在《八哀诗》中所说的那样："公来雪山重，公去雪山轻。"然而杜甫毕竟是个以国事为重的人，最后还是勉励老友去成就匡时济世的大业："公若登台辅，临危莫爱身。"亲密的情谊，庄重的叮嘱，流露出杜甫对国家命运的深切关注。

严武上路北行，杜甫依依相送，一直送到绵州（今四川绵阳），送出好几百里！这种创世界纪录的送行，说明他对于国家、对于友情的执着程度。最后，在绵州城外 30 里的奉济驿握手告别，作《奉济驿重送严公四韵》以为赠。诗云：

> 远送从此别，青山空复情。
> 几时杯重把？昨夜月同行。
> 列郡讴歌惜，三朝出入荣。
> 江村独归处，寂寞养残生。

诗人将一片别情挥洒得天高地远。北望重叠的山峦，似是有意挡住友人的去路，同自己一样多情地把他挽留，然而诏令不可违，青山也是空有此情了。明月呢，昨夜与我们一路同行，那是为了随时准备为我们的把杯宴饮而照明。青山明月本无知，但由于诗人心中怅别，所以看山看月都觉得它们与自己同怀一种留恋不舍之情。青山遮留，明月同行，物我同戚，别情至此，可谓无以复加了。颈联重在写沿途各郡对严武的惜别，尾联写此后自己的寂寞生活。字字皆为动人之心声，令人感知杜甫对于友情的深笃，非一般人所能达到。

　　杜甫送走了严武，在绵州逗留。这时（即宝应元年七月），成都军阀、剑南兵马使徐知道在成都造反，一时间腥风血雨，天昏地暗。杜甫不得回归，在四川东北各地流浪，开始了难中逃难的生活。四川东北古称巴地，杜甫流浪于其间，历尽艰难，但始终关注着国家的时局。

　　起初，杜甫在绵州留居，住在涪江东津的公馆。公馆靠近江边，杜甫常到江边散步，观看到渔民拉网捕鱼，一网上来就能捕获几百条，又见厨子挥动明晃晃的刀，把活蹦乱跳的鱼削成细片，心中颇觉不忍。过了几天，又到江边观看捕鱼，只见众多的渔民正在截江拉网，小鱼被呛得半死不活，张着嘴急喘，大鱼被拉上江岸，在泥沙中挣扎。面对这种残酷的捕杀场面，杜甫联想到战乱中百姓被大量屠杀的现实，强者屠杀弱者，弱者屠杀更弱者，这人世是太令人失望了，孟子那种"见其生不忍见其死，闻其声不忍食其肉"[1]的"恻隐之心"在现实中已沦丧殆尽。

　　在绵州寓居期间，遇到李使君前往梓州（今四川三台）赴任，梓州在绵州东南，相距百余里，也是在涪江岸边。沿江再

---

[1] 见《孟子·梁惠王上》。

往东南，不远就是射洪县，那里有陈子昂的故居。杜甫在给李使君的送别诗中，请求他代为凭吊："遇害陈公殒，于今蜀道怜。君行射洪县，为我一潸然。"（《送梓州李使君之任》）陈子昂，武则天时在朝为官，任麟台正字，转右拾遗，敢于直陈时弊，反对武则天的穷兵黩武和滥用酷刑，与武氏集团矛盾很深，38岁即解职还乡。武三思（武则天侄子）指使射洪县令段简，将陈子昂诬陷下狱，子昂忧愤而死。作为唐代诗歌革新的先驱者，陈子昂用诗歌批评时政，抒写愤慨，在杜甫的心中占有崇高的地位，对杜甫的现实主义诗歌创作产生巨大的影响。杜甫请李使君去其墓前一洒伤悼之泪，既表达了对陈子昂的仰慕与同情，又含有异代同沦落的身世之慨。

流落异乡不能没有生活上的依靠，杜甫想到了汉中王李瑀。李瑀是玄宗兄长李宪的儿子，早年就有才望，且仪表伟岸。安史之乱中，随玄宗赴蜀，行至汉中，封汉中王。杜甫与李瑀有旧交，又得知他此时就在梓州，交通方便，遂拟前往投奔，行前以诗代简，联络旧情，诉说新困："群盗无归路，衰颜会远方。尚怜诗警策，犹记酒颠狂。……"（《戏题寄上汉中王三首》）遭逢群盗，归路已无，时值暮年，天涯相遇。这种处境，汉中王作为旧交，当不能拒绝老杜前来。过了一些时候，杜甫获得了李瑀的许诺，便离开绵州，前往梓州。

杜甫寓居梓州时，虽得到友人的款待，却心绪不宁，因为家属尚在成都草堂，每每彻夜思念而难以入睡。《客夜》一诗记录了这种苦况："客睡何曾著？秋天不肯明。入帘残月影，高枕远江声。计拙无衣食，途穷仗友生。老妻书数纸，应悉未归情。"秋夜总是跟愁人过不去，迟迟不肯放明。杜甫躺在床上翻来覆去睡不着，照进屋来的残月光影牵动着情思，江涛的声响传到枕畔仿佛是亲人的声声呼唤。他反思走入穷途的原因，是由于自己拙于谋生之道，却又不想变得聪明乖巧。决定天亮后给老伴儿写上几纸书信，应让她知道未归的苦情。

这年重阳节，杜甫是在梓州度过的。古时过重阳节，总要赏菊、登高、饮酒。他和梓州的友人同饮黄花酒（菊花酒的别称，用菊花杂黍米酿制），一同登高望远，但是客中作客，国事家事无可快心者，不禁悲从中来，作《九日登梓州城》道：

> 伊昔黄花酒，如今白发翁。
>
> 追欢筋力异，望远岁时同。
>
> 弟妹悲歌里，乾坤醉眼中。
>
> 兵戈与关塞，此日意无穷。

酒还是从前的黄花酒，人如今已是白发翁。追逐欢趣，腿脚已不如从前有力；眺望远方，时景却与过去完全相同。——两组物是人非的叹息，抒发了浓重的今昔之感。这种感情之所以动人，是由于它以思亲忧国为触发点：弟妹远隔，只能以悲歌寄托思念；国事维艰，只能对之以昏花的醉眼。兵戈未止，关塞阻绝，国事与家事，众多的愁思缠绕在心头！重阳节，一个美好的节日，杜甫竟是这样度过的。

这年秋末冬初之际，杜甫回到草堂接家属。八月二十三日，徐知道兵乱被高适讨平[1]，但是乱后的成都已难居住，所以决定把家属接到梓州。离开草堂之前，杜甫对这住了近两年的茅屋作了一番料理，在小松树的周围插上篱笆[2]，又请邻居代为照看院中的树木[3]，把书籍装入书套，放在架上[4]，锁了门，这才上路。梓州在成都东北，有200多里路。杜甫心性恋旧，想这草堂不知何时才能重返，心中未免依依："我行入东川，十步一回首。成都乱罢气萧索，浣花草堂亦何有？"（《从事行赠严二别驾》）

杜甫把家属安置在梓州，依靠的是汉中王李瑀、梓州李刺史等人。寄人篱下的生活自然不会如意，饥一顿饱一顿地对付着过。

安置了家属，这年冬天，杜甫便去陈子昂的故居射洪县凭吊游览。射洪县城在梓州东南60里，城北有金华山，山上有道观，陈子昂从18岁起在道观内隐居读书，6年间精熟典籍，24岁考中进士走入仕途。杜甫登上金华山，找到陈子昂当年的读书堂遗迹，临风怀想，对一代英才的不幸结局深致叹惋："陈公读书堂，石柱仄青苔。悲风为我起，激烈伤雄才。"（《冬到金华山观，因得故拾遗陈公学堂遗迹》）然后，又去瞻仰陈子昂的故居。故居在城北的武东山下。找到其宅，天色将晚，荒山日落，村墟烟笼。故宅保存尚好，大屋长椽一如当年。墙

[1] 见四川省文史研究馆《杜甫年谱》。
[2]《四松》："所插小藩篱，本亦有堤防。"可证。
[3]《寄题江外草堂》："尚念四小松……永为邻里怜。"可证。
[4]《归来》："开门野鼠走，散帙壁鱼干。"可证。

壁上还保留着刑部尚书彦超、吏部尚书郭震的题壁诗。瞻仰之中，杜甫对陈子昂的诗歌革新壮举作出定评："有才继骚雅，哲匠不比肩。公生扬马后，名与日月悬。"（《陈拾遗故宅》）继骚雅，是表彰陈子昂纠正六朝以来的浮靡诗风，继承《离骚》《诗经》的批判现实的优良传统。在当时的诗坛上孤峰突起，无人能与之比肩。说他是扬雄、司马相如之后的杰出作家，其光辉的名字可与日月同存。又说他"终古立忠义"，对国家忠肝义胆，可为千古的楷模。由此，我们也可以认识杜甫一生所奉行的"忠义"，是以国家事业为出发点的，并非对一人一家的愚忠。

在射洪县，他结识了李明甫。李明甫是个意气豁达的人，把杜甫引入家中，热情招待。杜甫向他诉说困境：成都大乱初定，人事萧条，几间草屋已不能居住；想出峡东行，又苦于没有路费，只好在川北流寓，"苍茫风尘际，蹭蹬骐麟老"（《奉赠射洪李四丈》）。杜甫还计算了路费，说"万里须十金"。"十金"是个什么概念？汉代以黄金一斤为"一金"，南北朝以后以黄金一两为"一金"，"十金"即为十两黄金。时逢战乱，黄金匮乏，十两黄金是不易得到的。

在射洪县盘桓了一段，杜甫又前往通泉县。通泉县后来归入射洪县，故治在梓州东南130里，东临涪江。那是十一月的一天大早，顶着满天星星，杜甫伴随着其他旅客上了路。从《早发射洪县南途中作》一诗的开头两句"将老忧贫窭，筋力岂能及？"可以知道他此行并非是为了游览，是为了寻求生活资助或是为出峡筹措资金的。一路上虽有佳景可以悦目，但心情是抑郁的。"茫然阮籍途，更洒杨朱泣"，说自己走的是茫然的阮籍穷途，还要再洒下杨朱的歧路之泪。战国时魏人杨朱身临歧路，为方向迷乱而伤怀。"阮籍途""杨朱泣"，无非是忧虑求援不果。到了通泉，见到了县令姚某和王侍御，写了两篇陪宴诗，表达了思归京都而不得的惆怅情怀，可以推测，他曾向县主索求过出峡的费用。

在通泉县逗留期间，他瞻仰过郭震的故宅。郭震曾做过通泉县尉，后来被武后召见，以谈吐不凡和所作《宝剑篇》深得赏识。在辅佐玄宗剪除太平公主的斗争中，表现得英勇果决，拜兵部尚书同中书门下三品，封代国公。杜甫作《过郭代公故宅》，追怀其一生行迹，赞美其扶危匡正的大节。通泉县衙的墙壁上，残留着初唐书画家薛稷所画的11只仙鹤，精妙绝伦；慧普寺存有薛稷题写的匾额和壁画。杜甫皆一一观览，作诗赞叹。"此行叠壮观，郭薛俱才贤。"（《观薛稷少保书画壁》）求取出峡之资也许未能如愿，但有幸观赏到贤才的故迹，也算是不虚此行了。

冬末，杜甫回到梓州，当时的军事形势很好。这年九月，鲁王李适改封雍王，十月，以雍王为天下兵马元帅，统领河北、朔方及诸道行营、回纥等兵10余万，进讨史朝义（史朝义乃史思明之子，为抢班当皇帝，杀死其父）。叛将薛嵩以四州归降，张忠志以五州归降。杜甫闻知，作诗记喜，警告其他叛将认清形势，赶快投降。[1]

---

[1] 见《渔阳》。

第二年改元为广德元年（763）。年初，有消息传到梓州，说史朝义已败走河北，杜甫作《远游》诗，记录这一喜讯，诗云："贼子何人记？迷方著处家。竹风连野色，江沫拥春沙。种药扶衰病，吟诗解叹嗟。似闻胡骑走，失喜问京华。"前六句写流寓之悲，末二句写闻讯之喜，"失喜"，是说喜极不能自制，为了证实消息的可靠，他难以控制地向人打听京都的情况。

杜甫的惊喜没有落空。头年十月，官军与叛军在洛阳北郊决战，叛军大败，被斩首六万，生俘两万。史朝义向东逃窜，逃到郑州，立脚未稳，官军便攻下了郑州。史朝义逃到汴州（今河南开封），部将张献诚拒绝他进城，只好再向东逃，逃到濮州（今山东鄄城），官军又复追到。史朝义折回河北，逃到贝州（今河北清河县西北），与部将薛忠义合兵，与官军大战于深州（今河北深州市），又败。广德元年（763）正月，史朝义逃到莫州（今河北任丘），被官军围住城池，部将田承嗣劝他冲出围城，往幽州搬救兵，史朝义率精兵5000突出重围，他刚走，田承嗣就开城投降了官军，把史朝义的母亲、妻儿也交给了官军。史朝义逃到范阳，部将李抱忠不开城门，站在城楼上喊话，说已经归降了，劝他自谋生路。此时，史朝义的部下见大势已去，纷纷走散，只剩下几百名胡兵。史朝义无奈，带着这些胡兵东去广阳（治蓟县，今北京域西南），广阳守将同样不开城门，于是决定北入契丹。行至温泉栅，部将李怀仙（此前已降唐）追杀过来，史朝义走投无路，在树林中上吊自杀。李怀仙割下他的首级，献给官军。[1]至此，历时七年三个月的安史之乱终于结束了。时间是如此漫长，而最后的决战又是如此短暂，大有迅雷不及掩耳之势。消息传到了梓州，使久盼胜利的杜甫惊喜欲狂，苦辣酸甜，百感交集，作《闻官军收河南河北》以欢呼大捷。诗云：

> 剑外忽传收蓟北，初闻涕泪满衣裳。
> 却看妻子愁何在，漫卷诗书喜欲狂。
> 白日放歌须纵酒，青春作伴好还乡。
> 即从巴峡穿巫峡，便下襄阳向洛阳。

初闻喜讯而大放悲声，这是由于过度的激动，撞开了泪水的闸门，充分说明了平息叛乱是为杜甫所切盼。回顾这漫长的岁月，国家遭受巨大的破坏，人民付出惨重的牺牲，自己也几经生命之忧，多少辗转反侧的不眠之夜，多少思乡忆故的沾襟之泪，终于换来了喜讯一条！颔联写出两个动作："却看妻子"与"漫卷诗书"，颇具感情内蕴。前者写得意之状，后者见狂喜之情。颈联以"白日""青春"朗丽的景象衬托喜悦心情：头顶青天丽日而放歌纵酒，请妩媚的春光作伴回到故乡去。归乡一直是杜甫急切的心愿，如今战乱已平，心愿可偿了。一想到归乡，行走的路线立即跳了出来：巴峡——巫峡——襄阳——洛阳，四个地名疾如闪电，写出飞也似的归心。再加上"即

---

[1] 上述史料见《资治通鉴》卷222。

从"穿""便下""向"这些具有急剧感的词汇，造成激流奔腾、一泻千里之势，把喜悦之情推向高潮。杜甫之所以把家属迁到梓州，固然是由于成都兵乱人境萧条，也与他准备取道三峡、回归故乡有关。梓州在涪江岸边，涪江南流汇入长江，可以缩短很多路程。但是，由于路费难筹，杜甫的归乡还提不到日程上来，只好在梓州登临游览，参加送往迎来的社交活动，写了不少这方面的诗。其中，《送路六侍御入朝》写得很见情味。诗云：

> 童稚情亲四十年，中间消息两茫然。
>
> 更为后会知何地，忽漫相逢是别筵。
>
> 不分桃花红似锦，生憎柳絮白于绵。
>
> 剑南春色还无赖，触忤愁人到酒边。

路侍御，名不详，从诗中看是杜甫的童年朋友。阔别 40 年方得一见，一可悲也；偶然相逢便又离别，二可悲也；后会将在何时何地，不得而知，三可悲也；当此伤别之际，桃花柳絮不顾人愁，逞红耀白，作姿弄色，四可悲也。老杜惯于以景物对比人事，抒情效果极佳。[1]

这年春天，杜甫曾前往阆州（今四川阆中）、盐亭（今属四川）、绵州（今四川绵阳）、汉州（今四川广汉）等地旅行。汉州在成都与绵州之间。《旧唐书·房琯传》载，上元元年

---

[1] 宋人陈善《扪虱新话》云："山水花鸟，此平时可喜之物，而子美于恨闷中惟恐见之，盖此心未净，则平时可喜者，适足与诗人才子作愁具尔。"

（760）四月，房琯以礼部尚书出为晋州（今山西临汾）刺史，八月，改汉州刺史，宝应二年（763，即广德元年，本年七月改元广德）四月，拜特进刑部尚书。杜甫到汉州时，房琯已经上路，二人未及相见，只与新任汉州刺史王某、绵州刺史杜某同游了房琯在任时开凿的西湖。王刺史又把湖上的群鹅送给杜甫，引起杜甫对房琯的怀念："房相西池鹅一群，眠沙泛浦白于云。凤凰池上应回首，为报笼随王右军。"（《得房公池鹅》）凤凰池，中书省的代称，房琯为相时在中书省。杜甫预想房琯此次奉召回京，当复相职。说房琯"应回首"，是说料想房琯会惦念湖上的群鹅，结句用王羲之爱鹅的故事以自况。[1] 此诗写得很有情味，是杜甫七绝中为数不多的佳篇之一。

这年春末，杜甫回到梓州。入春以来，梓州一带旱情严重，春末，雨水忽降，杜甫作《喜雨》诗，记录灾荒和喜雨之情。诗云：

> 春旱天地昏，日色赤如血。农事都已休，兵戎况骚屑。
> 巴人困军须，恸哭厚土热。沧江夜来雨，真宰罪一雪。
> 谷根小苏息，沴气终不灭。何由见岁宁，解我忧思结？
> 峥嵘群山云，交会未断绝。安得鞭雷公，滂沱洗吴越！

诗末，杜甫原注："时闻浙右多盗贼。"这个注，成了评价

[1]《晋书·王羲之传》："山阴有一道士，养好鹅，羲之往观焉，意甚悦，固求市之。道士云：'为写《道德经》，当举群相赠耳。'羲之欣然写毕，笼鹅而归，甚以为乐。"

杜甫对人民态度的棘手问题。据《资治通鉴》卷 222 载，宝应元年（762）八月，台州人袁晁领导农民暴动，攻陷浙东州郡。这次大规模的农民暴动实由唐王朝为解决军需问题而对浙东人民残酷压榨所引发。到宝应二年（763）四月，李光弼分兵遣将，镇压了这场暴动。杜甫此诗写于宝应二年春，注中所谓"时闻浙右多盗贼"指的就是这次农民暴动。有人依据这首诗，要对杜甫及其作品持基本否定的态度[1]，这固然是不对的；有学者认为这是杜甫的阶级立场决定的，他的同情人民不可能超越本阶级根本利益的极限。[2]笔者以为，这种观点仍待商榷。如果我们不满足于阶级论，站在民族命运的高度来看杜甫的态度，就有可能解除思想困惑。袁晁暴动发生在什么时间？它对民族存亡的作用是什么？我们不能不站在这个高度去认识它，不能不分时间地点一概地肯定农民暴动。上述史料记载，暴动的时间为宝应元年（762）八月，此时史朝义仍盘踞洛阳，且兵力强大，天下归于谁手尚未定夺。前面已经提到，安史之乱实质上是一场民族战争[3]，安史叛军父子之间亦相残杀，假如他们取得了天下，中华民族将堕入苦难的深渊。所以，无疑是以唐王朝取胜为幸事。为了平息这场叛乱，需要足够的物力以充军需，当时中原地区尚在敌手，关中地区已在战乱中贫困

[1] 见郭沫若《李白与杜甫》。

[2] 如陈贻焮《杜甫评传》所言。

[3]《新唐书·四夷传总序略》："与中国抗衡者有四：突厥、吐蕃、回纥、云南是也。"《旧唐书·哥舒翰传》记载安禄山之言："我父是胡，母是突厥。"今人陈寅恪《唐代政治史述论稿》考证，安禄山父系是羯胡，即中亚月氏种。《新唐书·史思明传》载："史思明，宁夷州突厥种。"

不堪，唐政府赖以解决军需的只有江南。如果失去了那里的物力财力，则只能在叛军面前束手待毙。这样来看，袁晁暴动虽因官府盘剥而引发，有其合理性，但这个"理"只能是"小道理"，在关系民族存亡的大道理面前，它并不具有任何积极意义，它在客观上起着帮助叛军打击唐王朝的作用。对于这场有害于民族生存的农民暴动，杜甫表示反对，并无立场错误。总之，要分清大局与小局，分清主要矛盾与次要矛盾。其实，以国家安危的大局为重，鼓励人民忍苦牺牲，而不同意民众在民族危难之际揭竿造反，这是杜甫的一贯思想，"三吏""三别"在表达对人民苦难深切同情的同时，也没忘劝说百姓再咬牙坚持一下。杜甫这种强烈的民族至上意识，是我们研究他的思想所不能忽视的重要课题。

广德元年（763）秋天，杜甫仍居梓州。当时吐蕃入寇，攻取了河西、陇右大片土地，真是国无宁日，一波方平，一波又起。杜甫在为前往陵州（今四川仁寿）任刺史的路某送行时，殷切叮嘱他要廉洁执政："战伐乾坤破，疮痍府库贫。众寮宜洁白，万役但平均。"（《送陵州路使君之任》）并且表示：只要您能做个顶天立地的好官，则我一生可以任凭穷途潦倒。这年重阳节，仍在梓州度过，作《九日》诗以遣愁怀。诗云：

去年登高郪县北，今日重在涪江滨。

苦遭白发不相放，羞见黄花无数新。

世乱郁郁久为客，路难悠悠常傍人。

酒阑却忆十年事，肠断骊山清路尘。

郪县，是古县名，治所就在梓州。诗人于重阳节感慨客中作客，历时之久；自叹白发满头，羞见黄花无数，感情深沉凝重。而这种艰苦遭逢是怎么造成的，杜甫进行了反思，结论是当权者把国事搞糟，才有十年来的流离之苦。他所回忆的，是十年前他由长安去奉先县探家，途经骊山时，面对华清宫里的君臣淫乐生活所产生的忧国之思："君臣留欢娱，乐动殷胶葛。……"杜甫一直认为，安史之乱的发生与当权者的腐化有直接关系，曾直言道："朝野欢娱后，乾坤震荡中。"（《寄贺兰铦》）可惜的是，那篇《自京赴奉先县咏怀五百字》所敲响的警钟，并没能震醒当权者麻醉的神经，是为作者所痛心不已的。

过了重阳节，他又准备去阆州。此次阆州之行，应与祭奠房琯有关。史载，这年四月，汉州刺史房琯拜特进刑部尚书，赴京上任，途中患病，八月，死于阆州僧舍。作为平生好友，杜甫得知噩耗，必然前往吊丧（杜甫文集中有这年九月写的《祭故相国清河房公文》可证）。临行前，老天又下起了大雨，杜甫作《对雨》诗云：

莽莽天涯雨，江边独立时。
不愁巴道路，恐湿汉旌旗。
雪岭防秋急，绳桥战胜迟。
西戎甥舅礼，未敢背恩私。

方将启程，大雨瓢泼而至，巴山道路必定难走得很。可敬的是，他并不为自己的行程而忧愁，只是担心官军的旌旗被打湿，怕影响军威士气。国家的利益高于一切，这种精神是为杜甫所一贯持有的。此时，吐蕃已成为主要敌人。早在七月，吐蕃就已进逼大震关（在陇山），尽取河西、陇右之地。西川节度使高适奉命于雪岭（又称西山）松、维、保三州设防。这三州在今四川松潘、理县一线，距成都仅几百里路，军情正急。尾联念及吐蕃与唐朝为甥舅关系，当不会背恩弃义，实为杜甫的祈祷之语。

祈祷自然无济于事，吐蕃步步进逼，官军连连失利。杜甫在诗中反映了当时的战局："汉北豺狼满，巴西道路难。血埋诸将甲，骨断使臣鞍。"（《王命》）又记录战争给人民造成的灾难："十室几人在？千山空自多。路衢惟见哭，城市不闻歌。"（《征夫》）到达阆州后，他代替王刺史向代宗进论巴蜀安危表，主要内容是：巴蜀地位重要，目前深受吐蕃威胁，朝廷应立即选派贤明的亲王前来坐镇，或派德高望重、经验丰富的大臣前来扭转战局。[1]此时担任西川节度使、抵御吐蕃侵蜀的主将，正是杜甫的友人高适，由于高适指挥不力，松、维、保三州危在旦夕。杜甫要求更换主将，可见其论事是从国家利益上着眼，把私人交谊置之度外的。其后（本年十二月），吐蕃果然攻陷了松、维、保三州。[2]

这年十月，吐蕃越过陇山，向东推进，边将告急。由于宦官程元振阻遏消息，代宗未能整备军队。直到吐蕃攻陷奉天

[1] 见《为阆州王使君进论巴蜀安危表》。
[2] 见《资治通鉴》卷223。下段所引史料，同。

（今陕西乾县）、武功，逼近长安，京都震骇，代宗被迫弃城出逃，东奔陕州（今属河南）。刚一上路，射生将王献忠就带领四百骑兵反叛，回到长安，胁迫诸王子西迎吐蕃。吐蕃进入长安，抢掠府库商铺，房屋多被焚烧，百姓惨遭屠杀。长安再次陷落的消息传到阆州，杜甫悲痛、震惊，作《巴山》诗说："巴山遇中使，云自陕州来。盗贼还奔突，乘舆恐未回。天寒邵伯树，地阔望仙台。狼狈风尘里，群臣安在哉？"乘舆，指代宗。邵伯树、望仙台，一在陕州，一在华阴，借指代宗流落之地。杜甫慨叹，在这天寒地冻的季节，天子流落远方，狼狈于风尘之中，那些拿着俸禄的群臣不知都逃到何处保命去了！[1]其后，他渐渐弄清这次长安陷落的原因，一是代宗不采纳郭子仪的谏奏，这年四月，郭子仪屡次上奏，说"吐蕃、党项不可忽，宜早为之备"，代宗不予理睬。二是臣子不忠，乘吐蕃进攻之机倒戈向内，这年十月，吐蕃攻泾州，刺史高晖不战而降，开门迎敌，且为吐蕃东进作向导；吐蕃逼近长安时，又有王献忠倒戈叛唐。如此君昏臣叛，下场岂能不败？杜甫将上述所闻，含痛记于诗中："受谏无今日，临危忆古人。纷纷乘白马，攘攘著黄巾。"（《遣忧》）梁朝侯景作乱，乘白马，后人以"白马"代称反叛者。杜甫批评代宗，自此诗开端。

　　这年十二月，杜甫仍在阆州，每天打听长安的消息："西京安稳未？不见一人来。腊日巴江曲，山花已自开。盈盈当

---

[1] 安史之乱时期，唐朝君臣呈现为松散的关系，许多臣子降敌，降而复归，归而复降。究其原因，与唐玄宗未将儒家思想作为统治思想有关。这也是纯儒杜甫能在这一时期创作出时代强音诗篇的重要原因。

雪杏，艳艳待春梅。直苦风尘暗，谁忧客鬓催！"（《早花》）腊日，农历腊月初八，巴江地暖，山花早开。然而这"盈盈""艳艳"的杏花、梅蕊，与国事风尘是多么的不谐调啊！杜甫感叹群芳不顾人愁，各自争艳，正是深忧国事的体现。

不久，他接到夫人的来信，告知小女患病，于是匆匆离开阆州，前往梓州寓所。途中经过盐亭县的光禄坂时[1]，暮色降临，深山无人，风吹草动，让老杜出了一身冷汗。有《光禄坂行》一诗记道：

> 山行落日下绝壁，南望千山万山赤。
>
> 树枝有鸟乱鸣时，暝色无人独归客。
>
> 马惊不忧深谷坠，草动只怕长弓射。
>
> 安得更似开元中，道路即今多拥隔。

想是行前闻知这条路上多藏草寇，故见草动而惊恐，以为有利箭飞出。诗写动乱年代行路的感受十分真切。又由此怀念开元时代的道路畅通（其后所作《忆昔二首》中说"九州道路无豺虎，远行不劳吉日出"），更觉得今日世道的难以想象。老杜身上的这点"开元时人"的精神，确实十分宝贵。凭着这种精神，他面对残破的现实虽有悲慨而决不颓丧，他总是坚信头上的这片阴云是暂时的，不久就会天光大亮的。就拿这首诗的开头两句来看，景物依然不乏壮彩，这就是开元精神所赋予他

---

[1] 蔡梦弼曰："光禄坂，在梓州铜山县。"今人刘泰焰有《"光禄坂"在盐亭县》一文（载《杜甫研究学刊》1987年2期），今从此说。

的眼界和胸襟。这也是他的记乱诗篇仍带盛唐气象的基本原因。

梓州刺史兼东川节度留后章彝，曾在生活上给杜甫不少关照，从"屡食将军第，仍骑御史骢"（《陪章留后侍御宴南楼》）这种情况来看，杜甫一家人受惠颇多。但章彝其人似未把国难放在心上。冬季大举围猎，发动三千士兵围剿荒山禽兽。"东西南北百里间，仿佛蹴踏寒山空。"（《冬狩行》）摆成方圆百里的包围圈，要把其间的动物统统捕获。大者青兕、熊罴，小者八哥鸟，一个不剩地捕杀掉。杜甫虽感谢章彝给自己的关照，但以为在国难当头、吐蕃猖獗之际，作为东川大将却不以国事为怀，是错误的："喜君士卒甚整肃，为我回辔擒西戎。草中狐兔尽何益？天子不在咸阳宫。"规劝之意甚明甚切。几个月后，严武重来镇蜀，杖杀章彝，想来与此罪不无关系。[1]

吐蕃于十月进逼长安时，代宗曾下诏，让诸道兵马入京御敌，但诸道统帅害怕宦官程元振加害，皆不敢率军入京（率军入京有可能被诬为犯上之罪），幸亏郭子仪（当时郭子仪被剥夺兵权，只任京都留守）巧用计谋，在长安内外虚张声势，吐蕃恐惧，撤出长安。到十二月，代宗从陕州回归京都，京都之乱方告结束。对于这次京都失陷的原因，太常博士柳伉在给代宗的奏疏中，说得最为直切："犬戎犯关度陇，不血刃而入京师，劫宫闱，焚陵寝，武士无一人力战者，此将帅叛陛下也。陛下疏元功，委近习，日引月长，以成大祸，群臣在廷，无一人犯颜回虑者，此公卿叛陛下也。陛下始出都，百姓填然，夺

---

[1]《新唐书·严武传》对严武多有贬词，杖杀章彝一事，说成"因小忿杀之"，却又未说"小忿"所指为何。

府库，相杀戮，此三辅叛陛下也。自十月朔召诸道兵，尽四十日，无只轮入关，此四方叛陛下也。……必欲存宗庙社稷，独斩元振首，驰告天下……然后削尊号，下诏引咎……"[1]这篇奏疏义正词严，切中要害，指出京都沦陷，根子就在于代宗疏远郭子仪等功臣，而信任程元振之流的宦官，致使臣子不敢廷诤，将帅不敢入关。如欲保国家不亡，须从两方面下手：一、杀程元振以除祸根，二、代宗向天下人承认错误。柳伉洞察精深，胆力过人，奏疏震动朝野。但昏庸的代宗并未处死程元振，仅将其革职而已。

这年冬末，杜甫把家属由梓州迁到阆州。阆州在嘉陵江边，他打算乘船沿江南下，入长江，出三峡。离开梓州前夕，章彝和幕府官员们为他饯行，他在席间写了一首长诗，向友人倾诉衷肠，说道："自从进入蜀地，至今已有好几年。岂止是孩子们长高了，自己也变了，变得老丑不堪。经常担心自己性子直率，酒后失言招来祸端。近来疏远了那班酒徒，不管见了谁都弯腰站在后边。从前的我就像深渊里纵游的鱼，如今的我竟如同丧家的狗。我这次远行也没个可恋的地方要去，走到哪里也都是一身贫贱。相逢的人有新知也有旧交，分别时的赠物或薄或厚各随其便。"对于章彝举办的盛大饯行宴会，杜甫表示感谢。又说："自己所忧虑的是当今外寇猖獗，京都长安竟然两度沦陷。中原的消息传不过来，也不知代宗皇上现在安危如何。自己无力回天只好前往荆楚，采用庄子的说教——听任

---

[1]《资治通鉴》卷 223。

自然。"杜甫在梓州期间多得席间各位的援助，临别之际难免依依不舍，最后说道："此次东行，如能遇到入蜀的使者，我一定给你们寄来书信；如果遇不到使者，我也会经常遥望西天，把你们深情思念。"（见《将适吴楚，留别章使君留后，兼幕府诸公，得柳字》）这番话讲得情真意切，朴实动人，从中我们可以看出他的两大变化，其一，身世变化："昔如纵壑鱼，今如丧家狗。"其二，行为变化：昔日狂饮傲世，今日辞酒折节。这些变化虽说不全是入蜀之后发生的，但入蜀之后特别是浪迹川北的这段岁月，显然是其主要的形成期。与此同时，我们还发现他的坦率性格却无变化，他的"近辞痛饮徒，折节万夫后"，正是为了保全这种性格而采取的措施。从诗中所述来看，也句句都是坦率之辞。

饯别之后，杜甫把家属迁到了阆州。过了春节，就是广德二年（764）了。初春时节，杜甫尚未得知代宗已回归长安，所作诗篇多为感念长安沦陷，如《伤春五首》。"其一"道："西京疲百战，北阙任群凶。"群凶，即指吐蕃侵略军以及高晖、王献忠等叛将。又忧念代宗蒙尘，受尽风露之苦，不知由谁来提供车驾的止宿之处。"其二"道："牢落官军远，萧条万事危。"感慨诸道官军统帅在天子蒙尘之际，未能赴危救驾。"其三"道："不成诛执法，焉得变危机？"执法，星名，《星经》说："执法四星，主刑狱之人，又为刑政之官，助宣王命，内常侍官。"这里喻指宦官程元振，程元振当时任骠骑大将军、判元帅行军司马，兵权甚重，却于吐蕃逼近长安之际，扣压羽书；平素又以陷害各道统帅为能事，致使长安危机，却无人敢赴京抗敌。杜甫认为，如不诛杀此等奸佞，则国家危机不可能改变。此论与太常博士柳伉相同。"其四"记代宗出逃之狼狈："夺马悲公主，登车泣贵嫔。"仓皇出京，君臣慌乱，竟有夺公主之马而骑逃者。又担心代宗是否会迷路，受攻击时是否有人能以身掩护。"其五"记护驾士兵弃戈逃散，将军无复闻鸡起舞的斗志。《伤春五首》题下原注："巴阆僻远，伤春罢，始知春前已收宫阙。"此为作者补注。这次前来阆州传报收复长安、天子归京消息的，是一位姓班的司马，杜甫有诗为其送行，诗中说"剑外春天远，巴西敕使稀"（《巴西闻收京阙，送班司马入京二首》），可知消息确实为春天才传到，原因是路远、使稀。杜甫听到京都收复，欣喜之中心情依然沉重，《收京》一诗写道：

复道收京邑，兼闻杀犬戎。
衣冠却扈从，车驾已还宫。
克复诚如此，安危在数公。
莫令回首地，恸哭起悲风。

"复道""兼闻"，感慨遥深，长安曾被安史叛军攻陷，这次又被吐蕃攻陷，七年内两次收京，国家成了什么样子！对于在这次战乱中临危逃命的"衣冠"们，杜甫给予辛辣的嘲讽：他们听说长安收复了，便纷纷从隐匿之处爬出来，回到长安，声称要为天子护驾，可是皇上的车驾早已还宫了呀！"却"（义为"回"）与"已"相对应，具有强烈的讽刺意味。这些白吃俸禄的家伙们，就是杜甫当年在《自京赴奉先县咏怀五百字》中所说的"多士"中的不仁者:"圣人筐筐恩,实愿邦国活。臣如忽至理,君岂弃此物?多士盈朝廷,仁者宜战栗。"而仁者在这次克复长安中,确实起到拯救国家命运的作用,可惜他们为数太少了:"克复诚如此,安危在数公。"数公,指临危不惧的郭子仪、白孝德、长孙全绪、殷仲卿、马璘等将领。诗末,杜甫向苍天祈祷,再不能让长安沦陷了啊!又作《释闷》一诗,诗末,对十年来国事不宁作出概括和思考。诗云:

四海十年不解兵,犬戎也复临咸京。
失道非关出襄野,扬鞭忽是过湖城。
豺狼塞路人断绝,烽火照夜尸纵横。
天子亦应厌奔走,群公固合思升平。
但恐诛求不改辙,闻道婴孽能全生。
江边老翁错料事,眼暗不见风尘清。

由安史之乱到吐蕃入寇,十年间战乱不止,京都两度沦陷,君主三代出奔,黎民尸骨无计,这境况是从盛唐走来的杜甫无法接受的,故诗句处处饱含愤慨。诗中涉及人物类别颇多,"天子""群公""婴孽",而以"老翁"(作者自称)摇头叹息作结,则上述人物均在批判之列:天子似于不厌奔走,群公亦不思升平,婴孽(指程元振)该死却能保全生命。对于国难的起因,杜甫归纳为两条:一是刻剥百姓,二是放纵奸佞。刻剥百姓,则使善者死;放纵奸佞,则使恶者生。如此惩善扬恶,国家岂有宁日?老杜分析国难的原因很准,确有大臣之才。回顾历代王朝的覆灭，主要原因总不离此二条。

这年春天，杜甫积极做着出峡的准备，正想买船上路，忽然听到严武重来镇蜀的消息，遂取消出蜀的计划，等候严武的到来。史载，广德二年（764）正月，朝廷将剑南东、西川合为一道，以黄门侍郎严武为节度使。[1] 老杜闻此佳讯，不禁喜上眉梢，作诗唱道："殊方又喜故人来，重镇还须济世才。"又道："身老时危思会面，一生襟抱向谁开？"（《奉待严大夫》）在"身老时危"之际，他把严武看成了唯一知己。此前，西川节度使高适因抵御吐蕃不力，被朝廷调回，房琯又于去年八月病逝，杜甫在蜀地已无亲无故，只好做出离蜀的决定，现在又有了转机，欣喜之情可想而知。不久，又收到严武寄来的信，请他留下来。于是，他决定立即返回成都草堂。临行前，他专程前往房琯墓地（在阆州），向亡友作别，痛洒凄惶之泪，哭得十分伤心："近泪无干土，低空有断云。"（《别房太尉墓》）回顾一生交谊，坎坷经历，想到今后浪迹萍踪，难临墓前，内心哀痛不已。这也足能见出老杜之珍重故交。

二月，嘉陵江涨起桃花汛，杜甫携带家属，溯江奔赴成都。路上，写了五首七律，寄给严武，表达回归草堂的喜悦心情。他想：严公一到，雪山一带就不会有吐蕃入侵，可以过上安生日子了；那些老邻居们也会出门相迎的；孩子们邀请俗客进门也是好事，切不可责怪；还要把鹅鸭管理好，不让它们去烦扰邻居；门前的橘刺、藤梢缠绕在一起，把通道都堵塞了，

---

[1] 见《资治通鉴》卷223。

应该修剪一番；书籍、药囊大概已被蛛网封住了，回去后可得细心整理一遍呢；还有那片药圃，周围的栏杆常被崩塌的沙岸砸坏，为了防止沙岸被江涛冲塌，曾在江边树起一排木栅以抵挡风浪，如今也不知情况怎样了；栽的那几棵小松树不知长得如何，真愿它们能长高千尺啊；那些疯长的丑竹子可能长得到处都是了，大概得砍上万竿吧；回去后把草堂整修完毕，把严公请来，痛痛快快地喝几杯！

从宝应元年（762）六月到广德二年（764）二月，杜甫在梓州等地漂泊了一年多，"三年奔走空皮骨，信有人间行路难"（《将赴成都草堂》）。这段艰难的人生旅途，使杜甫倍感草堂的亲切，他带着家庭队伍，兴冲冲地奔向西南。

第四节 | 白头趋幕府，深觉负平生

"老杜回来了！"

兵乱中侥幸活下来的村民们相互转告，涌向村口。贫苦而善良的人们望着骨瘦如柴、面色黧黑的杜甫，禁不住落下辛酸的泪水。杜甫迎上前去，亲切地向邻居们问候，诉说流离之苦。[1]

阔别经年的草堂出现在眼前，面貌依然，却又恍如隔世。杜甫推开柴门，四棵小松赫然在目，这让他惊喜不已。在川北流浪时，他最为挂怀的就是这些小松树了，生怕它们被连根拔掉，没想到它们齐刷刷地长成一人高了，叶子青幽，稀疏的树枝也显得气度轩昂。满院的荒草虽使人作衰年之叹，但有了这些松树便足以宽慰心境的凄凉。杜甫站在松树前，想象着松树摩云、伞盖高张的景象，情不自禁地对它们说起话来：我的一生漂泊不定，这是和你们有根之物不能相比的；但是我有感情且能作诗，这又稍强于你们了。既然如此，那就不必计较谁比谁强了。请你们不要矜夸千年之后那翠盖蟠空的伟岸气象，而看不起现今的我这副憔悴模样啊！[2]

叮嘱完了松树，又来看桃树。嗬，五棵桃树也长得很好，

---

[1] 见《草堂》诗末所写。

[2] 见《四松》。

茂盛的枝叶把甬道都给遮住了。要不要剪掉一些以方便行走呢？杜甫犹豫片刻，认为还是不剪为好，"高秋总馈贫人食，来岁还舒满眼花"（《题桃树》），让它多结些果实以充饥腹，多开些鲜花以悦视观吧。说"来岁"如何，可知老杜回归草堂时，今岁的桃花已经开过了。老杜写诗，状物、抒情总具真实性，使人感到他是个很认真、很实在的人。

院子里的树木检阅完毕，老杜很满意，掏出钥匙打开屋门的锁。推门一看，野鼠满地乱跑，这些东西趁老杜逃难之机，来此安家了。灭鼠工作自然由孩子们去做，老杜赶忙料理那些书籍。他把书套打开，把书搬到太阳底下去晒，清除藏在书中的壁鱼。然后，把酒杓洗净，把盘碗擦亮，干得很细心，一副居家过日子的神态。好久没有这种生活感受了，他现在要像心像意地当一当草堂的主人。[1]

杜甫当年曾在浣花溪边造了一座水上凉亭，用茅草盖顶，木桩支撑，颇为简易。回来后，他到溪边察看，只见亭顶已经下垂，支柱也倾斜了。想到孔夫子曾教导人们要有"扶颠"之心，如果对此亭坐视不救，恐怕会受到识者的嘲笑。何况，它不同于大厦倾斜，一根木头就可以支好的。又一想，站在溪边本来就能视通万里，又何必复修这个亭子呢？可是，眼睁睁地看着"故物"沦灭，心中实在不忍啊。"人生感故物，慷慨有余悲。"（《水槛》）老杜对于故人、故物，常怀仁爱之心，这是他的人性宽厚之处。

---

[1] 见《归来》。

一切安置妥当，杜甫静下心来，创作了一首长诗《草堂》，以纪实的笔墨描写了徐知道兵乱成都的经过，所用的材料当是他回草堂之后向人了解到的。诗中写道："大将赴朝廷，群小起异图。中宵斩白马，盟歃气已粗。西取邛南兵，北断剑阁隅。布衣数十人，亦拥专城居。其势不两大，始闻蕃汉殊。西卒却倒戈，贼臣互相诛。焉知肘腋祸，自及枭獍徒？义士皆痛愤，纪纲乱相逾。一国实三公，万人欲为鱼。唱和作威福，孰肯辨无辜？眼前列租械，背后吹笙竽。谈笑行杀戮，溅血满长衢。到今用钺地，风雨闻号呼。鬼妾与鬼马，色悲充尔娱。"一片腥风血雨，被杜甫搬上纸面。宝应元年（762）夏，大将严武应诏赴京，刚一离开成都，剑南兵马使徐知道一伙小人便图谋反叛。他们在半夜斩杀白马，歃血盟誓，气势汹汹。又西取邛州南部的羌夷士兵以壮声势，北断险要的剑门以拒阻官军。几十个跟随作乱的平头草寇，也都做了刺史，八面威风！由于争权夺利，互不服软，叛军中的蕃汉两部发生争斗，蕃兵掉转矛头攻击汉兵，叛臣之间相互杀戮。徐知道没想到祸起肘腋，被部下李忠厚杀掉了。李忠厚等叛臣各行其是，广大黎民百姓成了任凭宰割的鱼肉。他们一唱一和，滥杀无辜，眼前摆满了刑具，身后有乐队吹奏，谈笑之中把人杀死，鲜血迸溅，流满长街，又把那些屈死者的妻妾马匹，抓捕过来供自己取乐。种种人间惨绝，被杜甫一一录下。这类作品填补了史书的空白，且笔端有情，不愧"诗史"之称。

杜甫回归后，严武派人前来草堂，问生活所需。杜甫也常去成都，找严武叙谈。一次，杜甫登楼远眺，江山之景触发了对边患的忧怀，作《登楼》诗以记感。诗云：

> 花近高楼伤客心，万方多难此登临。
>
> 锦江春色来天地，玉垒浮云变古今。
>
> 北极朝廷终不改，西山寇盗莫相侵。
>
> 可怜后主还祠庙，日暮聊为《梁甫吟》。

　　鲜花簇拥着高楼，景色很美，却使杜甫见而伤心，为什么？因为"万方多难"，国事维艰。这年正月，唐朝大将仆固怀恩反叛，攻太原，败走，复夺灵州。吐蕃仍占据河西、陇右，及松、维、保三州。[1]花草尚有春来日，国事依然严冬时，两相对照，诗人心理失去平衡。颔联写远望之景，景中有情。"锦江"句写江水携带着浓浓的春色自天际而来，两岸原野草绿花红，此句承接首句"花"字来写，明写美景而暗写伤怀。试想，楼前的几簇鲜花已然使他伤心，何况这无边无际的春色！所以，此句乃写他铺天盖地的忧思，并非在赞美春江壮丽。对句亦然，写玉垒山的浮云变幻不定，自古至今不能平息，也不是在赞美山的雄伟，而是借浮云的变幻不定喻指吐蕃对唐王朝的时战时和。[2]玉垒山，在四川理县东南，唐贞观年间设关于其下，乃吐蕃往来之要道。安史之乱平定以后，吐蕃

---

[1] 见《资治通鉴》卷 223。

[2] 历代注家多以为此二句写江山壮伟，如沈德潜评语："气象雄伟，笼盖宇宙。"王嗣奭评语："锦江玉垒二句，俯视弘阔，气笼宇宙。"等等，均未能解读景语，未能深味景中之情。

成了唐王朝的主要边患，去年十月，吐蕃曾攻陷长安，此时仍占据着松、维、保三州。颈联接续此意，严正告诫吐蕃，唐王朝的基业是永恒的，休存侥幸之念（这是盛唐精神在杜甫身上的体现）。尾联接续此意，以历史和现实证明之，"可怜后主还祠庙"，是说就连愚昧可怜的后主刘禅还一直享有祠庙，受人祭奠，这足以说明人民对汉族帝业的尊仰，何况我大唐顺乎民意，人心归向，区区吐蕃是难以动摇如此江山的。《梁甫吟》是诸葛亮躬耕南阳时喜唱的一支歌，借以表达他的雄才大略。杜甫使用此典，是表示自己也有一番报效国家的雄心壮志。可见，杜甫虽对时局十分焦虑，但御寇兴国之念仍很坚定。

严武对杜甫的报国之心是了解的，希望他能投身仕途，结束草堂野老的生活。征得杜甫同意后，便于这年六月，向朝廷上表，推荐杜甫为检校工部员外郎，并任节度使署中参谋。朝廷准奏。于是，杜甫来严武幕府供职。天宝十三载（754），杜甫困居长安时，曾打算加入哥舒翰的幕府，投诗给哥舒翰和幕中判官田梁丘，没有如愿。不料十年后，他还是穿上了军装。杜甫当了参谋，协同严武操练军队，力图收复松、维、保三州。《扬旗》一诗描写严武阅兵和启用新旗的壮观场面，颇见杜甫的雄心。诗中写道：将士们排好整齐的队伍，新装照亮了演兵场。六名骑兵拥着新旗入场，战马摇首奋蹄意气风生。军旗回旋有如偃仰的飞盖，闪闪的旗光有如飞进的流星。冲过来如同狂飙骤至，退回去如同山岳崩倾。"三州陷犬戎，但见西岭青。公来练猛士，欲夺天边城。"他对收复三州抱有很大的信心。七月，严武准备出师西征。老杜尽参谋之职，写了《东西两川说》一文，交给严武，文中论及收复三州的军略问题，提出五点看法：一、蜀中汉兵和邛雅二州少数民族武装力量，本来足以抵御吐蕃；二、松、维、保三城失守，是由于军粮不足，罪在职司；三、当时兵马使缺员（原兵马使徐知道在叛乱中被杀），待新兵马使到任，当令松、维、蓬、恭、雅、黎、姚、悉八州兵马皆受其统辖，不能让部落酋长专擅威权；四、应该招谕蜀内少数民族，抚恤流民；五、应该约束对百姓的诛求，平均赋役，选用贤良的人做令守。这些观点和建议都是中肯的，可以看出杜甫在军事和政治上的才识。

严武出征之前，先派董嘉荣将军率部开赴西山，杜甫作《寄董卿嘉荣十韵》，勉励其杀敌雪耻，建立战功："闻道君牙帐，防秋近赤霄。下临千仞雪，却背五绳桥。"又提及吐蕃陷京的奇耻大辱，以激励董将军奋勇杀敌，说道：既然吐蕃践踏了我们的国都，那我们也可焚烧它的老巢！

其后，严武亲临西山前线，指挥作战。严武虽为大将，也是诗人，作《军城早秋》道："昨夜秋风入汉关，朔云边月满西山。更催飞将追骄虏，莫遣沙场匹马还！"发誓将入侵的吐蕃杀个片甲不留。杜甫在成都幕府收读此诗，当即奉和一首，诗云："秋风褭褭动高旌，玉帐分弓射房营。已收滴博云间戍，欲夺蓬婆雪外城。"（《奉和严郑公军城早秋》）滴博，即"的博岭"，在维州。蓬婆，即"大雪山"。可知严武临军已初获胜利，杜甫望其乘胜追敌，收复失地。严武果然骁勇，九月取得大捷，击败吐蕃7万兵马，攻克当狗城（今四川理县东南）、盐川城（今甘肃漳县西北），挫败了吐蕃的气焰，西蜀局势得以稳定。

　　杜甫在幕府供职期间，创作了一些重要诗篇，《忆昔二首》思想深刻，忧思浩渺。第一首是回忆肃宗即位以来的混乱政局，重点批判肃宗宠信宦官李辅国和皇后张良娣。李张二人相勾结，操纵权柄，打击忠良，败坏朝纲，而肃宗则言听计从，唯恐不得他们的欢心。对此，杜甫作了辛辣的讽刺："关中小儿坏纪纲，张后不乐上为忙。"结果是战乱多年不能平息："至今今上犹拨乱，劳心焦思补四方。""今上"，是指代宗，这个皇上也同他老子相差无几，他宠信宦官程元振，听信程的谗言，夺了郭子仪的兵权，让郭留居长安，致使军心涣散，御敌不力，岐雍内地竟成了防敌的边界，造成吐蕃攻入长安、百官随代宗赤脚而逃的结局："为留猛士守未央，致使岐雍防西羌。犬戎直来坐御床，百官跣足随天王。"笔笔实录，毫不手软。岂能说老杜是"愚忠"呢？他的"忠君"是绝对与爱国相联系的，对于误国的君主，他客气过吗！[1] 第二首是回忆玄宗的开元盛世，以深情的笔墨描写了当年民富国强的盛况："忆昔开元全盛日，小邑犹藏万家室。稻米流脂粟米白，公私仓廪俱丰实。九州道路无豺虎，远行不劳吉日出。齐纨鲁缟车班班，男耕女桑不相失。"他为这盛世局面的丧失而痛心疾首："岂闻一绢直万钱？有田种谷今流血！洛阳宫殿烧焚尽，宗庙新除狐兔穴。伤心不忍问耆旧，复恐初从离乱说。"光明与黑暗，反差如此之大，这是杜甫所不能接受的，这为他的诗歌带来了批判

---

[1]《孟子·离娄上》："责难于君谓之恭，陈善闭邪谓之敬。"杜甫对君主的批评，来源于孟子思想。

现实的力量，也是他身居乱世而仍不颓丧的精神力源。

这段生活虽说比较安定，但思乡忆故之情仍每每萦绕心头。《宿府》一诗即为夜宿严武幕府时所叙的这种心曲。诗云：

清秋幕府井梧寒，独宿江城蜡炬残。
永夜角声悲自语，中天月色好谁看？
风尘荏苒音书绝，关塞萧条行路难。
已忍伶俜十年事，强移栖息一枝安。

中天月色虽好，但不忍去看，因为月光最撩人思乡情绪。而眼下兵乱连绵，亲朋音断，关塞萧条，归路艰难，有家难回是令人伤痛的。回想在战乱中已忍受十年的困苦生活，今日像小鸟儿栖息一枝似的供职幕府，实在是出于不得已。末句流露出幕府生活的失意，原因是与幕府青年同僚每每意见不合，被他们嫉妒，杜甫认为与他们周旋，实在有愧于平生之志。

秋收季节，杜甫向严武请了假，回草堂暂住一段，主要是厌倦幕府生活，想出来散散心："老去参戎幕，归来散马蹄。"（《到村》）颇有如鸟出笼的感觉。适逢连绵秋雨，下了两天两夜，天气骤然变冷，杜甫检备过冬的衣服。想到幕府中复杂的人事，就发困打瞌睡；而一想到吐蕃尚未扫平，就再也睡不着了，怎可忘了为主将严武分忧呢？——"世情只益睡，盗贼敢忘忧？"（《村雨》）他的心情是矛盾的，可谓进退两难。

杜甫的南邻，那个叫斛斯融的，穷困潦倒，不久前去世了，死后才被授予"校书"官职。杜甫前往其宅吊访，园林

210

已无复昔日的面貌，妻儿已到他乡去谋生，只剩有灵帐悬在室内，在淅淅的秋风中晃荡着。凄凉的后事使杜甫哀从中来，为友人、也是为自己痛洒苦泪："素交零落尽，白首泪双垂。"（《过故斛斯校书庄二首》）

在此前后，杜甫又得知老友苏源明、郑虔去世的凶讯，悲痛地写了两首悼亡诗。悼念苏源明的这首说："那因丧乱后，更作死生分！"（《怀旧》）把国家丧乱与友人死别放到一处来哭，更觉悲情深重。《哭台州郑司户苏少监》把二位亡友同声悼念："故旧谁怜我？平生郑与苏。存亡不重见，丧乱独前途。"也是写乱世失友的悲哀与寂寞，这是老杜哭友的独特之处。

杜甫的大弟杜颖，得知兄嫂的下落，跋山涉水前来探望。兄弟相见，把臂痛哭。杜甫得知二弟杜丰、三弟杜观也在山东，生活虽艰难，却都平安，又得知嫁到会稽的五姑也还健在，心情才稍为好转。住了几天，杜颖要回齐州。分别之际，杜甫想到后会难期，禁不住泪眼模糊，嘱咐弟弟路上小心，穿上平民的短衣，避开战地。[1]

在草堂住了些时候，杜甫仍回成都，到严武幕中供职。九月大捷之后，严武兴致颇高，一天，他在北池边的楼台上举办宴会，杜甫应邀参加。放眼望去，天空高远，池水澄净，一只白鹤在小渚上闲步，无边的衰荷掩映远空。采菱的人在菱刺间挥动手臂，采藕的人在池泥里蹬踏双脚。这些农民把采到的菱

---

[1] 见《送舍弟颖赴齐州》。

藕用船送到岸边，厨师把这些新鲜的水产做成佳肴，用金碗端上宴桌。严武把美酒赏给津吏，还把衣裳赐给渔翁。杜甫望着刚刚吐艳的异乡之菊，想到故里的桐树此时叶子该已落光。草木摇落触动了关山之思，滞留此地是为了取得战伐之功——"摇落关山思，淹留战伐功"（《陪郑公秋晚北池临眺》）。这显然是在向严武表白心迹。又与严武同题赋诗，以"松""竹"自喻，表示愿尽职守，希望得到栽培。

从主观上说，杜甫的确愿意协助严武把军政大事做好，但是幕府中的复杂人事关系又使他不能忍耐，再三考虑，终于决定辞去参谋之职，在《遣闷奉呈严公二十韵》中，他委婉地表述了回归草堂的心愿，说道："我本是白水边上的钓鱼客，今年清秋已变成了鹤发翁。为啥要来幕府供职呢？我只该待在野船中。那些黄卷公文要限期办完，真如法律一样严格，我穿着青袍趋身幕府，一直在尽心奉公。老伴担心我的下肢麻痹症，幼女问我犯没犯过头风病。在平地上行走竟也歪歪斜斜，与同僚们论事又常常见解不同。您的礼遇使我甘心以衰老之躯前来就职，在道义问题上幸能与您看法相同。很早以前就同您共论诗文，如今您仗钺镇蜀何等豪雄！由于您的宽容，我得以保存拙性，您顾念我的穷途末路，对我加以举荐、推崇。可我总是思念草堂里那些被露水打湿的藤架，思念那烟雾霏霏的桂丛。我的确像只乌龟触到网上，简直像只野兔窥于笼中。西岭遥遥地盘曲在村北，南江弯弯地绕过舍东。竹皮在天寒时依旧翠绿，椒果经雨后刚刚变红。浪涛颠簸，我那条船大概又破裂了；我不在家，杯中酒干瓮中也空。篱笆倒了，菜园被来往的行人踩出小径，那些林木也只好交给乱砍滥伐的樵童。我束缚着身心是为了报答知己，任凭岁月蹉跎以对您效尽小忠。虽说也在缜密防患希望把事做细，终因生性太简而导致行事匆匆。每天清晨朱门一开我就入府工作，直到黄昏画角吹过才回归舍中；既然想回草堂而不能如愿，就不敢偷懒耍滑养息自身。唉，我就像那乌鹊愁于去银河架桥，就像那劣马怕鞴锦鞍走向遥程。只望您能成全我的体面，不时放我回归草堂闲倚梧桐。"

老杜的这篇辞呈写得真好。从他的生性真诚、坦率的角度去想，他与幕府年轻同僚的关系的确难以搞好，一个对三代皇上都敢指责的人，怎能设想让他在同僚中忍气吞声呢？其后又作《莫相疑行》，说道："晚将末契托年少，当面输心背面笑。寄语悠悠世上儿，不争好恶莫相疑。"说自己无意同这班少年争个高低。这是他辞职的根本原因。

第二年（永泰元年，765）正月，严武终于答应他辞职的请求。正月初三，在草堂过春节的杜甫被告知解职，遂作诗代简，呈给幕府同僚。诗中说道："药许邻人劚，书从稚子擎。白头趋幕府，深觉负平生。"（《正月三日归溪上有作，简院内诸公》）前两句说草堂生活的适意：邻里和睦，家庭温馨，实为与幕府相对照；后两句说平生之志在于立朝佐政，原不以幕府任职为意。由此诗可见老杜颇对幕府诸公有怨。又作《赤霄行》，用孔雀在寒泉饮水遭到牛角的抵触，飞燕被淘河鸟呵斥吓掉口衔之泥，比喻自己被幕府青年同僚排挤，这都说明老杜辞职确实出于无奈。

春天的浣花溪风光明媚，杜甫写诗邀请严武前来作客：

"野水平桥路，春沙映竹村。风轻粉蝶喜，花暖蜜蜂喧。"杜甫接着说，对此美景应该深杯畅饮，题写诗篇正好可以细心品论；盼望府中主将能有闲暇，须知江边老翁正在想念您这位大诗人。回忆当年我曾与您同列朝廷，如今我对您依旧贴心。汉朝的陈平穷得以席为门，但门外多有长者的车辙，我希望您能再度光临寒舍，唯恐您的车驾从此避开柴门。(见《敝庐遗兴奉寄严公》)从老杜的这番话可以看出，他辞去幕府参谋，并非对严武有什么不满。还可以发现，老杜考虑问题也颇仔细。他的辞职固然是由于与幕府同僚难以相处，但这幕府的府主却是严武，作为自己的至交和官职举荐人，严武的情分非同一般，所以应该表个态度，而邀请来草堂做客是最好的表达方式了。

这年春天，杜甫忙着经营草堂，可能是儿女们长大的原因，又增建了几间茅屋。他砍掉了上千竿竹子，为的是让阳光照进屋来。看着茅屋建成，感到衰疾已得到了松缓，可以顶替加餐了。(见《营屋》)一天早晨，杜甫在林中散步，忽然发现路旁长出许多葋草，这种草的叶上有刺，能螫人。"芒刺在我眼，焉能待高秋！"于是回家招呼孩子们出来锄草。他拿着锄头走在前面，把所见到的葋草一一锄掉，一直干到太阳落山。然后把锄掉的葋草集中起来，用船载到水中央，沉入水中沤烂。"顽根易滋蔓，敢使依旧丘？"老杜干得很认真。待到毒草锄尽，才觉得藩篱开阔，松竹清幽。又由锄草想到锄奸，锄奸亦须及时，亦须除尽，"芟夷不可阙，疾恶信如仇！"(《除草》)老杜对弱者一向慈悲，对恶者却未曾手软。

《春日江村五首》写江村春景和草堂生活，颇有得意之处。如"其一"所云"农务村村急，春流岸岸深"，写春耕盛况；"其二"所云"过懒从衣结，频游任履穿"，写旷放情怀；"其三"所云"种竹交加翠，栽桃烂熳红"，写草堂春色；"其四"所云"邻家送鱼鳖，问我数能来"，写邻里亲情；等等，均表现出他的内心与田园的融合。看来，他是打算在这里长期居住下去了。

当时的著名画家曹霸也流落到了成都。曹霸是魏武帝曹操的后代，起初学习书法，自恨不能超过王羲之，于是改攻绘画艺术，一举成名。开元年间曾在南薰殿画太宗功臣像，又为玄宗的御马玉花骢写生，博得天子的赞誉。其后因罪贬为庶人。如今为战乱所迫，漂泊民间，为了讨口饭吃，不得不为世俗之辈画像，遭到俗眼的轻蔑。杜甫在成都遇到曹霸，深为英才末路而伤怀，于是作《丹青引赠曹将军霸》一诗，为曹霸立传。诗云：

> 将军魏武之子孙，于今为庶为清门。
> 英雄割据虽已矣，文采风流今尚存。
> 学书初学卫夫人，但恨无过王右军。
> 丹青不知老将至，富贵于我如浮云。
> 开元之中常引见，承恩数上南薰殿。
> 凌烟功臣少颜色，将军下笔开生面。
> 良相头上进贤冠，猛将腰间大羽箭。
> 褒公鄂公毛发动，英姿飒爽来酣战。

先帝御马玉花骢，画工如山貌不同。

是日牵来赤墀下，迥立阊阖生长风。

诏谓将军拂素绢，意匠惨淡经营中。

须臾九重真龙出，一洗万古凡马空。

玉花却在御榻上，榻上庭前屹相向。

至尊含笑催赐金，圉人太仆皆惆怅。

弟子韩干早入室，亦能画马穷殊相。

干惟画肉不画骨，忍使骅骝气凋丧。

将军善画盖有神，偶逢佳士亦写真。

即今漂泊干戈际，屡貌寻常行路人。

途穷反遭俗眼白，世上未有如公贫。

但看古来盛名下，终日坎壈缠其身！

　　诗中充满今昔之慨，曹霸由当年的"至尊含笑催赐金"，到今日的"世上未有如公贫"，这种云泥之别的成因，正是由于安史之乱导致的唐王朝由盛而衰的社会巨变，所以，诗人痛惜曹霸沦落，也是在痛惜大唐的沦落。如果不从这个高点上来认识此诗的作意，那是没有摸准老杜的脉搏。另外，曹霸的身世变化与杜甫的身世变化可谓同步进行，杜甫在此时所作的《莫相疑行》中就曾说自己"往时文采动人主，此日饥寒趋路旁"，这岂不是与曹霸同趋一辙？所以，杜甫是以自哀而哀人，或曰哀人亦以自哀，这是诗中沉痛感情的深层原因。诗中还表达了杜甫对绘画艺术的审美观点，他批评韩干画马"画肉不画骨"，说这么做就画不出骏马的精神、气韵。这是很有见地的，与他对书法艺术的主张——"书贵瘦硬方通神"(《李潮八分小篆歌》)是一致的。

杜甫又在韦讽的故居观看曹霸所画的《九马图》，深为其画艺的精绝而感叹："此皆战骑一敌万，缟素漠漠开风沙。其余七匹亦殊绝，迥若寒空动烟雪。"又由这幅骏马图而想到当年玄宗巡幸骊山时的骏马仪仗："腾骧磊落三万匹，皆与此图筋骨同。"然而这已是难得复来的盛事，"君不见金粟堆前松柏里，龙媒去尽鸟呼风"(《韦讽录事宅观曹将军画马图歌》)。诗人感叹，如今的玄宗陵墓（墓在金粟山）前的松柏林里，已无骏马的踪影，只有几只野鸟在风中鸣叫。由画马而想到真马，又由真马的盛衰而想到国家的盛衰，这足以见出国家民族在他心中的重要地位。

此时，韦讽要去阆州任录事参军，杜甫是为给他送行而到他家中见到这幅《九马图》的。送别之际，又作诗叮嘱对方勇于除暴安良。录事参军的职分是操持纲纪，纠弹贪污，职任颇重。杜甫对韦讽说：国家现在仍然举步维艰，战争还没有停息。天下百姓在悲哀地哭号，十年间一直在艰难地供应军粮。地方官吏致力于盘剥百姓，从来没想过这会导致民众暴乱。各种苛捐杂税真是五花八门，贤能的官吏应以行善为贵。韦先生你正当年富力强，通达事理且有高见卓识。如今你处在操持纲纪的位置，我高兴地看到你为官能像朱丝那样正直。应当让那些强夺民脂的官吏，从此以后没脸做人。如果决心搭救苦难的百姓，就应首先罢掉这伙贪官污吏。我站在江边挥泪向你告别，连老天也为离别而悲凄。韦先生你快快赶路吧，快去为百姓做些好事，以此来宽慰我对你的深深思忆。（见《送韦讽上阆州录事参军》）"必若救疮痍，先应去蟊贼。"杜甫把罢黜贪官污吏作为解救民困的先决条件，这种为政思想是正确的。

永泰元年（765）四月，年仅40岁的严武突然病逝。严武的去世使杜甫失去生活依靠和居蜀的安全感。5月，朝廷任命郭英乂为剑南节度使、成都尹。郭英乂心胸狭隘，不能容人，到任几个月，便导致了蜀地战乱。杜甫素能识人，预感到郭氏难以依靠，于是决定离开蜀地，东下荆楚。[1] 有《去蜀》一诗，记其心迹。诗云：

> 五载客蜀郡，一年居梓州。
> 如何关塞阻，转作潇湘游。
> 万事已黄发，残生随白鸥。
> 安危大臣在，不必泪长流。

首联计数在巴蜀寓居的时间，成都五载，梓州一年，都是举其整数而言。颔联说心欲北上，无奈关塞阻隔，只好转而东下，作潇湘之游。杜甫一直思归故乡，但此时陕甘川一带，有叛将仆固怀恩勾结吐蕃、回纥等的兵乱发生，归路被阻。颈联作悲叹之语，使诗人愁黄了头发的"万事"，除了战乱不息、

---

[1] 陈尚君《杜甫为郎离蜀考》（载《复旦学报》1984 年 1 期）一文认为，杜甫离蜀在四月末严武去世之前。杜甫离开幕府之后，才由严武表奏而得检校工部员外郎一职，随即应召赴京。可备一说。张忠纲据元稹杜铭、樊晃小集序等早期史料以及杜甫离蜀之行经路线等，对陈说进行辩驳，坚持了两职同为幕府期间所受以及严武死后杜甫方离蜀的观点（见《草堂》1987 年 2 期）。

故乡难回、兄弟离散、生计艰难之外，自然还有严武之死。尾联自宽自慰，为离蜀寻找依据，说蜀地安危自有大臣（指郭英乂）考虑，我这野老可以走开了。

对于严武之死，杜甫全集中未见有即时悼亡诗篇。论者对此作出颇多的探究，一种观点认为杜甫不能没有诗作，只是由于没有留传下来，故后人不得见；一种观点认为杜甫对严武失望，故不作诗哭悼；一种观点以为杜甫离蜀时间在这年四月末严武病故之前，自然也就不会写什么悼亡诗。第一种说法是根据一般的平生交谊推测的。笔者以为杜甫与严武交谊深厚，非同一般，他当时是处于极悲无泪、欲悼无词的痛苦状态之中，他留下这个空白，就是要表达"此时无声胜有声"的极度痛感。人在极喜或极悲的时候，是不能进入创作状态的，须待心情稍平静之后，才可以作诗抒怀。同年稍后，杜甫漂泊忠州（今四川忠县）时，曾作《哭严仆射归榇》。第二年秋，杜甫寓居夔州（今重庆奉节）时作《八哀诗》，其中之一便是哭悼严武。第二种观点以为杜甫在幕府时对严武颇为失望云云，这种估测亦有问题。"失望"的内容是什么？是因公还是因私？如果是因公，就与杜甫一年后所作的《赠左仆射郑国公严公武》一诗对严武的评价相矛盾，这首诗中说"公来雪山重，公去雪山轻"，是评其镇蜀武功之大。又说"诸葛蜀人爱，文翁儒化成"，说他像诸葛亮一样被蜀人敬爱，像文翁一样在蜀地推行教化。这是评其文治之功。又说"岂无成都酒？忧国只细倾"，这是说他能节制自己的行为。又说"时观锦水钓，问俗终相并"，是说他经常询问民俗民情，了解人民的生活情况，他曾放还一些久在军中的士兵回乡务农。至于史书上所写的那个"在蜀放肆，用度无艺，或一言之悦，赏至百万。蜀虽号富饶，而峻掊亟敛，闾里为空"（《新唐书·严武传》）的严武，与我们在杜诗中所见的严武，完全两样。杜甫论人向来是公允的，在这里我们宁可相信杜甫而不相信宋祁。由此说来，杜甫未曾在公事上失望于严武，他不写哭悼诗绝非由于严武执政行为有什么问题。那么是否为了私事呢？杜甫辞去幕府参谋，是由于与年轻同僚意见不合，且又不愿与他们争长较短。在这事上，也许严武没有明显表态支持过谁，杜甫会对严武有所失望。但是，倘若因为这点私心不快，就对柱国之将严武的去世不置一词，那还是一向以国事为重的杜甫吗？那还是"常拟报一饭，况怀辞大臣"（《奉赠韦左丞丈二十二韵》）的杜甫吗？杜甫为人忠厚，即便是一饭之恩亦作诗致谢，终生感念，何况是对这位在生活上曾予多方关照、在仕途上又给予举荐的平生挚友呢！因此，"私怨说"也是于理不通的。第三种观点认为杜甫离蜀时，严武尚未去世。杜甫何时离蜀，没有精确的时间记载，所作的《去蜀》一诗，其中也没有季节的痕迹。此说可备研杜者继续探讨，但也有明显的疑点存在：严武既未去世，杜甫离蜀前应该与之告别，这样的告别诗是无论如何不可不作的，但是杜集中没有。

第六章

伏枕云安县，
迁居白帝城

第一节 | 飘飘何所似，天地一沙鸥

永泰元年（765）五月，杜甫携带家属离开了居住多年的草堂，拟取水路出川，前往荆楚。岷江从成都西部向南流入长江。成都又有水路通达岷江。杜甫自成都上船，开始了水上的旅行生活。

漂泊数日，抵达嘉州（今四川乐山），杜甫停船上岸，在嘉州小住。其间遇到一位排行老四的堂兄，此人颇为疏放旷达，把人间富贵视若浮云。每天早晨稳睡，起来后，光着头、赤着脚在晨光中遛弯儿，似乎忘了人生需要吃饭穿衣，浑身上下是油泥，也不想洗一洗，太阳西斜就枕肘而睡了。杜甫见到这样的仁兄，觉得他就是上古时代巢父、许由那样的高士，回想自己早年在长安时，为求仕进而受的种种风露之苦，颇觉羞愧。（见《狂歌行赠四兄》）

在嘉州住了几天，继续乘船南行，到犍为县（今属四川）青溪驿，停船休息。夜深人静，月光如练，杜甫忆起友人张之绪，作《宿青溪驿奉怀张员外十五兄之绪》，诗云：

> 漾舟千山内，日入泊荒渚。
> 我生本飘飘，今复在何许？
> 石根青枫林，猿鸟聚俦侣。

222

月明游子静，畏虎不得语。

中夜怀友朋，乾坤此深阻。

浩荡前后间，佳期赴荆楚。

诗写荒渚泊船夜宿的情事，历历在目。老杜停船的地方，岸边就是山脚，山脚生有一片青枫，林木间聚宿着猴子和鸟类。一家人在明朗的月光下不敢出声，害怕引来虎狼。据《高力士外传》载，李辅国专权时期，凡经审查的人，不判死刑即判流放，流放到黔中的人尤其多，员外则有张谓、张之绪、李宜。杜甫怀念的张之绪，就是被李辅国流放的，此时他在荆楚，杜甫欲前往与其相会。

天亮启程，岷江西面百里处便是峨眉山，这座海拔 3079 米的天下奇峰，一定会吸引杜甫的心神，使他凝望好一阵，可惜无缘登临，恐怕也无力登临了。不久，船到戎州（今四川宜宾），戎州是岷江与长江的交汇之处，此地盛产荔枝，又产名酒"重碧"。老杜在戎州停船休息，受到刺史杨某的招待，"重碧拈春酒，轻红擘荔枝"（《宴戎州杨使君东楼》）。酒宴用的是当地名产，据宋人黄庭坚在戎州作的食荔枝诗"六月连山柘枝红"可知，戎州的荔枝六月成熟，则可推算老杜到达戎州为六月。杨刺史举办的这次宴会，还动用了不少歌妓、乐工，歌妓们尽心尽意地献媚，乐工们不遗余力地吹奏，使杜甫感到心烦难忍。

在戎州逗留数日，便乘船进入长江，向东行驶。一路上水回山转，风餐露宿，抵达渝州（今重庆）。杜甫原曾与一位姓严的侍御相约一同出峡，这位严侍御给杜甫来信，说已乘马出发，向渝州走来。不知途中为什么耽搁了，害得以诚视人的老杜在渝州江边上长吁短叹地等了好几天，也不见其人踪影，只好留诗一首，约其在荆州（即江陵）停船，同游一柱观。一柱观是南朝宋刘义庆镇守江陵时所建，观宇宏大而只有一柱，为游览胜地。

老杜离开渝州，继续东行，于这年秋天，抵达忠州（今四川忠县），停船上岸。原来，他有个族侄任忠州刺史，正好趁便一叙。初来乍到，杜刺史也曾为其族叔设宴款待，但酒宴一罢，便把杜甫一家推出门外，放置在龙兴寺里住下。忠州是个小城，物乏民困，盗贼亦多，"小市常争米，孤城早闭门"（《题忠州龙兴寺所居院壁》）。杜甫几乎陷于绝粮之境，不禁对这位寡情的族侄失望而叹："空看过客泪，莫觅主人恩。"忠州在长江北岸，隔江二里外，有后人为纪念大禹而建的祠庙。杜甫前往观游，作《禹庙》一诗以记观感。诗云：

禹庙空山里，秋风落日斜。
荒庭垂橘柚，古屋画龙蛇。
云气嘘青壁，江声走白沙。
早知乘四载，疏凿控三巴。

在秋风落日之际，瞻禹庙于空山之中，时令、环境的交代中，已透露出悼惜的凄情。而"荒庭""古屋"之景，悼惜之中暗含歌颂。相传大禹治水时，曾在四川一带广植橘柚，又曾驱除龙蛇猛兽，故后人种橘柚于庙庭、画龙蛇于屋壁以记其功。

颈联写"云气""江声",是歌颂大禹凿山疏江之功。尾联写大禹治水时,发明四种交通工具,以利行走。《史记·夏本纪》载:陆行乘车,水行乘船,泥行乘橇,山行乘樏(一种有齿的登山工具)。这就是所谓"四载"。大禹乘着这四种当时看来非常先进的交通工具,费尽疏凿之力,终于控制了三巴水域。

杜甫在忠州没有住上几天,就启程东进了。他在族侄那里受到冷遇,心情烦闷。听说前面的云安县(今重庆云阳)盛产一种名叫"曲米春"的好酒,饮一杯就能把人醉倒。为了消愁解闷,他对篙师舵工们说:我已经把雇船钱准备好了,请你们加把劲,快快把船开到云安。(见《拨闷》)

忠州距云安有几百里路,非一日所能到达。夜晚,船靠江边,停泊过夜。杜甫坐在船上,近看江岸细草,遥望苍茫宇宙,油然生发出身世孤微的感慨,作《旅夜书怀》。[1]诗云:

细草微风岸,危樯独夜舟。

星垂平野阔,月涌大江流。

名岂文章著?官应老病休。

飘飘何所似?天地一沙鸥。

[1] 关于《旅夜书怀》的写作时间和地点,众说纷纭。宋人鲁訔、蔡梦弼、王十朋等编在大历五年衡州、潭州之间,此说问题是与"月涌大江流"的地物有矛盾。宋人王洙、黄鹤,清人钱谦益、朱鹤龄、仇兆鳌、浦起龙、杨伦等编在永泰元年渝州、忠州一带,此说又有人认为与"星垂平野阔"的地物不相合(见吉川幸次郎《杜诗论集》)。今人冯建国认为此诗应是大历三年春杜甫在湖北荆门一带作(见《杜甫研究学刊》1988年4期),是又一说。本书权依第二种说法,以为渝、忠一线,虽多山地,亦偶有平旷之处。

此诗句句都在感叹自身孤微。首联以"细草""微风""危樯""独舟"一连串的细微之物，作为目击对象，这实际上是杜甫对自身的内视，是把自己孤微身世与外物进行连类的思维过程。颔联突开阔景，写"平野阔""大江流"。这是在表现什么？论杜诗者每每赞其写景壮阔，或称表现老杜开阔的胸襟，这都未能深察作者的用意。其实，老杜是以宏阔的宇宙景观，作为自身孤微的反衬，通过天地之大与自身之小所构成的强烈反差，以慨叹自己的孤寂微贱。他哪里是在欣赏壮阔的夜景呢？又哪里是在展现阔大的胸襟呢？颈联则是对孤微身世进行正面的直接的感叹："名岂文章著？"一个人的文章好又有什么用？它不能使人成名的！杜甫自慨文坛无名，事出有因。在他生活的 59 年中，社会上有四种诗歌选本问世（芮挺章《国秀集》、殷璠《河岳英灵集》、元结《箧中集》、高仲武《中兴间气集》），却连一首杜诗都没选，杜甫在当时的文坛上竟是寂寂无闻的。官职呢，因直言进谏而得罪了朝廷，不得已而弃掉了。说"官应老病休"，是门面话而已，实则为"进谏"而休。不管怎样说，总之是"休"了。此时他虽有"检校工部员外郎"的官衔，但那只是个没有实权的虚衔而已。《中国历代官制大辞典》云："中唐以后，使职、外官多带中央台省官衔，其加三公、尚书仆射、尚书、丞、郎等高级官衔者，称检校官，为寄衔之意，仅表示官品高下，不掌其职事。"既然文坛无名，仕途坎坷，老杜的孤寂和微贱之感就是很自然的了。尾联则是以天地间的一只沙鸥自喻，形象地写出孤微的身世。老杜此诗通篇皆是愤语，他的政治才能和诗歌造诣无论哪方面都使他充满自信，正是这种自信心驱使他发出不平之声。

　　杜甫心情沉郁，加上一路风湿，多年未愈的肺病加重了，又得了糖尿病，船到云安时，只好停下，寄居在云安县令严某的水阁。这时已进九月，叛将仆固怀恩引诱回纥、吐蕃、吐谷浑、党项、奴剌数十万众同时进攻奉天、同州、鳌屋。京都再度告急。仆固怀恩本是唐朝大将，在征讨史朝义时曾任天下兵马副元帅，率军追杀直到最后消灭史朝义。此前，河北各州贼将纷纷投降，仆固怀恩担心贼平宠衰，故奏请留贼将薛嵩等人分帅河北，这引起唐将李抱玉和辛云京的怀疑，表奏朝廷防其二心。安史之乱平息之后，朝廷命仆固怀恩送回纥可汗出塞，往来经过太原，河东节度使辛云京因可汗是怀恩的女婿，怕他们合谋袭击太原，就闭城自守，也不劳军。仆固怀恩大怒，率朔方军数万屯于汾州，派其子仆固玚率万人屯于榆次，裨将李光逸屯于祁县，李怀光屯于晋州，张维岳屯于沁州。朝廷派中使骆奉仙至太原，辛京云对他说怀恩与回纥合谋，反状已露。这是广德元年（763）七月发生的事件。八月，骆奉仙回到长安，奏仆固怀恩谋反。怀恩也奏对方谋反，请求杀掉辛云京、骆奉仙。代宗力求和解，并宣怀恩入朝，怀恩以为圈套，自此与朝廷分裂。广德二年（764）正月，怀恩派其子攻太原，战败。二月，仆固玚被其部将杀死，怀恩北走夺取灵州。八月，怀恩引回纥、吐蕃十万将入寇。十月，进逼奉天，郭子仪坚城以守。双方互有胜负，一直相持到永泰元年（765）九月。[1]

---

[1] 见《资治通鉴》卷223。

九月九日，杜甫在云安过重阳节，这天他参加了由外乡人郑贲举办的宴会。时当仆固怀恩急犯奉天，京都告急，杜甫哪会有节日雅兴？作诗叹道："万国皆戎马，酣歌泪欲垂。"(《云安九日郑十八携酒陪诸公宴》)又作《青丝》，警告仆固怀恩及早投降归顺朝廷，或可免于一死，如若不然，"殿前兵马破汝时，十月即为齑粉期"。这年九月，仆固怀恩已在战争中病死，杜甫远在云安山城，尚未得到消息。

怀恩死后，郭子仪冒生命之危，前往回纥营中，责备他们忘恩负义，回纥方与官军共击吐蕃，获胜，唐政府倾尽国库所藏赏赐回纥。怀恩之乱方告罢休，闰十月，剑南节度使郭英义与汉州（今四川广汉）刺史崔旰之间又动干戈。郭英义骄奢严暴，不恤士卒，杀害将领，以泄私愤。崔旰攻入成都，杀了英义全家，英义败走，逃至简州（今四川简阳），被普州（今四川安岳）刺史韩澄杀死。邛州（今四川邛崃）牙将柏茂琳、泸州牙将杨子琳等，各举兵讨伐崔旰，蜀中大乱。[1] 动乱的时局使杜甫感到痛心而又无奈，只能借用万水归向大海的理义，说明众臣须顺天子的一般道理："朝宗人共挹，盗贼尔谁尊？""众流归海意，万国奉君心。"(《长江二首》)这种道理虽属一般性的，但在当时却具有很强的针对性和实际价值。唐王朝久经战争，朝纲松弛，藩镇势力已经形成，地方军阀已无视天子的权威，加上代宗懦弱，已无权威可言，遂使军阀心无纲纪，动辄以兵刃相抗。这次崔旰与郭英义的角斗，就是在成都

---

[1] 见《资治通鉴》卷224。

西郊进行的。幸亏老杜有先见之明，他果断而及时地离开了草堂，避免了一场横祸。战火之后的草堂情况如何？恋旧的杜甫不免思绪西驰，《怀锦水居止二首》"其一"说道："军旅西征僻，风尘战伐多。犹闻蜀父老，不忘舜讴歌。天险终难立，柴门岂重过？朝朝巫峡水，远逗锦江波。""其二"说道："万里桥西宅，百花潭北庄。层轩皆面水，老树饱经霜。雪岭界天白，锦城曛日黄。惜哉形胜地，回首一茫茫。"形胜毁于战火，柴门不得重访，杜甫深为痛惜。

永泰元年（765）十月，郭子仪入回纥营，与主将药葛罗盟誓，共击吐蕃。药葛罗遂与唐军联合出兵，大败吐蕃。其后，回纥将官200多人入京论功求赏，唐政府前后赏赐缯帛10万匹，府藏为之空竭，乃至税百官俸以给之。[1]杜甫听到这个消息，感到耻辱，生发愤怒，作《遣愤》诗云：

闻道花门将，论功未尽归。
自从收帝里，谁复总戎机？
蜂虿终怀毒，雷霆可震威。
莫令鞭血地，再湿汉臣衣。

杜甫曾在《北征》《留花门》等诗中，坚持少用回纥援军平息叛乱的主张。这首诗更以事实为据，说明一味依赖回纥会贻害无穷。杜甫认为回纥如同马蜂、蝎子，这类东西终究是怀

[1] 见《资治通鉴》卷223。

藏毒水要蛊人的。史载，宝应元年（762）十月，雍王李适任天下兵马副元帅，会合诸道节度使及回纥援军于陕州（今属河南），进讨史朝义。李适与僚属前往回纥营中，去见可汗。可汗责备李适不对他拜舞，僚属晓之以理，回纥将军车鼻把僚属药子昂、魏琚、韦少华、李进各打一百鞭，以李适年少不懂事，遣回营。魏琚、韦少华当晚死亡。[1] 杜甫于三年后重提此辱，告诫朝廷一定要警惕回纥。

杜甫在云安养病期间，将其所闻动乱事实记入诗中，《三绝句》所记，均为史书所无。"其一"记道："前年渝州杀刺史，今年开州杀刺史。群盗相随剧虎狼，食人更肯留妻子！"渝州，今重庆。开州，今重庆市开州区，距云安仅百余里。这些比虎狼还残暴的"群盗"，当为地方军阀，可知当时蜀地军阀作乱之严重。"其二"记道："二十一家同入蜀，惟残一人出骆谷。自说二女啮臂时，回头却向秦云哭。"此诗记一位幸存者的诉述，他说：当初一起由故乡秦川向蜀地逃难的共有21家，其他人都死在了路上，只剩下自己走出骆谷（在今陕西周至县西南，是由秦入蜀的所经之道），来到蜀地。当他说起当初与两个女儿啮臂（咬胳膊，表示毅然诀别）而别时，不禁回过头去，对着秦川的白云放声痛哭。由此诗可知，当时的难民死亡情况之惨重。唐政府曾于天宝十三载（754）搞过一次人口普查，全国人口总计为 52880488 人[2]，广德二年（764）十二月，

[1] 见《资治通鉴》卷 222。

[2] 见《资治通鉴》卷 217。

户部统计全国人口，仅有 1690 余万。[1] 如果排除未经战乱破坏的江南人口相对稳定的因素，则北方人民的死亡情况更加令人惊心。"其三"记道："殿前兵马虽骁雄，纵暴略与羌浑同。闻道杀人汉水上，妇女多在官军中。"此诗谴责官军纵暴，说他们屠杀百姓，抢掠民女充当军妓，这与异族野蛮军队并无二致。凡此种种，是史官们没有记入史书的。杜诗所具有的社会认识意义，确实不可低估。

杜甫卧病云安期间，白发增多，身体消瘦。幸亏严县令多方关照，到大历元年（766）春末，病情有所好转，便准备东行出峡。从《客居》这首诗中，我们可以了解到他的寓居生活和蜀中时事以及思乡之情。他全家人住在严县令的水阁，水阁前临大江，后靠山脚。前面是万丈深渊，碧绿的江涛日夜不停地翻滚着；阁后的山坡上是一片翠绿的林木，林木中时或露出错杂的巨石。子规鸟昼夜在悲啼着，那声音连壮士听了也会收敛精魂。当地老虎成群，人与虎各居其半，虽相互杀伤却终能并存。由于剑南节度使郭英乂被杀，蜀中大乱，行商们不敢入蜀，致使蜀地的麻、吴地的盐不能流通，日用品十分紧缺。但情况会有所好转的，因为这年二月，朝廷已任命杜鸿渐为山南西道、剑南东西川副元帅。杜甫担心长期卧床会使双脚残废，就慢步走出来，去小园中看看，看见短畦里长满青草，不禁想起《招隐士》诗中所写的"王孙游兮不归，春草生兮萋萋"，从而想起汉中王李瑀。杜甫漂泊梓、阆等地时，李瑀被贬到

---

[1] 见《资治通鉴》卷 223。

蓬州（今四川仪陇县南），也不知他现在情况如何。听到篱笆上暮鸟喧噪，不禁又感慨凤随凰去盛世沉沦。小园之景使他想起故园，想起那阔别十年的荒村；看到暮色中回窝的鸟儿，深愧自己有家难回。然而杜甫终究未能忘怀国事，诗的最后说："安得覆八溟？为君洗乾坤！稷契易为力，犬戎何足吞！"认为朝廷如能使用稷契那样得力的人士，区区外寇又何难扫净。杜甫素怀稷契之志，显然这里有盼望朝廷重用自己的心思，这说明杜甫此时虽已年老体衰，但报国之志仍然坚定。

杜甫在漂泊渝州、忠州、云安期间，曾遇到运送严武灵柩的官船。严武死后，追赠尚书左仆射。严武的故乡在陕西华阴，走水路比较方便。杜甫作《哭严仆射归榇》，为之送行。诗云：

素幔随流水，归舟返旧京。

老亲如宿昔，部曲异平生。

风送蛟龙匣，天长骠骑营。

一哀三峡暮，遗后见君情。

首联记事，运送灵柩的船披挂着白色的帷幕，稳重地随江水而来，一派肃穆之气、哀悼之情亦飒然而生。颔联写护灵人，"老亲"，指严武的老母，白发人送黑发人，这已令人伤痛；而部下人稀，无复往昔簇拥之众，人情冷暖，更令人哀绝。"蛟龙匣"，即"蛟龙玉匣"，古代殡殓帝王之棺，后亦用指贵官的棺材。严武死后追赠尚书左仆射，故有此称。"骠骑"，汉代霍去病为骠骑将军，曾大破匈奴。这里借指严武，严武为剑南节度使，曾大败吐蕃，可知老杜用笔极为准确。"风送蛟龙匣，天长骠骑营"是对"部曲异平生"进行逆转，谓人情冷暖虽令人感慨，然而天道公正，将军的灵柩自有江风护送，将军的美名能被天心永记。有此二句，严武可以瞑目。尾联说，我放声一哀，致使三峡入暮；你虽身死，我的眼前仍浮现着你生前对我的种种深情。此诗哀中有壮，评价功勋则天长气远，讲述情谊则生死难泯。老杜当年在成都严武灵前未发之辞，终于在这里伴随江涛而得以喧涌。

这期间，他还得知房琯的灵柩已从阆州墓中启殡，水运归葬其故乡洛阳，便作诗等候在江边，以待船到一哭。诗有两首，"其一"说：遥传房太尉的灵柩，要归葬于故乡的陆浑山。可怜啊，你一心一意地兴复了王室之后，孤魂却在他乡漂泊了好几年，人世间竟有这么多不平之事！你像孔明一样建有许多业绩，又像谢安那样死后蒙赠高官。昔日在嘉陵江边为你洒下的眼泪，还将重洒于楚水，一路送你归还。"其二"说：传闻灵柩已从阆州出发，想来此刻正是丹旐飘飘的时候。一生中风尘颠簸，死后依旧如此，今日偶然又与江汉之水一同漂流。你的贴身宝剑在匣中跃动，所著之书回存故国之楼。我已得知尽哀之处，又恐客死他乡，此愿永远告休。

杜甫在云安卧病约半年，身体稍愈，便又启程沿江东下，鸥踪帆影，漂至夔州。

第二节 ｜ 稼穑分诗兴，柴荆学土宜

大历元年（766）春末，杜甫的征帆漂到夔州。夔州，即今重庆奉节县，在重庆市东北部，长江北岸，为长江三峡的西口。此地山高水险，古来为兵家必争之地。东汉初年，公孙述在白帝山上修建白帝城，唐时的夔州城就是以白帝城为基础，向西北山坡扩展而成的。白帝山顶有白帝庙，从白帝庙上可以俯视江流，江面最窄处仅有百米左右，这里就是瞿塘峡口，两岸绝壁相对，如同两扇大门，故称为"夔门"。由白帝山顶向西南俯视，可以看到瞿塘峡口的江心有一处礁石，这就是小滟滪堆，方圆有数丈，高约一丈。大滟滪堆已在新中国成立后由航运部门炸掉。

杜甫寓居夔州的时间总共为一年零九个月，却先后换了四个住处。初到时借住在西阁。西阁位于半山腰，南临长江，地势很高，可以看到江上的渔舟和往来的客船。后面是一大片林木，十分幽静。时当春末，暄暖的土石间长着紫色的蕨芽，秀丽的洲渚上生有碧绿的芦苇，远近传来黄莺的叫声，小麦将要成熟。论环境应该说是不错的，但杜甫并不想长期居住在这里。作为检校工部员外郎，他为自己的身在远方久旷职守而深感不安，想快点把身体养好，早日到朝廷尽一份微薄之力。（见《客堂》）

夔州风俗，居民饮水是用竹筒将山高处的泉水引入房宅。竹筒相连，盘绕于山间，有的竟长达好几百丈。为解决饮水问题，杜甫派仆人阿段去山中寻找水源。阿段是夔州人，干这种活很顺手，经过几天的忙碌，终于在一个深夜把竹筒接入厨房。西阁有了滴水的声音，身患糖尿病、正渴得难受的杜甫，听了非常高兴，作诗记道："病渴三更回白首，传声一注湿青云。"（《示獠奴阿段》）赞叹阿段出入于虎豹群中而不畏的惊人胆量。一天，山上的岩石崩落，把引水的竹筒砸坏了，厨房里断绝了滴水声。杜甫派仆人信行上山去修。信行往返走了40里路，直到天黑才回来，累得脸色赤红。杜甫担心他会病倒，连忙把自己养病用的浮瓜和裂饼拿出来，慰其劳苦。（见《信行远修水筒》）这些，既能反映出亲融的主仆关系，也能看出杜甫对劳动人民品格的认识。

杜甫听说乌鸡的肉可以治疗风疾，治病心切，就在院子里养了一些乌鸡，又孵出一百来只小乌鸡。这些大大小小的乌鸡满院子乱跑，乱叫，踏上桌子，蹬翻了盘子，完全不听老杜的指挥。老杜想起《列仙传》上的故事，尸乡北山下那个祝鸡翁，本事真大，养鸡千只，皆立名字，呼之即来，挥之能去。自己没这种驯鸡之术，只好让大儿子宗文带领仆人建造鸡栅，把鸡圈起来。还嘱咐说，一定要把栅栏编得密一些，使鸡钻不出来，以免蝼蚁之祸；使狐狸钻不进去，以免乌鸡之灾。杜甫因为要出门办事，就把修鸡栅的事交给了宗文，还说回来后要检查他的工作。（见《催宗文树鸡栅》）

为解决吃菜问题，杜甫又在庭院里开出两席菜畦，种上了莴苣籽儿。岂知过了20天，莴苣竟没长出芽来，倒是那些不堪食用的野苋长得十分茂盛，把门前道路都塞满了。杜甫叹息之余，联想到人间之事每每如此，那些政治上的小人往往容易得势，而正人君子却难以出头。（见《种莴苣》）蔬菜长不出来，就让童仆们到山野去摘苍耳。苍耳又称卷耳，可以食用，还可以治疗风疾。为了避免山间瘴热的侵害，杜甫一大早就把他们轰上了路，这样到中午前就采回来了。把采回的卷耳用水洗净，再用热水一焯，半生不熟，就可以充当蔬菜食用。杜甫吃着卷耳，想到人世间的苦乐悬殊，叹息道："乱世诛求急，黎民糠籺窄。饱食复何心？荒哉膏粱客！富家厨肉臭，战地骸骨白。"（《驱竖子摘苍耳》）与他早年所作《自京赴奉先县咏怀五百字》"朱门酒肉臭，路有冻死骨"意同，而感情更为激烈。从这些诗还可以看出，杜甫初到夔州的几个月里，生活是艰苦的。

这年秋末冬初，柏茂琳任夔州都督。柏茂琳对杜甫的生活很关心，曾分月俸给他维持生计。第二年春天，杜甫曾一度迁居赤甲。赤甲山在夔州东面，山色暗红，犹如赤甲，故以为名，山间居住着不少人家。"卜居赤甲迁居新，两见巫山楚水春。"（《赤甲》）可知杜甫迁居赤甲在大历二年（767）春天。这处新居背靠赤甲山，面对隔江耸峙的白盐山。白盐山，山色灰白，如同白盐。（见《入宅》）

在赤甲住不多时，这年三月，柏茂琳就为杜甫选择了新居。那是城东一块平旷闲静的地方，叫瀼西，有40亩柑林，是公田。杜甫迁居到那里，租了一所茅屋，这就是"瀼西草堂"。40亩柑林是柏茂琳赠送的，杜甫对它管理得很精心。《暮春题瀼西新赁草屋五首》"其三"写道："彩云阴复白，锦树晓来青。身世双蓬鬓，乾坤一草亭。哀歌时自惜，醉舞为谁醒？细雨荷锄立，江猿吟翠屏。"描写草堂耕耘生活，以及垂老漂泊的身世，颇为生动。在瀼西草堂居住期间，有一次，杜甫偶然发现他的族孙杜崇简也在瀼西附近隐居。杜崇简曾官卫仓曹，战乱中来夔州寓居，家中养鸡颇多，这使杜甫大喜过望，相约共老于此地山林。

夔州地处偏僻，熊虎颇多，为了防止受到侵害，杜甫仿照当地百姓的做法，要在草堂周围树起坚固而高大的篱笆。为此，他派遣童仆到白谷那里去砍伐树木和竹子。白谷离草堂十里路，他们一早吃了饭就走了，中午时每人扛着四根竹木赶回来。老杜指挥他们把树干锯成木桩，把木桩揳进土里，围着草堂排了一圈，然后用空心苦竹在木桩间编结，做成篱笆。一切做完，老杜很满意，感谢童仆道："尔曹轻执热，为我忍烦促。秋光近青岑，季月当泛菊。报之以微寒，共给酒一斛。"（《课伐木》）许诺重阳佳节时，给童仆们一斛美酒以作报答。

为解决口粮问题，杜甫还在东屯种了水稻。东屯，是汉代公孙述屯田之处，那里有100顷公田，柏茂琳委托杜甫代管。杜甫在其地栽种了稻秧，为了增强劳力，他雇用了几个仆人，除了前面提到的阿段、信行，还有伯夷、辛秀、阿稽，又有个行官叫张望的，负责监管稻田。六月里，水稻长势良好，"六月青稻多，千畦碧泉乱"。插秧及时，灌溉充足，茂密的秧苗就像翠绿的羽毛闪闪发亮，稻田里的水就像天上的银河一样壮观，成群的鸥鸟飞来飞去，水田之景真像一幅画卷！老杜想，等到秋菰的黑米成熟时，稻谷也就成熟了，到那时舂出的精米亮灿灿的，吃饭也就不用愁了。又想，我种水稻，不过是为了解决旅居的口粮问题，要那么多的稻米干什么用呢？想当地主吗？笑话！等到收割的时候，要让仆人们多遗下一些稻穗，让贫苦的百姓们去拾好了——"遗穗及众多，我仓戒滋漫！"（《行官张望补稻畦水归》）有人根据杜甫代管百顷水稻，就把他定为地主成分。[1] 我们听听杜甫的这番道白，怎么也闻不出地主老财的气味。

夏末秋初，稻子将近成熟之际，杜甫派张望去东屯督促田间除草。张望走了以后，杜甫仍不放心，又派仆人阿稽、阿段向张望传话，并察看农田情况。为此写了一首诗[2]，从这首诗中我们能更清楚地窥见老杜的内心世界。诗云：

> 东渚雨今足，伫闻粳稻香。
>
> 上天无偏颇，蒲稗各自长。
>
> 人情见非类，田家戒其荒。
>
> 功夫竟揥揥，除草置岸旁。
>
> 谷者命之本，客居安可忘？
>
> 青春具所务，勤垦免乱常。
>
> 吴牛力容易，并驱纷游场。

---

[1] 郭沫若《李白与杜甫》认为杜甫"应该是一位庄园主"，杜甫的生活"是一地主的生活"。

[2] 见《秋行官张望督促东渚耗稻向毕，清晨遣女奴阿稽、竖子阿段往问》。

丰苗亦已概，云水照方塘。

有生固蔓延，静一资提防。

督领不无人，提携颇在纲。

荆扬风土暖，肃肃候微霜。

尚恐主守疏，用心未甚臧。

清朝遣婢仆，寄语逾崇冈。

西成聚必散，不独陵我仓。

岂要仁里誉？感此乱世忙。

北风吹蒹葭，蟋蟀近中堂。

荏苒百工休，郁纡迟暮伤。

东屯那里今年雨水充足，老杜站在草堂前就能闻到粳稻的香味了。老天的心眼不偏，雨水滋润了稻秧，也让田间的杂草猛长。但是人情却以杂草为非类，农家最忌田地荒芜。为了除掉雨后滋生的田间杂草，田夫们争着花大力气，那份劳苦让老杜感动不已。想到粮食乃是人的生命之本，自己作为客居他乡的人尤其懂得它的重要。于是，开春便从事农务，辛勤耕耘，以免错过农时。水牛力气很大，拉起犁来毫不费劲，并驾齐驱地在泥田里奔走。把田犁匀之后，又密密地插上稻秧，田里荡漾着云影水光。杂草一经长出便要蔓延，所以必须谨慎提防。并非没人监管农事，张望很是在行。夔州一带风和土暖，稻谷成熟要等到天降微霜。时间这么久，万一张望疏忽大意呢，老杜怕他办事有所不妥，于是一大早就派仆人翻越高冈，给他传话。老杜如此关心水稻的管理，并不是要当个积粮万囷的地主，他解释说：把稻谷收获完了，一定要分发给贫苦的农民，不能单单装满自家的粮仓，这么做可不是为了闹个善待邻里的好名声，实在是由于看到世乱民荒，心中不忍啊！老杜有这种民胞物与、大道为公的思想境界，倘若他能做个地方官，一定会造福一方；倘若他能做成宰相，一定会施行仁政。我们没有理由怀疑他的政治才具，只是遗憾他生逢昏君乱世，难以实现稷契之志。

秋天，瀼西的柑林园里，柑果黄熟，清香四溢。老杜的草堂处在柑林之中，日夜沐浴着甘美的空气。草堂的院子里，也有两棵柑子树，这时树上也结出了累累的果实。老杜经常在树下散步，吟诗，颇感快慰，《树间》一诗写道："岑寂双柑树，婆娑一院香。交柯低几杖，垂实碍衣裳。满岁如松碧，同时待菊黄。几回沾叶露，乘月坐胡床。"柑树的枝条交错、低垂，几乎接触了地面，累累的果实碰着人的衣裳。这景色着实令人心喜，无怪老杜经常乘着月色坐在折椅上，直到夜深树叶滴露才回到屋里。

这几十亩柑林是在瀼溪的西边。瀼溪东边，还有一个果园，种有梅、杏、柰以及药材、蔬菜。果园背靠高冈，地势较高，园中建有简易草屋。杜甫经常登高入园，以散愁怀。初秋时节，老天下了一场好雨，园土潮湿，是种秋菜的好时机。杜甫督促仆人套牛耕地，要种它几亩蔬菜，尤其是"冬菁"（蔓菁之类）这种蔬菜，真可以抵得上半年粮呢！再说，夔州这里风和土暖，种成的蔬菜可以一直摘采到明年春天。（《暇日小园散病，将种秋菜，督勒耕牛，兼书触目》）老杜频遭饥饿的折磨，长了许多见识，虽说眼下吃饭不愁，却也不放弃以菜备荒的打算。

东屯的稻子熟了。为了监督水稻的收获，杜甫把家迁到东屯茅屋，把瀼西草堂让给一位姓吴的亲戚居住。东屯在白帝城东北十余里，临近东瀼水。"东屯复瀼西，一种住清溪。来往皆茅屋，淹留为稻畦。"（《自瀼西荆扉且移居东屯茅屋四首》其二）可知这两个居处都是草屋，且都在溪水之畔。

收割开始了，杜甫站在田边望去，但见百顷稻浪，一片金黄，在云山的映衬下，十分壮观。秋风吹来，身上的夹衣挡不住寒气，但一想到很快就能吃上新稻米，旅居的愁颜不禁为之一破。（见《茅堂检校收稻二首》其一）收获期间，杜甫有事到白帝城跑了一趟，办完事马上就回来了，因为有两个心愿需要了结："筑场怜穴蚁，拾穗许村童。"（《暂往白帝复还东屯》）嘱咐监工张望，筑场的地点要躲开蚂蚁成堆的地方，还要允许村童进稻田拾捡稻穗。经过一阵繁忙，稻子收获完毕，稻田无复昔日的光彩，变得很冷清，"稻获空云水，川平对石门。寒风疏草木，旭日散鸡豚"（《刈稻了咏怀》）。这百坝稻田是柏茂琳交给杜甫代管的，收获的稻米当然不能全归杜甫。但是杜甫一家从中取得了温饱，却是可以想象的。

冬季来临，杜甫每每踏着霜雪去山北谷采药，"编蓬石城东，采药山北谷。用心霜雪间，不必条蔓绿。非关故安排，曾是顺幽独"（《写怀二首》其一）。他在霜雪覆盖的山野里用心搜寻，不想等到春来药材枝条变绿，他说这么做不是故意讨苦吃，而是在顺应着药材的幽独本性。杜甫总是希望把病尽快治好，早一天到朝廷去供职。过了春节，就是大历三年（768），这年正月，杜甫携家告别了夔州，前往荆楚。

以上是对杜甫寓居夔州的生活情况进行粗线条的勾勒。"稼穑分诗兴，柴荆学土宜。"（《偶题》）总的说来，这一年零九个月的稼穑耕耘生活是安定的，杜甫学到了不少当地人的生活和劳动经验，从而为他的诗歌创作提供了条件。这一时期，杜甫共创作诗歌 432 首，几乎占全部诗歌的三分之一。以下分三节对这个时期作品所反映的思想、情绪作一简要介绍。

第三节｜近身皆鸟道，殊俗自人群

杜甫一到夔州，便把注意力放在城东十里的白帝城了。他多次登临此城，写诗记录观感，以"白帝"为题的就有九首之多。白帝城建在白帝山上，此山极为险要，它下扼长江，镇守三峡，仿佛是一个巨大的铁锤，时刻准备砸向自东而来的兵船，是历代野心家据蜀所凭的天险。东汉初年，据蜀称帝的公孙述看中了这个地方，修建了白帝城，以扼守关隘。如今，蜀中军阀相互拼杀，拥兵自立者当有人在。杜甫正是出于这种忧虑而频频注目此城的。《上白帝城》诗云：

> 城峻随天壁，楼高望女墙。
>
> 江流思夏后，风至忆襄王。
>
> 老去闻悲角，人扶报夕阳。
>
> 公孙初恃险，跃马意何长！

杜甫站在白帝城楼上俯视，只见险峻的城墙依随绝壁而建，则此城之难攻自不待言，从女墙往江中放箭、投石，极为容易，而兵船的箭却难以射得上来，这就是杜甫注目于"城峻"和"女墙"的一番心思。然后，他的神思由现实而越入历史，想到这一带曾经出现的大人物，由疏凿长江的大禹，想到临风称快的楚襄王，又想到恃险称帝的公孙述，而今蜀地军阀混战，悲角频传，白帝城会不会再次为野心家所倚凭呢？此刻，站在白帝城上的杜甫，大有站在火山口上的感受。过了几天，杜甫又登临此城，作《上白帝城二首》，"其二"铺写白帝城的荒凉冷落："白帝空祠庙，孤云自往来。""后人将酒肉，虚殿日尘埃。"史载，公孙述虽称雄一时，终被光武帝诛灭。至今城中唯留空庙一座，已为尘埃所覆。"勇略今何在？当年亦壮哉！"语含讽意，是在警告当今军阀休得轻举妄动，以免重蹈公孙述的覆辙，留下千古骂名。

　　夔州附近颇多古迹，诸葛庙、先主庙以及八阵图等处，杜甫都曾观览并留有诗作。八阵图是诸葛亮在夔州建设的军事工程，故址在今奉节县西南的长江沙渚中。杜甫在《八阵图》中写道："功盖三分国，名成八阵图。江流石不转，遗恨失吞吴。"首联概括诸葛亮的政治才能和军事才能。从第三句可以看出，八阵图的石堆，在杜甫那个年代依然保存完好。八阵，指天、地、风、云、龙、虎、鸟、蛇八种阵势，其形状今已无考。然而八阵图历经500余年居然存在，足见诸葛才智高超。"遗恨"句在于惋惜刘备执意伐吴，致使诸葛未成统一大业。夔州有诸葛庙，庙前有参天古柏，杜甫作《古柏行》，借古柏状写诸葛亮的伟岸气概，书写自己的仰慕之情。诗云：

孔明庙前有老柏，柯如青铜根如石。

霜皮溜雨四十围，黛色参天二千尺。

云来气接巫峡长，月出寒通雪山白。

君臣已与时际会，树木犹为人爱惜。

忆昨路绕锦亭东，先主武侯同閟宫。

崔嵬枝干郊原古，窈窕丹青户牖空。

落落盘踞虽得地，冥冥孤高多烈风。

扶持自是神明力，正直元因造化功。

大厦如倾要梁栋，万牛回首丘山重。

不露文章世已惊，未辞剪伐谁能送？

苦心岂免容蝼蚁，香叶终经宿鸾凤。

志士幽人莫怨嗟，古来材大难为用！

　　前八句描写夔州孔明庙前的古柏，极富精神，极有气象。柯如青铜，根如磐石，高二千尺，周四十围，虽属夸张之辞，却因与诸葛相映托，反觉得其真韵。老杜的诗以写实为特征，夸张比较少见。但此处非如此写则不足以匹敌诸葛的风貌，不足以表达诗人的敬仰。可知，夸张须有感情蕴含作基础，舍此而徒作大言，只能让人生厌或感到滑稽。至于宋人指责描写失实，或给柏树的高度和粗度算细账，认为不合比例云云，使人殊觉多事、好笑。[1] 沈氏是自然科学家，硬要来谈文学，难免作门外文谈。"云来""月出"二句，境界苍莽，笔力沉雄。巫峡在夔州之东，雪山在夔州之西，地域遥远，说古柏生发的浩

[1] 宋人范镇《东斋纪事》云："杜工部云'黛色参天二千尺'，其言盖过，今才十丈。古之诗人，好大其事，率如此也。"沈括《梦溪笔谈》云："杜甫武侯庙柏诗云：'霜皮溜雨四十围，黛色参天二千尺。'四十围乃是径七尺，无乃太细长乎？"此说可为一切以自然科学的头脑研究文学者画一呆像。

然之气与巫峡的长云相连接，月光下寒冷的树色辉映着远山的白雪，这是何等伟岸的形象，令人叹为观止。接下来，杜甫回忆成都武侯祠中的古柏，其枝干也是高大突兀的，它盘踞于成都的郊原上，历史悠久，孤高的树枝间常披烈风，它与夔州的这株古柏遥遥相应，它们不被摧毁是因为得到神明的护持，它们形体端直是出于造化之功。把两地的古柏相互照映来写，更能见出孔明的不朽精神。末八句由古柏之材说到人才，古柏虽不辞砍伐，愿作梁栋，但却难得运送，这正如绝世之人才无人援引，终不为世所用。孔明可谓未能尽其才者，杜甫素怀稷契之志，每以孔明自比，这里是既叹孔明又叹自身。回顾前文所写古柏的伟岸形象，又何尝不是杜甫的自画像呢？

据《方舆胜览》记载，奉节县东六里，有先主庙。黄初三年（222）二月，先主刘备率领大军讨伐东吴，战败后退归白帝城，次年四月死于永安宫。杜甫前来瞻仰此庙，有《谒先主庙》一诗，其中记庙中景象写道："旧俗存祠庙，空山立鬼神。虚檐交鸟道，枯木半龙鳞。竹送清溪月，苔移玉座春。闾阎儿女换，歌舞岁时新。"说先主祠庙，天人共仰，当地居民，世代祭祀，足见人心归汉，与此前在成都所写《蜀相》中的"可怜后主还祠庙"用意相同。

瞿塘峡是杜甫多次临观、反复摹咏的地物之一。此峡西起奉节县白帝城，东至巫山县大宁河口，是长江三峡西数第一个峡谷。两岸悬崖壁立，江面狭窄，水流湍急，山势极为险峻，有"天堑"之称。其西口两岸陡立如门，称夔门。杜甫在《瞿唐两崖》诗中描写夔门形势，叹道："三峡传何处，双崖壮此门。入天犹石色，穿水忽云根。猱獽须髯古，蛟龙窟宅尊。羲和冬驭近，愁畏日车翻。"写夔门两崖之高深，上入苍穹，下至云根。因其山高水深，故猱獽得以久生，蛟龙得以为穴，而羲和所赶的太阳神车，或恐被险峰撞翻。《瞿唐怀古》状写两崖亦颇惊人："西南万壑注，劲敌两崖开。地与山根裂，江从月窟来。"万壑之水自西南奔来，其势凶猛，而两崖以拔地倚天之力，从容迎对，"劲敌"二字力重千钧。又如《白帝城最高楼》所写登楼望见的江峡之景："峡坼云霾龙虎卧，江清日抱鼋鼍游。"说山峡有如在云雾中静睡的龙虎，江水在日光的照射下有如游动的鼋鼍，极尽庄严肃穆之势。又如《白帝》写雨中峡景："高江急峡雷霆斗，古木苍藤日月昏。"雨中江涛高涌，惊雷震荡，峡内林木遮覆，日月无光。此等笔墨，老迈沉雄，传神地勾勒出瞿塘峡的独特风貌，足以表现杜甫的胸中丘壑，是老杜沉郁顿挫诗风的典型体现。

滟滪堆，是位于瞿塘峡口江流最急处的礁石，因江水水位变化而或隐或现，时高时低，世世代代不知有多少船只沉于其侧。杜甫作诗以记其状："滟滪既没孤根深，西来水多愁太阴。江天漠漠鸟双去，风雨时时龙一吟。"（《滟滪》）这是写夏季水涨之时，礁石隐没，祸根深藏。诗中以江天鸟去、风雨龙吟的景象，写出一派惨淡气氛，读来令人悚然。到了秋冬之季，江水浅落，礁石露出水面，"巨石水中央，江寒出水长"（《滟滪堆》），这个凶神露出面孔，立身中流，向人间发出微微的冷笑。

赤甲山和白盐山也是当地两大奇观。这两座山隔江对峙，

247

上刺青天，颜色一红一白，对比鲜明。其位置皆在夔州稍东，赤甲山在江北岸，白盐山在江南岸。杜甫在《夔州歌十绝句》"其四"写道："赤甲白盐俱刺天，闾阎缭绕接山巅。枫林橘树丹青合，复道重楼锦绣悬。"如此高耸的山峰，居然还住有人家，百姓的房屋依山而建，缭绕而上，一直到达山顶。山间长有红枫和绿橘，望去如同一幅彩画；林木间栈道明灭，重楼掩映，如同悬挂的锦绣。老杜凭手中一支神奇的笔，描绘出此地的风物和民俗特色，千载之下，仍令人眼新。又作《白盐山》，单记此山胜概。诗云："卓立群峰外，蟠根积水边。他皆任厚地，尔独近高天。白榜千家邑，清秋万估船。词人取佳句，刻画竟谁传？"从诗中所写可知，白盐山较赤甲山更为孤耸。《荆州记》载，白盐山下有黄龙滩，水最急，为往来船家所忌之处，即诗中说的"积水"。这样看来，白盐山是上摩苍穹，下处激流，集雄奇悲壮于一身了。山上居住着众多的百姓，俨然成邑；山下过往着条条商船，络绎不绝。写到这里，杜甫忽生惆怅，自己费尽心思寻取佳句，刻画出白盐山的胜概，但这首诗能否传于当世和未来呢？天心还算公正，它虽未能传于当世，但却流播万古。

杜甫对当地的民俗也多所记录。"月峡瞿唐云作顶，乱石峥嵘俗无井。""白帝城西万竹蟠，接筒引水喉不干。"(《引水》)这真是一大奇迹，试想，千万条竹筒管道从山间接到各家各户，多么壮观！这当是今天自来水管道的远古发萌吧，我们的前人真是聪明得很。但也有愚昧的习俗，比如说大旱之年的求雨活动，夔州百姓是怎么做的？放火烧山！据说这样就可以惊动蛟龙，使它降雨。杜甫在《火》诗中生动地记录了这种场面。他在诗题下注曰："楚俗，大旱则焚山击鼓，有合神农书。"查《神农求雨书》，见其上面记道："祈雨，不雨则暴巫（杀掉主持求雨的女巫），暴巫而不雨，则积薪击鼓而焚山。"可知夔州人的此举，尚有出典。杜甫在诗中写道：夔州山上的大火连着烧了一个月，烧得魑魅哭哭啼啼。背阴的冻崖也被烧崩，阴湿的雾气中火光闪烁。树干带着火苗，纷纷掉进山下水中，众水被烧得扬扬沸沸。这些林木和山泓，都生自遥远的古代，可惜一下子全都毁灭了。青翠的山林化成一片灰烬，浩漫的云气从此无处存身。入夜之后，火光尤为显赫，照耀着初秋的牛女二星。山风劲吹，巨焰冲腾，烟柱直入遥远的银汉，那火势似乎要烧向昆仑，火光照遍了江上的洲渚。烧焦的长蛇散发着阵阵腥气，困在火中的猛虎发出声声怒吼。那降雨的神物已然高飞，唯见满山的焦土和石头。杜甫认为这么做是在要挟降雨的蛟龙，只能把它惹恼，是根本不能解除旱情的。可是，谁去听老杜的劝阻呢？大火照烧不误。老杜被火烤得大汗淋漓，躺在江亭上，直到深夜仍然气息微微。难怪他对这里的风俗表示厌倦啊。

夔州还有一种风俗是男人当门守户，女人外出劳动。她们砍柴，背盐，干着男人们的重活，却又因战乱，无夫可嫁，有许多人四五十岁还没有婆家。杜甫在《负薪行》中写道：

夔州处女发半华，四十五十无夫家。
更遭丧乱嫁不售，一生抱恨长咨嗟。

土风坐男使女立，男当门户女出入。

十有八九负薪归，卖薪得钱应供给。

至老双鬟只垂颈，野花山叶银钗并。

筋力登危集市门，死生射利兼盐井。

面妆首饰杂啼痕，地褊衣寒困石根。

若道巫山女粗丑，何得此有昭君村！

　　这些年老的处女，为了交纳租税，不得不去山间砍柴，又背到市场去卖。"筋力登危"四个字表现力颇强，说明"市门"地势很高，道路很险，她们需要付出全部的筋力才能到达。"死生射利"四个字催人泪下，她们为了获取一些小利，背着沉重的盐袋在生死线上挣扎。就这样一辈子困在偏僻的山脚，与汗水相伴，以泪水洗面。诗末二句，是杜甫为她们的辩护之辞，以王昭君为例，说明她们的粗丑并非地域的关系，实在是由于繁重劳动的折磨。杜甫对劳动妇女的低下地位表示不平，表现了可贵的众生平等意识，也是对早期儒家思想的一种突破。[1]

　　夔州的男子则轻生逐利，多在水上显示才能。富裕的人家驾着大船去牟利，贫穷的汉子操着小船去赚钱，他们斜着帆侧着舵把船驶入急流，绕过漩涡掠过浪涌不知道危险是什么。杜甫想起《水经注》上说的"朝发白帝，暮到江陵"，如今亲眼看到了船行的速度果然如此。"此乡之人气量窄，误竞南风疏北客。"（《最能行》）南风，是指南方人轻生逐利的风俗。夔州

---

[1]《论语·阳货》："唯女子与小人为难养也，近之则不孙，远之则怨。"

男子竞逐南风而轻视北方的文物冠裳之客，杜甫对这种习俗表示遗憾。又在《夔州歌十绝句》"其七"写道："蜀麻吴盐自古通，万斛之舟行若风。长年三老长歌里，白昼摊钱高浪中。"长年、三老，是土人对篙师、舵工的称呼，这些在江上运货为生的夔州男子，在巨浪颠簸的船上放声高歌，在青天白日之下大肆赌钱，其轻生逐利的心态一目了然。

夔州居民的奇异风俗，杜甫多有所记，如："家家养乌鬼，顿顿食黄鱼。"（《戏作俳谐体遣闷二首》其一）"乌鬼"是什么东西？一说为巴楚人所事奉的鬼神，一说为鸬鹚的别名，一说为猪的别名。沈括《梦溪笔谈》说："峡中人谓鸬鹚为乌鬼。蜀人临水居者，皆养鸬鹚，绳系其颈，使之捕鱼。"联系下句的"食黄鱼"，则此说较妥。又如："瓦卜传神语，畲田费火耕。"（前诗其二）用瓦占卜，妄传神语，火耕刀种，农事落后。夔州人以十月一日为佳节，这一天家家户户都要做"蒸裹"，"蒸裹如千室，焦糖幸一盘"（《十月一日》）。蒸裹，是一种用竹箬裹着糯米、糖等物蒸成的食品[1]，老杜有幸蒙赠一盘，吃到了这种罕见的食品。《槐叶冷淘》记录了本地一种新颖食物的做法："青青高槐叶，采掇付中厨。新面来近市，汁滓宛相俱。入鼎资过熟，加餐愁欲无。碧鲜俱照箸，香饭兼苞芦。经齿冷于雪，劝人投比珠。"从高高的槐树上摘下青青的槐叶，入厨洗净，剁碎，再从附近的市上买来面粉，同枝叶渣汁掺和在一起，做成面食，放进锅中蒸熟，但火候不能过大。这种冷

---

[1]《齐民要术》载："蒸裹方七寸准，豉汁煮秫米、生姜、橘皮、胡芹、小蒜、盐，细切熬糁，膏油涂箸，十字裹之，糁在上，复以糁屈牖篡之。"

食颜色鲜碧光洁，可以照映筷子，味道比香饭、芦芽毫不逊色，入口比冰雪还要清凉，或请客，或赠人，那简直可与投珠相比呢。老杜所记的这种面食，还真值得我们临厨一试。因为杜笔不欺，我们信得过他。

此外，杜甫还记录了夔州一带动物和气候的异常，这些作品对认识古代夔州的自然情况具有资料价值。"山寒青兕叫，江晚白鸥饥。"（《雨四首》其四）"人烟生处僻，虎迹过新蹄。"（《复愁十二首》其一）"泥留虎斗迹，月挂客愁村。"（《东屯月夜》）"岁月蛇常见，风飙虎忽闻。"（《南极》）"蝮蛇暮偃蹇，空床难暗投。"（《毒热寄简崔评事十六弟》）"殊方日落玄猿哭，旧国霜前白雁来。"（《九日五首》其一）"岭猿霜外宿，江鸟夜深飞。"（《夜》）"荆扉对麋鹿，应共尔为群。"（《晓望》）"鹤下云汀近，鸡栖草屋同。"（《向夕》）"凫雁终高去，熊罴觉自肥。"（《晚晴》）"乳赞号攀石，饥鼯诉落藤。"（《寄刘峡州伯华使君四十韵》）乳赞，是一种形体似狗而力大过之的野兽。由上所引，可知当年夔州乃野兽、珍禽出没之地。

夔州的气候也颇异常，夏季闷热，人多暍（中暑）死。"峡中都是火，江上只空雷。"（《热三首》其二）"林下有塌翼，水中无行舟。"（《毒热寄简崔评事十六弟》）"老少多暍死，汗逾水浆翻。"（《贻华阳柳少府》）"闭目逾十旬，大江不止渴。"（《七月三日亭午已后校热退晚加小凉稳睡有诗因论壮年乐事戏呈元二十一曹长》）到了秋天，则雨水连绵不绝，杜甫诗中有许多首以雨为题的，诗中记道："万木云深隐，连山雨未开。"（《雨》）"始贺天休雨，还嗟地出雷。"（《雨》）到了孟冬十月，

竟然打起雷来，"巫峡中宵动，沧江十月雷"（《雷》）。"巫山终可怪，昨夜有奔雷。"（《朝二首》）

杜甫在《峡中览物》诗中说"形胜有余风土恶，几时回首一高歌"，是对夔州地物民情的总体概括，山川十分壮美，而风土民俗不尽人意。所以，虽说他在此寓居时生活较为安定，一旦病体稍愈，还是立即离开了。

第四节 | 不眠忧战伐，无力正乾坤

　　杜甫在夔州寓居的日子里，唐王朝仍是风雨飘摇。大历元年（766）正月，鱼朝恩的部将周智光因杀鄜州刺史张麟、活埋杜冕家属 81 人，自知罪重，不敢应诏赴京，乃聚集亡命、无赖子弟数万人，打家劫舍，截夺漕米。二月，刑部尚书颜真卿因反对宰相元载专权、蔽塞言路而遭贬斥。朝廷以杜鸿渐为山南西道剑南东西川副元帅、剑南西川节度使，以山南西道节度使张献诚兼任剑南东川节度使，以崔旰为茂州刺史，充西山防御史。三月，张献诚与崔旰战于梓州，献诚军败，旌节皆为崔旰所得。八月，杜鸿渐入蜀，受崔旰重赂，奏请朝廷升崔旰为成都尹、西川节度行军司马。十月，诸道节度使搜刮民财为代宗作寿，中书舍人常衮抗言，代宗不听。京兆尹第五琦行什一税法，百姓流亡。十二月，周智光杀陕州监军张志斌，代宗反而下诏，晋升其为检校左仆射，智光大骂，嫌职太小。郭子仪请求讨伐，代宗不许。

　　大历二年（767）正月，郭子仪受密诏讨伐周智光，华州牙将姚怀、李延俊杀智光。淮西节度使李忠臣入朝，以收华州为名，大肆掠夺财畜殆尽，官吏有穿纸衣或数日不食者。四月，代宗命宰相、鱼朝恩在兴唐寺与吐蕃结盟。杜鸿渐请求入朝奏事，以崔旰为西川留后。七月，以崔旰为西川节度使。元

载、王缙、杜鸿渐为相，唆使代宗大兴佛寺，政事日益紊乱。九月，吐蕃数万人围灵州，京都戒严。十月，朔方节度使路嗣恭破吐蕃于灵州城下，吐蕃引去。[1]

天子昏弱，权臣当道，外患不宁，军阀争斗，百姓疲惫不堪，唐王朝成了难以收拾的烂摊子。杜甫寓居夔州期间，生活虽较安定，却未曾一时忘怀国家、百姓，忧国忧民仍是他这个时期诗歌创作的主旋律。

"相看多使者，一一问函关。"（《入宅三首》其二）每逢使臣来到夔州，他都要详细打听关中的消息。"向来忧国泪，寂寞洒衣巾。"（《谒先主庙》）在明主刘备的庙前，一洒孤臣的忧国之泪，感情蕴含颇丰。因为忧虑国事而长夜失眠，在杜甫来说，已是常事，从下面这些作品中，我们能看见杜甫那双频频失眠的眼睛。

《江上》诗云：

> 江上日多雨，萧萧荆楚秋。
> 高风下木叶，永夜揽貂裘。
> 勋业频看镜，行藏独倚楼。
> 时危思报主，衰谢不能休。

在萧萧的秋风中，他长夜不寐，"揽貂裘"以御寒，思考在国家危难之际如何效力，而不因年老体衰就此罢休。《中夜》诗云：

---

[1] 见《资治通鉴》卷224。

中夜江山静，危楼望北辰。

长为万里客，有愧百年身。

故国风云气，高堂战伐尘。

胡雏负恩泽，嗟尔太平人。

寂静的半夜，杜甫在西阁上遥望京都。感叹暮年之身漂泊远方，感叹故国家园仍蒙战尘。这一切固然是安禄山小儿作乱所致，但也与玄宗君臣耽于太平有关啊。《垂白》诗云：

垂白冯唐老，清秋宋玉悲。

江喧长少睡，楼迥独移时。

多难身何补？无家病不辞。

甘从千日醉，未许《七哀》诗。

江水喧哗，杜甫难以入睡。想起汉代的冯唐为郎中署长时年事已高，自己也是在垂白之年才得到检校工部员外郎的官职，现实与历史竟有许多相似之处。而且宋玉的悲秋之声，传播千载，今夜竟与自己的悲声连在了一起。国家多难，而此身无所补救；家园已失，而诸病相来纠缠。这众多的愁苦，必须用中山人酿造的一醉千日的酒才能排遣[1]，心中的忧伤远甚于王粲的《七哀》诗篇。《宿江边阁》诗云：

---

[1]据《搜神记》载：狄希，中山人，能造千日酒，饮之，一醉千日。

暝色延山径，高斋次水门。

薄云岩际宿，孤月浪中翻。

鹳鹤追飞静，豺狼得食喧。

不眠忧战伐，无力正乾坤。

　　颔联写不眠之所见，颈联写不眠之所闻，尾联写不眠之原因，为无力救国于倒悬而怅憾不已。又如：

　　《中宵》诗慨叹："亲朋满天地，兵甲少来书。"

　　《不寐》诗感慨军垒重重，战乱不休："多垒满山谷，桃源何处求？"

　　《江月》诗感叹："天边长作客，老去一沾巾。"

　　《月圆》诗忆念故乡："故园松桂发，万里共清辉。"

　　《西阁夜》写深夜难眠："时危关百虑，盗贼尔犹存。"

　　《月》诗写彻夜未睡："四更山吐月，残夜水明楼。"

　　《阁夜》诗也是写通宵不眠："五更鼓角声悲壮，三峡星河影动摇。野哭千家闻战伐，夷歌几处起渔樵。"

　　《月三首》写月下思念故乡，直到天亮："不违银汉落，亦伴玉绳横。"玉绳，星名，此指晨星。

　　《八月十五日夜月二首》记通宵不寐："刁斗皆催晓，蟾蜍且自倾。"

　　《夜》诗感叹："烟尘绕阊阖，白首壮心违。"此时吐蕃进犯邠州，逼近长安，杜甫深以为忧，却又难伸壮志。

　　《东屯月夜》写彻夜不眠："数惊闻雀噪，暂睡想猿蹲。日转东方白，风来北斗昏。天寒不成寐，无梦寄归魂。"是为思念故乡而一夜不睡。

此外，还有《草阁》《吹笛》《夜宿西阁》《十六夜玩月》《十七夜对月》《夜二首》等，共计 27 首，皆为彻夜感怀国事、家事、黎民事，从这一角度也足见杜甫之忧深痛巨。

至于杜甫忧愁的具体内容，在所作《愁》和《复愁十二首》中有所表现。《愁》诗写道："江草日日唤愁生，巫峡泠泠非世情。盘涡鹭浴底心性？独树花发自分明。十年戎马暗万国，异域宾客老孤城。渭水秦山得见否？人今罢病虎纵横。"愁之一，戎马十年，波及天下。愁之二，多年作客，身老孤城。愁之三，人疲虎狂，恐怕难回故土。《复愁十二首》写得更为具体，"人烟生处僻，虎迹过新蹄。野鹘翻窥草，村船逆上溪"（其一），是忧愁夔州荒僻。"万国尚戎马，故园今若何？昔归相识少，早已战场多。"（其三）是忧虑故乡毁于战火。"胡虏何曾盛，干戈不肯休。闾阎听小子，谈笑觅封侯。"（其六）吐蕃敛迹，而军阀争斗不止，致使夔州乡里少年也想乘乱发迹。这是忧愁民心之被毒化。"贞观铜牙弩，开元锦兽张。花门小箭好，此物弃沙场。"（其七）贞观、开元年间重视自己的武器装备，那时有强弩硬弓守卫边境。安史之乱时期乞借回纥的兵力，而自己的利器却废弃沙场。这是忧虑回纥为患之深不可测。

安史之乱以来，朝廷武官的表现颇不如人意，杜甫作《诸将五首》，对他们进行批评。第一首写广德元年（763）十月吐蕃攻入长安，焚烧、挖掘陵寝的事，提醒诸将莫忘此奇耻大辱，告诫他们宜加倍警戒，勿使悲剧重演，此时边患未除：

"将军且莫破愁颜!"第二首讽刺诸将在安史叛军面前的怯弱无能,丢尽脸面地向回纥求援,"胡来不觉潼关隘",措辞辛辣,令人啼笑皆非。潼关自古为"一夫当关,万夫莫开"的险塞,然而在诸将眼里,胡兵一来,潼关也无险可凭了。其仓皇无主之状令人想见。第三首指出安史之乱虽平而国内尚未统一,河北藩镇自行其政,诸将虽多领相位的高衔,却不知屯田务农,致使军粮匮乏,危机严重。第四首写南方朝贡断绝,南诏王背叛唐王朝而与吐蕃勾结,诸将虽拥有高职却不考虑安抚其地,报效国家,似乎忘了南方也是大唐的领地。第五首缅怀严武的镇蜀之功,慨叹镇蜀之将后继乏人,提醒朝廷应选择得力将军充任剑南两川节度使,以确保蜀地安定:"西蜀地形天下险,安危须仗出群材。"当时蜀中地方军阀正在凭险作乱,新任剑南西川节度使杜鸿渐对作乱的军阀采取宽容的政策,杜甫认为此举堪忧。

《秋兴八首》是杜甫面对夔州萧条的秋景而书写的故国之思。杜甫自乾元二年(759)七月弃官离开华州,一路漂泊,至今已过了七个年头,国家的状况依旧不见好转,自己也因艰难苦恨而卧病山峡,不能为国出力。忆昔抚今,痛感连连,遂以顿挫凄厉的笔触,谱出这组悲歌。"其一"云:

玉露凋伤枫树林,巫山巫峡气萧森。
江间波浪兼天涌,塞上风云接地阴。
丛菊两开他日泪,孤舟一系故园心。
寒衣处处催刀尺,白帝城高急暮砧。

前四句就眼前所见江峡的萧森阴晦景象写来，而将国家丧乱、自身飘零的感受蕴寓其中，象中有象，容量极大。颈联正面介入自身苦况，"丛菊两开他日泪"，是说望见丛菊而频洒思乡之泪，"两"字并非实数，是泛称其多，"他日泪"，是指以往历年每当菊开之时所洒下的思乡的泪水，往年一洒，今年频流，见出乡思情苦。为何如此情苦？下句写出原因，"孤舟一系故园心"，是由于多病，不得出峡，故园之心被孤舟紧系于夔州城下了。这里的"故园"，从整组诗的内容来看，是指长安。杜甫祖籍长安杜陵，常以"杜陵野老"自称。尾联写夔州城的暮色砧声，响成一片，家家户户都在赶制寒衣。寒衣为游子而做，所以砧声最动游子之情，尾联两句仍写思归之心和心绪的缭乱。这一首的主旨是，感国家之丧乱，恨归京之不得。"其二"云：

> 夔府孤城落日斜，每依北斗望京华。
>
> 听猿实下三声泪，奉使虚随八月槎。
>
> 画省香炉违伏枕，山楼粉堞隐悲笳。
>
> 请看石上藤萝月，已映洲前芦荻花。

这一首无论从时间和内容上看，都是前首诗的延续。京华遥远不可望及，但因其在北斗的下方，故依北斗而遥望之。诗人思京之情状，历历可想。三峡多猿，啼声凄厉，易动人愁，故前代有民谣唱道："猿鸣三声泪沾裳。"杜甫听猿而落泪，也是因为思念京华，怅不得归，故下句有"奉使虚随八月槎"之

260

叹息。《博物志》载：近世有人居海渚者，每年八月乘浮槎（木筏）以至天河。又《荆楚岁时记》载：汉武帝令张骞穷黄河之源，张骞乘槎，经月至天河。这里借用典故，以张骞比严武，以天河比朝廷，杜甫在成都时，曾打算随严武一同还朝，不料严武病死，遂使还朝之愿落空。"虚随"二字，感慨颇深。颈联写自己身为检校工部员外郎，却因多病伏枕而未能去画省（即尚书省）值班，至今困在胡笳呜咽的山城，因而深感不安。尾联通过写月亮的移动，突现自己伫望之久，思京之切，一片报国深情，跃然纸上。"其三"云：

千家山郭静朝晖，日日江楼坐翠微。

信宿渔人还泛泛，清秋燕子故飞飞。

匡衡抗疏功名薄，刘向传经心事违。

同学少年多不贱，五陵衣马自轻肥。

前四句写坐看夔州山水景色，日日如旧，毫无新景可赏，字句间透露出落拓孤城的无聊心绪。诗人回忆一生行迹，颇多坎坷。想那汉朝的匡衡，因为直言进谏而获得功名，而自己却因疏救房琯遭到贬斥；想那汉代的刘向，因为宣讲五经而得到皇上的器重，自己家素业儒，精于此道，怎奈心志不在讲经，而在安邦治国上，弄到今日一事无成的地步，实在愧对此生。尾联由自己的贫贱想到同学们的得志，对他们的自顾享乐、不问民生的行径提出批评。此诗虽写个人的升沉荣辱，但包含着对朝政和世俗的批判。"其四"云：

闻道长安似弈棋，百年世事不胜悲。

王侯第宅皆新主，文武衣冠异昔时。

直北关山金鼓震，征西车马羽书驰。

鱼龙寂寞秋江冷，故国平居有所思。

　　把长安比为弈棋，形象地写出安史之乱以来敌我双方的反复争斗，以及唐王朝的君与君、臣与臣之间的权力角逐，这自然会使渴望和平与安宁的诗人感到莫大的伤悲。斗争的结果是产生了一批新贵和混乱不堪的朝政：宦官拜相、为帅，混迹儒林，武将待诏集贤院，搞得文不文，武不武，法度隳弛，冠弁杂糅。安史之乱平息之后，边患丝毫不减，北面的回纥与西边的吐蕃，乘唐王朝国力衰微之机，大举进兵。面对国家的危难，杜甫深感自己回天无力，只能以愁眼盼顾，正如江峡深秋潜伏水下的寂寞鱼龙；同时，对故国的往日兴盛景象进行深情的追忆。

　　从第五首到第八首，均为对美好往事的思忆，这些事均为杜甫所亲历，而每一层思旧又都结合着抚今，造成浓重的今昔之感。第五首忆盛都早朝，与今日沧江岁晚相对比；第六首忆曲江盛事，与今日瞿塘风烟相对比；第七首忆昆明池的壮景，与今日"江湖满地一渔翁"的衰颓相对比；第八首忆渼陂畅游，与今日"白头吟望苦低垂"相对比。杜甫忆往日之幸，正是忆国家之幸；叹今日之衰，正是叹国家之衰。他的个人苦乐与国家的盛衰是同步运行的，他的今昔之感也就是对国家命运的慨叹。

　　杜甫对国势的叹息声中，还有一声颇为深长的，那就是

《观公孙大娘弟子舞剑器行》这首诗。题下有《序》说道：大历二年十月十九日，在夔州别驾元持家里，看到临颍李十二娘舞剑器，舞姿颇壮，问她的师从，回答说是公孙大娘。一石激起千层浪，杜甫不禁回忆起开元五年，自己儿时曾在郾城观看公孙大娘的舞蹈。至今50年过去了，天地翻覆，公孙大娘想已不在人世，遂"抚事慷慨，聊为《剑器行》"。诗云：

昔有佳人公孙氏，一舞剑器动四方。

观者如山色沮丧，天地为之久低昂。

㸌如羿射九日落，矫如群帝骖龙翔。

来如雷霆收震怒，罢如江海凝清光。

绛唇珠袖两寂寞，晚有弟子传芬芳。

临颍美人在白帝，妙舞此曲神扬扬。

与余问答既有以，感时抚事增惋伤。

先帝侍女八千人，公孙剑器初第一。

五十年间似反掌，风尘澒洞昏王室。

梨园弟子散如烟，女乐余姿映寒日。

金粟堆南木已拱，瞿唐石城草萧瑟。

玳筵急管曲复终，乐极哀来月东出。

老夫不知其所往，足茧荒山转愁疾。

诗题虽是"观公孙大娘弟子舞"，笔墨却重点放在公孙大娘的舞姿描绘上，不但正面描写其跃起、落地的健美和开场、收场的神态，而且以观者的感受作为侧面烘托；而对于"弟子"之舞却以"妙舞此曲神扬扬"一笔带过，而且仅是"绛唇珠袖两寂寞"之后的"余姿"偶存。杜甫如此使用笔墨，显然是把剑器舞的盛衰作为国家盛衰的象征来看待的，描绘公孙大娘的健美舞姿，是为开元盛世作出的一个艺术缩影，而写其弟子的凄映寒日的"余姿"，则是对"风尘澒洞昏王室"的社会现实的艺术概括。杜甫的"感时抚事"，正是感慨"五十年间"唐王朝由盛而衰的巨大变化。对开元盛世的深情眷顾，对当今王室衰微的无限伤惋，得到了充分的表现。杜甫感念王室的衰微，也就是感念国家的衰微。在封建社会，尤其是在战乱的年代，王室的命运与国家的命运是无法分开的。他感叹玄宗的"梨园弟子散如烟"，他感伤"金粟堆南（即玄宗陵墓）木已拱"，就是在痛悼一个辉煌时代的结束。

杜甫在林木环绕的幽静的西阁里，对国家由盛变衰的原因作了深入的思考。作为经历了这场巨变的人，他具备进行这种探求的条件。"历历开元事，分明在眼前。"（《历历》）他的思绪穿过战乱的烟尘，落到开元时代。他看到了玄宗的荒淫："落日留王母，微风倚少儿。宫中行乐秘，少有外人知。"（《宿昔》）王母，杨太真也。少儿，指秦国夫人、虢国夫人。"斗鸡初赐锦，舞马既登床。帘下宫人出，楼前御曲长。"（《斗鸡》）玄宗喜看斗鸡游戏，让贾昌带领五百小儿驯饲雄鸡，赐贾昌以厚禄。[1] 当时民谣唱道："生儿不用识文字，斗鸡走马胜读书，贾家小儿年十三，富贵荣华代不如。"玄宗又让宫人驯练舞马

---

[1] 见陈弘祖《东城父老传》。

四百匹，衣以文绣，络以金铃，饰其鬃鬛，间以珠玉，令乐工数十人环立，奏《倾杯乐》，马闻音乐，奋首鼓尾，纵横应节。或命壮士举榻，马舞于榻上。[1] 玄宗恣意享乐，花样层出不穷。"时征俊义入，莫虑犬羊侵。愿戒兵犹火，恩加四海深。"（《提封》）此处指责玄宗罢黜贤臣，重用奸佞，导致乱政；又批评玄宗好大喜功，频动开边战争，致使怨生四海，民心离散。以上诸篇，将安史之乱的根本原因作了剖析，那就是玄宗的内耽声色，外衅边烽。一句话，玄宗是造成国家动乱的祸首。难得杜甫有如此深刻的透察力。

杜甫除了思考国事和时局，还把目光投向苦难的夔州百姓，在许多诗篇中反映了战伐中的百姓所过的非人生活。一次，他为采药而走到北崦，见到一处村庄，却空无一人。原来，这里的百姓受不了盗贼和官府的掠夺，纷纷逃离了，遂作《东屯北崦》以记其事。诗云：

> 盗贼浮生困，诛求异俗贫。
> 空村唯见鸟，落日未逢人。
> 步壑风吹面，看松露滴身。
> 远山回白首，战地有黄尘。

诗中把"盗贼"与"诛求"并列来谈，说它们是造成百姓逃亡的祸根。何谓"诛求"？官府对百姓的残酷剥削。空村，

---

[1] 见郑处诲《明皇杂录》。

落日，西风，冷露，一幅令人竦然的荒村图画。杜甫回望远山，那里的军阀正在相互攻杀，滚滚的黄尘构成了荒村的背景，这人间已是难以收拾了。

杜甫始终认为"邦以民为本"（《送顾八分文学适洪吉州》）[1]，反对盘剥人民，他有不少作品反映了"诛求"之下的苦难民生。"戎马不如归马逸，千家今有百家存。哀哀寡妇诛求尽，恸哭秋原何处村？"（《白帝》）被"诛求"得一贫如洗的寡妇，呜呜咽咽的哭声从秋原荒村传来，一声声刺着杜甫的心。"乱世诛求急，黎民糠籺窄。饱食复何心？荒哉膏粱客！"（《驱竖子摘苍耳》）"征戍诛求寡妻哭，远客中宵泪沾臆。"（《虎牙行》）"凄恻念诛求，薄敛近休明。乃知正人意，不苟飞长缨。"（《同元使君春陵行》）反诛求，是杜甫为政思想的一个主要内容，其本源是儒家的仁政思想。[2]

杜甫在瀼西草堂居住时，草堂前有几棵枣树，秋天枣熟，常有西邻一个穷苦的老妇人来打枣。杜甫可怜她的身世，从未加以阻止，看到她打枣时那种恐惧的样子，反倒对她表示亲近。后来，杜甫搬家到东屯居住，把瀼西草堂借给了姓吴的亲戚，事情办妥，忽然想起了这桩事，便特意写诗呈给吴郎，委婉地劝他应对老妇人有所同情。这首《又呈吴郎》写得十分感人，诗云：

---

[1]《尚书·五子之歌》："民惟邦本，本固邦宁。"杜甫继承了儒家这一进步思想。
[2] 孔子认为从政的条件首先是"惠民"（《论语·尧曰》），对百姓首先要"富之"，继而"教之"（《论语·子路》）。孟子继承这种思想，提出"仁政"的主张，"仁政"的内容之一便是"薄税敛"（《孟子·梁惠王上》）。

堂前扑枣任西邻，无食无儿一妇人。

不为困穷宁有此？只缘恐惧转须亲。

即防远客虽多事，便插疏篱却甚真。

已诉征求贫到骨，正思戎马泪盈巾。

在戎马征战的年代，这个老年寡妇不但丧失了丈夫和儿子，还被官府征收租税，搞得一贫如洗。她为饥饿所驱，只好提心吊胆地来偷杜甫堂前的枣。这惨淡的一幕被杜甫记录下来，以小见大地反映出民生的艰危。

有一次，杜甫去邻近的一个老农家串门，老农对他说："这些年兵荒马乱，赋税越来越频繁，连旧粮糙米都被收税的人勒索一空。"他带着杜甫来到豆子地，看着云霭一样的豆花叹息说："这么好的豆子却吃不到嘴里，无奈要到市上出卖以充官粮。送到京城里全都充作了军饷，迫于官府的威严，谁也不敢说个不字。"这个老农伤心地跪在地上，问杜甫哪年哪月才能没有战乱。杜甫听罢老农的哭诉，心中火辣辣地难过。他无法知道战乱何时结束，只能含着眼泪把这辛酸的一幕写入诗中。（见《甘林》）

为了让朝廷了解夔州百姓的疾苦，杜甫多次向回京的人讲述这里的民困实情。他的一位远房舅舅的儿子崔公辅，入朝为羽林军职，路过夔州，他在赠诗中说："分军应供给，百姓日支离。"（《赠崔十三评事公辅》）王崟由夔州调回长安，杜甫在送别诗中说："苍生今日困，天子向时忧。"（《奉送王信州崟北归》）他也不止一次地大声疾呼，有良心的官吏应该面奏朝廷，减轻对人民的盘剥，让百姓具备起码的生存条件："几时高议排金门，各使苍生有环堵！"（《寄柏学士林居》）"安得务农息战斗，普天无吏横索钱！"（《昼梦》）

然而这些正义的呼声似乎无人听见，百姓生活每况愈下；这些忧国之泪似乎空洒，国势日益艰危。大历二年（767）深秋之际，杜甫登高送目，萧条的秋景触发了他的悲情，他把国事、家事、百姓事、个人事诸多的艰难困苦，融注于广漠萧索的江峡秋景之中，写出了声震千古的悲歌《登高》。诗云：

> 风急天高猿啸哀，渚清沙白鸟飞回。
>
> 无边落木萧萧下，不尽长江滚滚来。
>
> 万里悲秋常作客，百年多病独登台。
>
> 艰难苦恨繁霜鬓，潦倒新停浊酒杯。

这首诗可以看作反映杜甫晚年生活、思想、情感、心境、诗艺的代表作。充分体现了杜诗"沉郁顿挫"的风格特征。通篇四联皆为对仗，工整而自然，沉着而凌厉，表现了高超的语言功力。明代胡应麟称它为"古今七律第一"[1]，是当之无愧的。

巨大的悲情导致了诸病缠身，肺病、疟疾、头风、糖尿病[2]，时时困扰着他。耳聋眼花，满头白发，是他陪伴夔州山

---

[1] 见胡应麟《诗薮》。

[2] 杜甫《进封西岳赋表》中说"臣常有肺气之疾"，成都诗中又说及"肺气"。天宝十三载，有诗记患疟疾，秦州诗中又说疟疾复发。自同谷入蜀途中，有诗记患头风病，成都诗中又有诗言及头风。云安诗中有记患糖尿病，夔州诗亦每每言及。

川的形象。但这只是形体劣势，他的精神仍是坚强的。他所奉持的儒家思想没有发生动摇。有些论者认为"杜甫对于道教和佛教的信仰很深"，是"禅宗信徒，他的信仰是老而愈笃，一直到他的辞世之年"。[1] 这种说法是武断的，是皮相之见。关于杜甫与道教的关系，本书第一章第四节已作论述，兹不重复。至于杜甫是否为"禅宗信徒"，尚需费些笔墨。不错，杜甫一生游历的寺庙为数不少，年轻时游过洛阳的奉先寺、金陵的瓦官寺，中年时游过长安的慈恩寺、大云寺，客居秦州时游过南郭寺、瑞应寺，自秦州往同谷的路上游过法镜寺，流寓川北时游过慧普寺、牛头寺、兜率寺、惠义寺、香积寺，寓居夔州时游过真谛寺、始兴寺，流落长沙时游过岳麓寺、道林寺，粗计有 19 处之多。表面看来，杜甫似乎倾心于佛教了。但是，只要我们略微一读这些游寺之作，就会发现杜甫并非佛教信徒，多数情况下是以游客的身份观赏寺庙的景物、壁画、匾额书法，有些则公然与佛教唱反调（如《登慈恩寺塔》所云"自非旷士怀，登兹翻百忧"），有些则复述一般的佛教教义，属于到什么山上唱什么歌之类。杜甫生活在儒、释、道并行发展的时代，在这样一种文化背景下，让他与佛教学说完全隔绝，是不可能的。他显然读过有关禅宗书籍，对其中的主要思想有所了解，知道佛教引人脱离尘世之苦。而他所遭遇的尘世之苦是颇为惨重的，在心灵的重压难以承受的时候，他曾想通过在寺院里听讲佛法、与僧人接触的方式，求得暂时的解脱，甚至有时

[1] 见郭沫若《李白与杜甫》。

还发誓说："身许双峰寺，门求七祖禅。"(《秋日夔府咏怀奉寄郑监审、李宾客之芳一百韵》) 这首在夔州写的诗，被某些论者看作杜甫皈依佛门的铁证。但事实如何呢？杜甫并未投身双峰寺，对于禅理也仅仅是听听而已，有时连听都不能听完，就忙着为妻儿们筹办下锅之米去了："重闻西方止观经，老身古寺风泠泠。妻儿待米且归去，他日杖藜来细听。"(《别李秘书始兴寺所居》) 这哪里是"禅宗信徒"应有的态度！在另一首诗中他又说"未能割妻子，卜宅近前峰"(《谒真谛寺禅师》)，表示自己不能如佛教要求的那样割断尘缘。

而且，即如本节所述，杜甫对国家的命运、百姓的苦难投入如此深情的关注，也是与佛教的出世思想完全背离的。我们决不能把杜甫在心灵重压下产生的暂缓之念，以及因为对现实不满而发出的牢骚之语，看成他的宗教信仰。[1]

---

[1] 钟来茵《论杜甫与佛教》(载《草堂》1983 年 2 期)、《再论杜甫与道教》(载《首都师范大学学报》社会科学版 1995 年 3 期)，莫砺锋《杜甫评传》，对此问题有科学的探讨，可参阅。

第五节 | 赋诗独流涕，乱世想贤才

　　杜甫在夔州时生活比较安定，这使他有可能静下来回忆国事和人事。又由于诸病缠身，感到前景不会很长，趁着尚能捉笔，及时把一生所历形诸文字，以期对后辈有个交代，有所警示。这些诗的篇幅都比较长，叙事具体，遣词严谨，是用诗的形式写的传记。内容大体可分为三类：一类是关于国家的，一类是关于个人的，一类是关于英烈的，彼此又相互交叉。覆盖面较大，史料翔实，可补史书之缺，值得珍视。同时，它又因笔端有情而不同于史传，富有感染力。

　　记录国事的主要有《夔府书怀四十韵》和《往在》两首。《夔府书怀四十韵》从安史之乱爆发写起："昔罢河西尉，初兴蓟北师。"又记玄宗入蜀，肃宗即位于灵武，当时国家和百姓陷于水深火热之中："血流纷在眼，涕洒乱交颐。四渎楼船泛，中原鼓角悲。贼壕连白翟，战瓦落丹墀。"将士们鲜血迸溅，百姓们泪流满面。长江、黄河、淮河、济水，水面上战船往返，辽阔的中原大地上鼓角传悲。安史叛军把战壕一直修进了鄜州和延州，昔时辉煌的宫殿此刻到处都是断瓦残垣。杜甫到过鄜州（诗中"贼壕连白翟"，白翟，又称白狄，我国古代少数民族，唐时鄜州、延州是春秋时白翟居住地），说叛军已把战壕修到了那里，当是实录。诗中又记肃宗收复两京，首先

修复了寝庙，临终前召宗臣入卧内，口授遗诏。此情节与《唐书》所载相同："宝应元年建卯月，上不豫，召郭子仪入卧内曰：'河东之事，一以委卿。'"此时叛军仍然猖獗，诗中记道："恒山犹突骑，辽海竞张旗。田父嗟胶漆，行人避蒺藜。"胶和漆，古时用以制弓，官府逼迫农民熬制，以供军需，农民不堪重负，故悲叹不已。铁蒺藜，铺在路上，以阻挡敌人骑兵，却也给行人带来了麻烦。从这些记载，可以看到当时军情的急迫。安史之乱平息之后，天下兵马副元帅仆固怀恩请求以投降的贼将镇守河北，代宗允许，于是又导致了藩镇割据的局面。对此，杜甫在诗中记道："总戎存大体，降将饰卑词。楚贡何年绝？尧封旧俗疑。"其后又记回纥、吐蕃的入侵，以及夔州百姓在官税的逼迫下走投无路的惨象。

《往在》一诗记录叛军攻陷长安后的暴行，十分详尽。杜甫曾被叛军拘禁在长安达数月之久，目睹了这些暴行，故写来颇为具体。"往在西京日，胡来满彤宫。中宵焚九庙，云汉为之红。解瓦飞十里，缲帷纷曾空。疚心惜木主，一一灰悲风。"这是记叛军焚烧唐室宗庙的情景。时当半夜，叛军把九庙点着了，冲腾的火焰把天河映红，烧裂的瓦片崩出十里远，庙里的灵帐带着火苗纷纷飞向高空。先帝们的木制牌位，一一化作灰烬，被风吹散了。这种焚庙的具体场面，是史书中所没有的。诗中又记叛军杀戮嫔妃、捣毁御座、抢掠京都财物运往洛阳等事。安史之乱平息后仅九个月，长安又被吐蕃攻陷，刚刚复修的宗庙又遭践踏，杜甫在诗中记录此辱："俎豆腐膻肉，罘罳行角弓。"神圣的祭器被吐蕃腥膻的臭气所污染，庙宇帷屏之间行走着身带弓角的蕃兵。京都两次遭到异族的蹂躏，杜甫深感痛心，他总结教训，把问题挖到君主老根上，认为：一、君主没有向国人作自我批评，所以民心不坚；二、君主不尚节俭，未能取得民众的拥护；三、君主不纳谏诤，刚愎自用。应该说这三条很中肯，击中了要害。唐王朝由盛而衰，原因虽多，但君主应负主要责任；君主的失误之处也很多，但主要就是这三条。杜甫确实具备政治家的才识。

为国家英烈立传的作品，集中在组诗《八哀诗》中。诗中哀悼王思礼、李光弼、严武、李琎、李邕、苏源明、郑虔、张九龄八人。杜甫在《序》中说："伤时盗贼未息，兴起王公李公，叹旧怀贤，终于张相国。八公前后存殁，遂不铨次焉。"这是说，八人的次序未按存殁的顺序排列，盖因当时战乱未止，故先及王思礼、李光弼两位名将，接下来是"叹旧"，即指严武、李琎、李邕、苏源明、郑虔五位素交，而以张九龄作结，是为"怀贤"。在这组诗中，杜甫以严谨的笔墨、真挚的情感，为国失名将贤相和己失好友而悲泣。传记的客观性和情感的主观性高度统　·。

对于王思礼，杜甫着重表彰他当年在哥舒翰幕下从军时与吐蕃作战的英勇精神，"未甚拔行间，犬戎大充斥。短小精悍姿，屹然强寇敌。贯穿百万众，出入由呎尺。马鞍悬将首，甲外控鸣镝。洗剑青海水，刻铭天山石"。这一段记叙战功具有现实意义，因为当时吐蕃已成为唐王朝的主要边患，朝廷所缺乏的正是王思礼这样的敢于与吐蕃对垒的将军。王思礼于上元二年（761）病死太原军中，国难未靖而英雄身亡，杜甫沉痛写道:"不得见清时,呜呼就窀穸。永系五湖舟,悲甚田横客。"并说,他的事迹千秋万代都将与汾晋之地的云水同在。(见《赠司空王公思礼》)

对于李光弼,重点纪录他在安史之乱初期守卫太原的战功。守卫太原具有战略意义,这等于截断了叛军的右胁,而使肃宗设在灵武的临时政府有了安全保障,使百姓觉得大唐的帝业可期:"司徒天宝末,北收晋阳甲。胡骑攻吾城,愁寂意不惬。人安若泰山,蓟北断右胁。朔方气乃苏,黎首见帝业。"但是,广德元年(763)十月,吐蕃逼近京都时,代宗诏诸道入援,当时宦官程元振、鱼朝恩弄权,正在陷害武臣,李光弼恐诏书有诈,未敢率部入京。其后,愧耻成疾,终于广德二年(764)七月死在徐州。对于这件难以辩白的冤情,杜甫亦能站在公正立场予以澄清:"青蝇纷营营,风雨秋一叶。内省未入朝,死泪终映睫。"忠臣形象得以鲜明,宦官丑态得以揭露。杜甫为李光弼的不幸早逝大放悲声,认为是国家的大厦失去了栋梁,御敌的长城倒塌了箭垛,并坚信将来必有正直的史官秉笔直书,把他的冤屈和耻辱加以洗雪。(见《故司徒李公光弼》)杜甫的预言没有落空,两《唐书》本传和《资治通鉴》都披露了此事的真相,这或许与杜甫的申辩不无关系。杜甫抨击宦官当权,同样具有现实意义,肃宗、代宗两朝政局混乱,制敌不力,皆因宦官把持朝政,前有李辅国,后有程元振,这两人虽已身败名裂,而鱼朝恩仍在统领禁军,权力很重,这是杜甫深感忧虑的。

严武与杜甫为至交,二人曾同朝为官,杜甫寓居成都草堂时，颇得严武的关照，但诗中无一字涉及私交，完全是站在国家利益的高点上评其一生功绩，而又以镇蜀为重点。"公来雪山重，公去雪山轻"，是评其在抗击吐蕃中所起的举足轻重的作用。又赞美他注重推行教化，过问民生情况。"意待犬戎灭，人藏红粟盈。"说他一生志向是把吐蕃彻底消灭，并使百姓的仓库储满粮食。（见《赠左仆射郑国公严公武》）至于《新唐书·严武传》所称严武"峻掊亟敛，闾里为空"云云，诚难与杜甫对严武的评价相合，其不可信，犹如同文所说严武"欲杀甫数矣"之类，是荒诞无稽的。《新唐书》"列传"的编者宋祁，号称"红杏枝头春意闹尚书"[1]，他的想象力是惊人的。

李琎是让皇帝李宪的儿子，性谨洁，有文才，与贺知章等为诗酒之友。杜甫初到长安时，与他有交游，曾作《赠特进汝阳王二十韵》，赞美他多才而忠厚，重友情而讲信用。杜甫在这首悼诗中，记录了李琎曾拦住君主的坐骑，上疏谏阻君主打猎，而且取得了成果。杜甫认为，身为王子而能倡导节俭，实属难得；而天下之所以混乱，与君臣不知节俭密切关联。（见《赠太子太师汝阳郡王琎》）这应该看作是杜甫把李琎作为哀悼对象的主要原因。

李邕与杜甫是旧交，作为诗坛前辈，他十分看重青年杜甫的文才，二人结下忘年之交。杜甫在悼诗中除了高度评价他的诗文和书法的造诣，尤赞其敢于直言廷诤，堂堂正气足以振拔颓俗，然而屡遭贬斥，终被李林甫陷害而死。尤其让杜甫悲愤

---

[1] 宋祁词《木兰花》有"红杏枝头春意闹"句，为时人激赏，称宋祁为"红杏枝头春意闹尚书"。

的是，李邕冤死20年，朝廷竟不为其昭雪，"哀赠竟萧条"，不知到何时才能洗雪冤情，此时朝廷无正直敢言之士可以想见。国无直士，而外患猖獗，国家的前途实堪忧虑！（见《赠秘书监江夏李公邕》）

苏源明是杜甫的老友。杜甫早在年轻时漫游齐赵就与他结识，困居长安时经常得到他的济助。安史之乱爆发后，他托病不接受伪职，两京收复后被提拔为考功郎中知制诰。杜甫在悼诗中对他的抗贼大节倍加称扬，说他像一棵碧色苍苍的参天松树，他的向阙之心像日月一样光明。对于他遭遇荒年饥疫而死的不幸结局，遥致沉痛的哀悼。（见《故秘书少监武功苏公源明》）

郑虔是杜甫困居长安时结识的穷朋友。据杜甫悼诗可知，郑虔为人孤高，天资聪颖，通晓天文、地理、兵法、医药、绘画、书法、诗艺，言语幽默诙谐，妙趣横生，不饰华服，形同土木，是个很有个性的人。安史之乱中，郑虔被叛军所俘，伪授水部郎中，称病不受，求摄市令（主管市场交易）。笔者猜度郑虔求此官职，目的是便于向肃宗的临时政府沟通消息，他也确曾把洛阳的敌情写成密件传给肃宗政府。但两京收复后，他仍被定为三等罪，贬为台州司户，死在那里。杜甫对他的生不逢时、蒙冤而死表示了莫大的同情。（见《故著作郎贬台州司户荥阳郑公虔》）

张九龄，曾官至宰相，开元二十四年（736），被李林甫排挤，罢相，后为荆州长史，开元二十八年（740）病逝。从杜甫悼诗中所称"向时礼数隔，制作难上请"来看，他与张九龄并无诗文来往，算不上"叹旧"，是所谓"怀贤"。杜甫之所以怀悼这位贤臣，是由于张九龄是唐朝开国以来最后一位贤明宰相。"寂寞想土阶，未遑等箕颖。"他冥思苦想，一心想实现致君尧舜的宏伟志向，无暇去追随箕颖隐士的足迹。"骨惊畏曩哲，鬓变负人境。"(《故右仆射相国曲江张公九龄》)他唯恐比不上古代的圣哲，老死无功而有负于苍生。张九龄罢相，李林甫上台，意味着有唐以来开明政治的终结和一个黑暗时代的开始。杜甫悼念张九龄，是处身于黑暗的混乱的年代，痛惜和追怀那业已消失的盛唐时代的最后一抹余晖。

《八哀诗》确定了杜甫的立身高度，从选择人物到行文角度，无不显示着他是为国失英才而动情，显示着他的国家至上的观念。

第三部分是杜甫为个人写的传记，有《壮游》《昔游》《遣怀》三篇。杜甫年轻时写的诗篇大多遗失，这三首诗记录了许多当年的行迹，是研究杜甫生平、思想、性格及创作情况的资料库。本书第一章所用的资料就源于这里。

《壮游》　诗从7岁写起，"七龄思即壮，开口咏凤凰"，一直写到晚年寓居夔州，"秋风动哀壑，碧蕙捐微芳"。其中包括少年时的诗文活动、年轻时的三次长途漫游、旅居长安的困窘生活、安史之乱爆发后任左拾遗因廷净迕旨被黜以及流落巴蜀。值得重视的是，他在回顾个人行迹时，总是与国家的时局联系在一起。例如，他对安史之乱前夕的社会危机就看得很清楚："朱门任倾夺，赤族迭罹殃。国马皆粟豆，官鸡输稻粱。举隅见烦费，引古惜兴亡。河朔风尘起，岷山行幸长。"豪门贵族相互倾轧，失败者每每被灭族。玄宗的舞马耗尽了百姓的口粮，百姓们忍饥挨饿为宫廷的斗鸡交纳稻粱。杜甫说，仅举以上一二事例，就可以知道朝廷是何等的奢侈靡费，想到古代因奢亡国的旧事，不禁内心惶恐。接下来便是"河朔风尘起"，战乱果然爆发了。不斤斤于个人的遭际，注目于国家的兴亡教训，是杜甫自传诗的超凡之处和价值所在。《壮游》如此，《昔游》和《遣怀》同样表现了这一特点。

《昔游》诗记录早年与高适、李白游历梁宋之事。但记叙行迹仅用八句，绝大篇幅是写开元末年和天宝初年玄宗大肆开边战争，宠任安禄山讨伐契丹，终成养虎之患，"是时仓廪实，洞达寰区开。猛士思灭胡，将帅望三台。君王无所惜，驾驭英雄材。幽燕盛用武，供给亦劳哉！吴门转粟帛，泛海陵蓬莱。肉食三十万，猎射起黄埃。隔河忆长眺，青岁已摧颓"。玄宗自傲于天下承平，遂鼓动将帅进行开边，从吴越一带远送粟帛到幽燕，充实军力，安禄山由此变得强悍，萌生了反叛的野心。杜甫说，那时我隔着黄河远眺河北安禄山的辖区，感到情况严重，年轻的心就已充满了忧愁。杜甫是敏感的，他对安史之乱的原因看得很透。

《遣怀》一诗回忆年轻时与高适、李白同游宋中，在记录"邑中九万家，高栋照通衢。舟车半天下，主客多欢娱"的同时，再次把目光引向国家的时局："先帝正好武，寰海未凋枯。猛将收西域，长戟破林胡。百万攻一城，献捷不云输。组练去如泥，尺土负百夫。拓境功未已，元和辞大炉。"当时海内尚未凋枯，玄宗正在崇尚武力扩大领土，猛将哥舒翰等举兵征讨吐蕃，安禄山等率军攻伐契丹。以百万之众攻敌一城一镇，诸将只献捷报不传败绩。军队的装备丢弃如泥，无所顾惜；为了尺寸之土，而牺牲上百人的性命。如此不惜物力和人力的开边战争连绵不断，结果是国家耗尽了力量，太平和乐之气完全丧失，战魔安禄山乘机而起。

《壮游》《昔游》和《遣怀》三首诗均把国家的动乱之源归结到玄宗身上，体现了杜诗批判现实的深度，这种深度不是一般诗人所能达到的，在整个中国诗史上也是罕见的。

第七章

百年同弃物，
万国尽穷途

第一节 | 苦摇求食尾，常曝报恩鳃

大历三年（768）正月，杜甫收到弟弟杜观从江陵（今荆州市西北）寄来的书信，说已在当阳县找好了住处，催他出峡。杜甫十分高兴。夔州这个地方虽说山川壮奇，但风土人情颇劣，杜甫早已厌居。现在得知当阳有了住处，便决定中旬启程。

去年冬，朔方节度使路嗣恭大破吐蕃入侵军于灵武城下，吐蕃军败退。杜甫临行前得此喜讯，作《喜闻盗贼总退口号五首》，为此欢呼道："今春喜气满乾坤，南北东西拱至尊。"同时又想到，唐朝开国以来，与吐蕃世代通好，直到玄宗朝，天子好大喜功，派哥舒翰击吐蕃，造成了民族间的对立，这个责任是应由己方承担的，诗中写道："赞普（吐蕃王——笔者）多教使入秦，数通和好止烟尘。朝廷忽用哥舒将，杀伐虚悲公主亲。"字面上批评哥舒翰，实际是批评玄宗，哥舒翰是迎合了玄宗开边的心意而去从事杀伐的。对于哥舒翰这个人，杜甫曾在困居长安期间投诗给他（见《投赠哥舒开府翰二十韵》），盛夸其武功，仇兆鳌为此批评杜甫之言"未免谀词"[1]。这种指责是不对的。杜甫写那首诗是在天宝十三载（754），而这首诗

[1] 见仇兆鳌《杜诗详注》。

作于大历三年（768），中间相隔14年之久。当时杜甫对哥舒翰杀伐吐蕃的认识未必清楚，杀伐所引起的民族敌对的后果，是由十几年后吐蕃进攻长安而得到证实的。人的认识随生活阅历的增加而提高，要求老杜一下子就能把所有的问题都看透，是"造神"的思路。相反，我们倒能从他的不改前作之失，看出他尊重创作历程的良好品德。这是后代某些精于打扮自己、自造"完人"形象的人无法理解的。

临行前，杜甫把瀼西40亩果园送给了一位称为"南卿兄"的友人。出于对旧物的恋情，他围着果园转了几圈，还拿着锄头锄掉一些杂草。想到再过些时候，这果园将是杂蕊喷红，胜过锦缎，而自己随波逐鸥，不知已飘到何处，心中惆怅不已。（见《将别巫峡，赠南卿兄瀼西果园四十亩》）

正月中旬，杜甫携家在白帝城下登船，向东行进。船在江涛中颠簸，白帝城渐渐远去，迎面而来的是耸入云天的连绵绝壁，随行的是居无定所的江上白鸥。船行72里，到达巫山县，停泊上岸。杜甫的友人唐十八，此时暂住巫山县城，闻知杜甫到来，遂偕同县内诸公设宴款待。杜甫拄着手杖赴宴，对诸公的亲情十分感激，宴席间作诗一首，题在墙壁上。诗云："卧病巴东久，今年强作归。故人犹远谪，兹日倍多违。接宴身兼杖，听歌泪满衣。诸公不相弃，拥别借光辉。"（《巫山县汾州唐使君十八弟宴别，兼诸公携酒乐相送，率题小诗，留于屋壁》）诗多哀语，身体病弱是原因之一，原因之二是唐十八处在遭受贬谪的境地，种种不如意交织在一起，故听歌而落泪。这位唐氏友人原任汾州刺史，因直言时弊而得罪朝廷，被贬到施州清江县（今湖北恩施）。杜甫虽肺病加剧，自顾不暇，却仍在船上对唐氏念念不已，作诗加以安慰。诗中说，凤凰也有羽毛摧落的时候，孔子也有泣麟之叹，巨松纵然遭到雷霆的轰劈，而庞大的骨干还能出筋脉，一时遭贬不值得悲伤，应该多加珍重自己。（见《敬寄族弟唐十八使君》）自处危难却能想人之难，自需宽慰却要宽慰他人，这是杜甫的一贯作风，表现出儒家"己欲立而立人，己欲达而达人"的仁者风范。[1]

杜甫离开巫山县继续东行，两岸山势渐低，抵达峡州（今湖北宜昌）时，终于走出全程为386里的三峡，群山告退，平野出迎，"始知云雨峡，忽尽下牢边"（《春夜峡州田侍御长史津亭留宴》）。下牢，在峡州。峡州长史田某在津亭（水驿宾馆）设宴招待杜甫。

宴毕，杜甫继续赶路，抵达宜都（今湖北枝城），停船稍事休息。他回顾入峡一路所经之艰险，写成长诗《大历三年春，白帝城放船出瞿唐峡。久居夔府，将适江陵，漂泊有诗，凡四十韵》，诗中记录了船在急流险滩中几遭颠覆的险情，和出峡之后面对千里平野的喜悦。此时，杜甫已站在宜都的江津亭上，北望长安，不胜依依。想到满朝官员大多身穿戎装，君王正为平息战乱而集结部队，吐蕃战战和和难以驾驭，展望国家的前途实在不容乐观。杜甫认为，像古代伊尹、吕望那样的贤相已不可再得，而像韩信、彭越那样的猛将将难以约束，其结果将是黎民苦不堪言，藩镇之间将为争权而相互攻伐。

---

[1] 见《论语·雍也》。

继续东行，江陵就在眼前了。江陵节度使是卫伯玉，杜甫为得到他的援助，就在船上写诗寄给他，诗中赞美卫伯玉道："王门高德业，幕府盛才贤。"(《行次古城店泛江作，不揆鄙拙，奉呈江陵幕府诸公》)卫伯玉封为阳城郡王，故以"王门"称之。又说自己身体多病，再加上一路劳顿，如今就要心情迷茫地漂流到博爱天下的诸公面前。话说得很委婉，也很可怜。船到江陵，适逢老天降雨，杜甫此前已得知族弟杜位在江陵幕府中任行军司马。杜位是李林甫的女婿，李林甫死后，他被流放到南方，十年之后才被召回。他曾给杜甫寄过信，告知在江陵任职，所以杜甫一到江陵，便冒雨寻找他的住宅。"萍漂忍流涕，衰飒近中堂。"(《乘雨入行军六弟宅》)见到杜位，虽忍住了生涯漂泊之泪，却难免暮年衰飒之情。早年困居长安时，杜甫曾在杜位家中除夕守岁，今日相逢，已过了18年，其间彼此艰难坎坷的人生道路，足够他们谈上几天几夜的。

三月初三，是古时的上巳节，这一天人们多到水边洗濯以祓除不祥，称为"修禊"。江陵地方官绅修禊于徐司录的林园，杜甫应邀参加了宴会，赋诗云："鬓毛垂领白，花蕊亚枝红。欹倒衰年废，招寻令节同。薄衣临积水，吹面受和风。有喜留攀桂，无劳问转蓬。"(《上巳日徐司录林园宴集》)鬓白花红，两相对照，叹老之意尤重。由于年迈多病，久已不曾醉倒；今日幸蒙招饮，佳节得与人同。杜甫随同诸公，身穿单衣来到水边洗濯一番，让轻柔的和风吹在脸上。想到《招隐士》中所说的"攀援桂枝兮聊淹留"，今日游此林园，所喜情况相似，那就别提自己的辗转蓬飞的生活吧。他是想借此宴集，把愁苦暂时丢开，让紧皱的眉心舒展一下。

暮春落花时节，又与李之芳、郑审宴饮于胡侍御的书堂。李之芳是李邕的从孙，天宝四载（745），杜甫游山东时曾与李之芳相识，那时李任齐州太守，至今已有23年了。广德元年（763）四月，李之芳以御史大夫的身份出使吐蕃，被羁留两年，放还回朝，拜礼部尚书、太子宾客。郑审是杜甫亡友郑虔的侄子，由秘书少监贬居江陵。杜甫居夔州时，李、郑二人曾有书信投寄，杜甫作了一首长达千言的五言排律《秋日夔府咏怀，奉寄郑监审、李宾客之芳一百韵》，这是杜诗中最长的一首，通篇对仗，功力沉雄，被历代诗家叹为观止。如今来到江陵，与二人相见，酒宴上作诗志喜，言道："今夜文星动，吾侪醉不归。"（《宴胡侍御书堂》）酒宴散了，杜甫兴致尚浓，又邀李之芳下马，一同在月光下散步，作《书堂饮既，夜复邀李尚书下马，月下赋绝句》云：

湖月林风相与清，残樽下马复同倾。
久拚野鹤如双鬓，遮莫邻鸡下五更。

难得老杜有这样的好心情。当此湖月清朗、林风送爽之际，他与李之芳再次喝起酒来，而且不复以衰老为念，要喝到邻鸡唱破五更为止。他曾因多病而禁酒，此时却破天荒地开禁了，旷放的情怀实属罕见。过了几天，又陪同李之芳在郑审湖亭泛舟，作诗记湖亭胜景和饮宴之乐。

这年春夏，杜甫还参与了一些送别活动。有马大卿公者，

———
286

接到皇帝的任命，要赶赴京都，杜甫在送别诗中除赞扬与祝福之外，又说"天意高难问，人情老易悲"（《暮春江陵送马大卿公恩命追赴阙下》）。此二句乃饱经坎坷人生路之后而生发的慨叹，具有极高的概括性，这种感受不独为杜甫个人所有，大凡身经离乱而年纪垂老的人，都会在这两句诗前产生强烈的共鸣。杜诗的现实性和人情味，沟通了百代读者的心灵。又有向卿者，被卫伯玉派遣入朝进奉端午御衣，杜甫在送别诗中请他带话给朝廷，介绍漂泊零落之苦情："卿到朝廷说老翁，漂零已是沧浪客。"（《惜别行送向卿进奉端午御衣之上都》）身为检校工部员外郎，因病未能上朝佐政，心有愧疚，与"画省香炉违伏枕"（《秋兴八首》其二）是同一心情。此外，也可以从中看出杜甫此时生活的困窘。

当初，杜甫抵达江陵，即将家属安置在江陵西北的当阳县，这是弟弟杜观为他找的寓所。而自己则以江陵为中心从事交游活动。夏天，家属从当阳频频寄来书信，告知生活难以维持："童稚频书札，盘飧讵糁藜！"妻儿们连糠菜都没得吃了，作为妻夫子父，他自然十分着急，就前往附近各县去求援，却又因友人的吝惜财物而未能如愿。无奈，只得空手前往当阳探看家属。船行到中途，又因河水太浅而不得通行，遂于河边夜宿。家事扰心，难以入睡，只好硬着头皮向江陵的群公求援。这首题为《水宿遣兴奉呈群公》的诗，一开头就向群公赔礼道歉："鲁钝仍多病，逢迎远复迷。耳聋须画字，发短不胜篦。"生性鲁钝，则不擅逢迎；身体多病，则不便逢迎；远来异乡，人事不熟，耳朵又聋，靠写字传意，等等，诸多原因，致使接人待物、送往迎来之际难免有所失误，有请群公多加谅解呢。老杜的这番苦心作辩，实堪哀怜。诗中又说：群公的才干有如瑚琏祭器，可以立朝执政；群公的品行有如荫荫桃李，下自成蹊。如今我像急待一升水搭救的涸辙之鱼，却久久得不到些微的救济。也曾拄着手杖去求告侯门，但侯门太深根本无法接近；要是坐轿去拜见，或许可以进门，但又没钱去雇轿，只好像鸟儿一样塌下双翼。杜甫用涸辙之鱼、塌翅之鸟来自比，可见他的处境之艰难和求助之心切了。为了求得一点援助，他甚至把"未来的荣遇"都拿来预先支付了："巨海能无钓？浮云亦有梯。勋庸思树立，语默可端倪。"想当年姜太公垂钓渭水而得相位，我如今垂钓大海哪能就一无所获呢？虽说身如浮云四处飘荡，但也是登天有梯的。我是总想建立功勋的，这在平日与群公交谈中是时有表露的呀！老杜以将来的荣遇作为今日换取群公救济的抵押，也真够凄惨了——别看我现在穷得难受，将来会好的；你们现在救助了我，将来会得到我的厚报的。这是穷得没办法时想出的吸引援助的办法，是老杜以往的求助言辞中未曾有过的，这说明他的生活已到绝援的地步。回想老杜初到江陵时，也曾受到群公的招待，那是因为人刚来，他们感到新鲜。日子一久，他们对贫穷的老杜就厌烦了。何况，由于连年征战，人们所器重者是武夫，文人的价值几乎提不上，这一点，杜甫在此时所作的《遣闷》诗中说得很清楚："时清疑武略，世乱跼文场。"要说老杜在群公面前摆过架子，因而招致冷落，那是很冤枉的。当初，船还没到江陵，他就事先写诗给卫伯玉等人了，"王门高德业，幕府盛才贤"，捧得够高了。到了江陵，杜甫又很积极地参加群公所组织的活动，连卫伯玉新建大楼落成庆典都参加了，并写了贺诗，赞美新楼建得雄伟壮丽："楼上炎天冰雪生，高飞燕雀贺新成。"又称赞卫伯玉既善督兵又多美政，"仗钺褰帷瞻具美"（《江陵节度使阳城郡王新楼成，王请严侍御判官赋七字句，同作》），这些话都包含着寄人篱下、小心伺候的苦衷啊。

杜甫曾用惨淡的诗句，描述寓居江陵的屈辱生活："饥藉家家米，愁征处处杯。""苦摇求食尾，常曝报恩鳃。"（《秋日荆南述怀三十韵》）把自己说成摇尾求食的狗，报恩不得的鱼，若非困窘至极，怎能说出此等言语![1]同时，我们也分明感受到话里滚动的不平之气。老杜的直率性格，成全了他的诗歌艺术。

杜甫处于苦境，却仍为国事而忧心。当时地方军阀各自为政，为所欲为，朝廷已失去控制能力。在上面提到的那首诗中，杜甫对此深表忧虑，说道："蛟螭深作横，豺虎乱雄猜。"蛟螭般的悍将飞扬跋扈，豺虎般的军阀凶猛多疑，动不动就相互攻杀。又说："不必伊周地，皆登屈宋才。"那些立朝执政的大员们，未必都是屈原、宋玉那样的人才。总之，文官武将皆非可靠的人。为此，他提出改革政治的几点建议：一是举贤任能，莫再摧残栋梁之材；二是分封宗室以巩固国体，少推举凶门悍将，以杜绝灾祸；三是皇上应像成汤那样宽政爱民。如能

---

[1] 杜甫一生所作诗中，曾三处以狗自比，另两处为"昔如纵壑鱼，今如丧家狗"（《将适吴楚留别章使君留后兼幕府诸公》），为流浪川北时作。"真成穷辙鲋，或似丧家狗"（《奉赠李八丈曛判官》），为流浪长沙时作。可见其身世感受之深刻。

做到这些，则"赤雀翻然至，黄龙讵假媒"，象征着祥瑞的赤雀和黄龙就会出现，国家就可中兴。老杜这些建议都很好，只可惜庸主悍臣难能听取。

第二节 | 亲朋无一字，老病有孤舟

　　大历三年（768）深秋，杜甫怀着失望的心情，离开江陵向东行进，另谋生路。当船开出江陵南浦（江陵南通长江的水道），他写了一首诗寄给江陵少尹郑审，作为告别之辞。可见，他这次离开江陵，并未向此地群公辞行，但心有感慨，不吐不快，遂作《舟出江陵南浦奉寄郑少尹审》。诗云：

> 更欲投何处？飘然去此都。形骸元土木，舟楫复江湖。
> 社稷缠妖气，干戈送老儒。百年同弃物，万国尽穷途。
> 雨洗平沙净，天衔阔岸纤。鸣螀随泛梗，别燕起秋菰。
> 栖托难高卧，饥寒迫向隅。寂寥相呴沫，浩荡报恩珠。
> 溟涨鲸波动，衡阳雁影徂。南征问悬榻，东逝想乘桴。
> 滥窃商歌听，时忧卞泣诛。经过忆郑驿，斟酌旅情孤。

　　乘船离开南都江陵，顺水漂流，不知道何处是安身之所，不知道要往什么地方去。只因"土木形骸"，听任自然，便又乘船涉越茫茫江湖。杜甫言其居无定所，行无预向，这不是旷放，是无处可投的悲哀，也就是此前在梓州时所说的"今如丧家狗"（《将适吴楚留别章使君留后兼幕府诸公》）。他为什么不去京都上班呢？他有官职在身（尽管是个"检校"虚衔），又

十分关注国家的命运，按常理来说，他应该赴任。他没有赴京，也自有其考虑。他在诗中多次提到，由于连年战争，朝廷多用武将执政，"世乱蹋文场"，文人是没有立足之地的；另外，他的政治同道人，如房琯、张镐、严武、高适等，皆已过世，现今满朝文武多为新面孔："王侯第宅皆新主，文武衣冠异昔时。"（《秋兴八首》其四）即便立朝为官，也是孤立无援；再加上性情直率，非真言不吐，倘若庸主怪罪，恐怕连个说公道话的都没有。我想，老杜不赴京都，主要是出于上述原因。就是在这首诗中，他也说明了何以继续放舟江湖："社稷缠妖气，干戈送老儒。百年同弃物，万国尽穷途。"国家被妖气所笼罩，战争断送了一介腐儒，暮年之身如同弃物，走到哪里也都是穷途末路。所以，老杜不赴京都，是基于对时局的清醒认识。诗中又向郑审诉说离开江陵的原因，那就是栖居此地生活艰难不能安卧，为饥寒所驱不得不向别处迁移。又说郑审是相濡以沫的恩人，大恩大德容其后报。看来，郑审是杜甫暂居江陵时给予生活上关照的人。李之芳也应给过杜甫一定的援助，但此时正在重病之际，杜甫不便打扰，故未寄诗。诗的最后是感慨前景暗淡，说自己就像春秋时的宁戚，口唱悲歌，叹息难逢知己；又像饱受皮肉之苦、抱璞而泣的卞和，感叹不遇明主。

从江陵乘船顺江南行，行约百里，即达公安（今属湖北），杜甫一家下了船。因县城离江边还有一段路，天色已晚，就找了个地方暂住一夜。这一夜过得心惊胆战，天亮后作诗言道："南国昼多雾，北风天正寒。路危行木杪，身迥宿云端。山鬼吹灯灭，厨人语夜阑。鸡鸣问前馆，世乱敢求安?"(《移居公安山馆》)杜甫投宿的这个山野小店，地势还挺高，一家人沿着陡峭的小径向上走，就好像走在树梢上似的。住进小店，犹如远离尘世置身于云端。夜深时，灯火忽然熄灭，莫非是山鬼吹的吗? 老杜"自经丧乱少睡眠"，这下就更睡不成了，他是一家之长啊，有护犊的使命。躺在床上听动静，一直听到小店厨人起早做饭。这一夜幸好无事，等鸡一叫他就起来了，向厨人打听前边的山馆情况。小店一夜惊魂，却展示了乱世的大背景，与杜甫在梓州时写的"草动只怕长弓射"是同一种心态，同一种效果。

杜甫来到公安县，受到县尉颜十的招待。有一次，颜县尉邀请他和顾戒奢一同饮酒。顾戒奢是著名书法家，擅长写八分体。八分体的创造者相传是秦时上谷（今河北易县）人王次仲。关于八分体的命名，历来说法不一，或以为二分似隶，八分似篆；或以为汉隶的波折，向左右分开，"渐若八字分散"。这位顾戒奢是东吴人，曾任太子文学翰林待诏，所以人们称他"顾八分文学"。开元年间，他与书法家韩择木、蔡有邻同被玄宗赞许，曾与杜甫同游。如今流落异乡，又与杜甫命运相同。酒席间，杜甫乘兴赋诗，并请顾氏题写在颜县尉的墙壁上。这首题名为《醉歌行赠公安颜十少府请顾八题壁》的七古，写得奔放矫健，是老杜近年来未曾有过的，大概与颜氏的关照和幸遇书法名家有关系。诗云：

神仙中人不易得，颜氏之子才孤标。

天马长鸣待驾驭，秋鹰整翮当云霄。

君不见东吴顾文学？君不见西汉杜陵老？

诗家笔势君不嫌，词翰升堂为君扫。

是日霜风冻七泽，乌蛮落照衔赤壁。

酒酣耳热忘头白，感君意气无所惜，一为歌行歌主客！

　　汉朝人梅福任南昌县尉，传说后来成了仙。颜氏也是县尉，故称其为"神仙中人"，又赞美其才干超卓，如天马，似秋鹰，而意气慷慨，大义疏财，尤是神仙风范。看来这位县尉已为老杜慷慨解囊，相救于困厄之中。老杜刚从江陵那个吝啬窝里走出来，遇此义士，自然会以仙人视之，自然会"酒酣耳热忘头白"，为其高歌一曲，并请大书法家题之于壁了。

　　过了几天，顾戒奢要到江西去，杜甫写了一首长诗为他送行。诗中回顾了开元年间二人的交谊，又为今日的沦落而伤怀，并叮嘱说：眼下军阀战乱不休，长吏每每被杀，你这次去干谒东方诸侯，要劝说他们休得纵恣。国家以民为本，要是官逼民反，国家就要付出巨大的代价来收复民心。当官的应该同情民间疾苦，请你顺便代我向皇上派到洪州、吉州的观察使申明此意，观察使的职权是为百姓选拔官吏，看到百姓受到盘剥就应该动恻隐之心。此外，杜甫还勉励顾氏慎重此行，说：有志之士向来是以苟得富贵为耻的，要想青云直上须靠个人的政绩，陆机的《猛虎行》写道："渴不饮盗泉水，热不息恶木阴。恶木岂无枝？志士多苦心。"现在我把这几句诗抄赠给你，希望你好自为之。老杜的意思是担心顾戒奢被江西军阀所引诱，误上他们的贼船。这也是从国家的大局出发，对友人进行规劝。

公安县有个叫卫钧的青年，从小喜爱诗文，虽与杜甫素昧平生，见杜甫生活贫困，亦能解囊相助。危困中的杜甫十分感激，作诗赞美他的品德："平生感意气，少小爱文词。江海由来合，风云若有期。"（《移居公安敬赠卫大郎》）把双方的交好比为江海合流、风云际遇，局外人或有夸饰之感，当事人却是真情流露。只要设身处地想一想老杜的困难处境，想一想老杜"常拟报一饭"的纯朴品性，就不难理解他说的这番话了。杜甫暂居公安县时，给他生活援助的也只有卫钧和县尉颜十了，故两首赠诗的首句都说好人难得，赠颜十的那首说"神仙中人不易得"，赠卫钧的这首又说"卫侯不易得"，这些感叹都说明老杜的生活已十分艰难。这时所作的《呀鹘行》就是对艰难的生活处境作出的艺术写照，诗云：

> 病鹘孤飞俗眼丑，每夜江边宿衰柳。
> 清秋落日已侧身，过雁归鸦错回首。
> 紧脑雄姿迷所向，疏翮稀毛不可状。
> 强神非复皂雕前，俊才早在苍鹰上。
> 风涛飒飒寒山阴，熊罴欲蛰龙蛇深。
> 念尔此时有一掷，失声溅血非其心。

鹘，是一种猛禽；呀鹘，是张口喘息的病鹘。诗人使用咏物自况的手法，写自己病卧江边，有志难骋。这只张口喘息的病鹘，遭到俗眼的憎恶，它以江边衰柳为宅，歪歪斜斜的身子连站都站不直，倒让那些过往的大雁和归巢的乌鸦空受了一场惊吓。它已无复往日的紧脑雄姿，羽毛稀疏不可言状。即便强打精神也不能再超越皂雕，论英才它曾在苍鹰之上。眼下风涛飒飒，寒山阴沉，熊罴将潜，龙蛇深藏，正是它搏击长空一展身手的时候，它却病得叫不出声，伤口在溅血，这境况是它未曾想到的。老杜以病鹘为自己画像，想来十分贴切。其一，他晚年身体多病，又加生活困苦，委实如同病鹘；其二，既是病鹘，则非同病鸭之类，它虽病弱而雄心犹在，这也符合老杜晚年的心态，即其后在《江汉》诗中所说的"落日心犹壮"。

杜甫在公安县逗留期间，还写了几首送别诗，除前面提到的送顾戒奢去江西的那首，还有一首是《公安送李二十九弟晋肃入蜀余下沔鄂》。李晋肃是诗人李贺的父亲，杜甫称其为"弟"，是因为沾点远亲。李晋肃是唐高祖李渊的从父大郑王李亮之后；杜甫外祖母的父亲，是太宗李世民第十子纪王李慎的次子义阳王李琼，杜甫外祖父的母亲，是李渊第十八子舒王李元名的女儿。杜甫平素颇重宗族，虽是远亲，但异地相逢，难免又动惜别之情。另外一首是《公安送韦二少府匡赞》，诗云：

逍遥公后世多贤，送尔维舟惜此筵。
念我能书数字至，将诗不必万人传。
时危兵革黄尘里，日短江湖白发前。
古往今来皆涕泪，断肠分手各风烟。

韦匡赞的远祖韦夐，在北周时被明帝赐号"逍遥公"。杜甫颇重祖先德业，故引韦氏先人的雅号以联及赞许之。颔联是对韦氏的叮嘱，一是希望他离别之后能寄来书信，哪怕是很短的信也好，可见此时交游已很寂寞，正如其后所作《登岳阳楼》诗中所说的"亲朋无一字"；二是请求他不要到处传播自己的诗篇。杜甫不愿意传诗于当世，在梓州漂泊时，也曾叮嘱友人"将诗莫浪传"（《泛舟送魏十八仓曹还京因寄岑中允参范郎中季明》），是出于谦虚，还是出于谨慎[1]，令人思考。颈联对晚年身世作了极强的概括：时局艰危，战乱不止，黄尘弥漫，日暮途穷，江湖汗漫，白发飘萧。"黄尘"与"白发"对举，写暮年遭逢战乱的身世，极为悲凉。尾联略显平直。

在公安县留滞日久，受到世俗小吏的轻慢，杜甫深感世态炎凉，有《久客》诗记其旅况："羁旅知交态，淹留见俗情。衰颜聊自哂，小吏最相轻。"遂决定离开公安县，继续漂泊。

冬末的一天拂晓，杜甫携家属上船，伴着一如既往的"邻鸡"之鸣和"野哭"之声，沿江而下（《晓发公安》）。江雾迷茫，一如他的心境，他不知道船将停在何处。经过刘郎浦，住了一夜，天一亮就挂帆启程。此时北风呼啸，尘沙满天，直到中午，天色依然昏暗，两岸景物萧索，人迹稀少，"舟中无日不沙尘，岸上空村尽豺虎。十日北风风未回，客行岁晚晚相催"（《发刘郎浦》）。在风浪中漂流了十几天，抵达岳州（今

---

[1] 杜甫客居秦州时，曾有寄贾至、严武之作，诗中道："贾笔论孤愤，严诗赋几篇？定知深意苦，莫使众人传。贝锦无停织，朱丝有断弦。"是叮嘱贾、严二友谨慎存诗，以免被人诬陷。

湖南岳阳）。晚上，船泊江岸，听到邻船有人吹觱篥（一种以竹做管、以芦做嘴的乐器），声音悲切，触动了羁旅愁怀，作《夜闻觱篥》。诗云："夜闻觱篥沧江上，衰年侧耳情所向。邻舟一听多感伤，塞曲三更欻悲壮。积雪飞霜此夜寒，孤灯急管复风湍。君知天地干戈满，不见江湖行路难！"悲凉的乐曲，积雪飞霜的冬夜，风急浪湍的江上，孤灯之下的诗人，叹息着"天地干戈满""江湖行路难"。夜已深，杜甫睡不着，从船窗仰望夜色中的岳阳城，但见黑魆魆一片；近处，江风吹浪，雪打桅灯。夜色凄凄，寒气逼人，老杜心中却升起抗衡之志："留滞才难尽，艰危气益增！"（《泊岳阳城下》）他不甘心在困难面前倒下，面对艰危，反倒激增了斗争的志气。这种顽强的精神，就是老杜能在极端恶劣的生存环境中保持创作激情的动力之源。

　　一连好几天狂风急雪，杜甫一家不得上岸，只好住在船上。派出去的人终于和岳州判官郑泛联系上了。杜甫写诗给郑泛，用开玩笑的口吻请他邀饮，实际上他已笑不出来了。这年春节，杜甫是在岳阳度过的。节日前后，杜甫登上岳阳楼。岳阳楼即岳阳城的西门楼，登楼可望洞庭壮景，曾有不少骚人墨客来此登临赋诗。杜甫来登此楼，本想一舒望眼，稍释郁怀，却不料被眼前浩渺、动荡的洞庭湖水触动了家国之忧、身世之慨，写出了千古绝唱《登岳阳楼》。诗云：

　　　　昔闻洞庭水，今上岳阳楼。

　　　　吴楚东南坼，乾坤日夜浮。

亲朋无一字，老病有孤舟。

戎马关山北，凭轩涕泗流。

　　此诗，诸家皆赞颔联"吴楚东南坼，乾坤日夜浮"能状洞庭之阔景，而对杜甫写此阔景的用意则未能顾及。如，蔡绦《金玉诗话》说："洞庭天下壮观，自昔骚人墨客，斗丽搜奇者甚众，如'水涵天影阔，山拔地形高''四望疑无路，中流忽有山''鸟飞应畏堕，帆远却如闲'，皆见称于世。然莫若'气蒸云梦泽，波撼岳阳城'，则洞庭空旷无际，雄壮如在目前。至读杜子美诗，则又不然，'吴楚东南坼，乾坤日夜浮'，不知少陵胸中吞几云梦也。"这是从写景壮阔的角度赞许之。唐庚《子西文录》说："尝过岳阳楼，观子美诗，不过四十字耳，其气象闳放，涵蓄深远，殆与洞庭争雄。"也是赞其写景闳放。黄鹤说："一诗之中，如'吴楚东南坼，乾坤日夜浮'一联，尤为雄伟。虽不到洞庭者读之，可使胸次豁达。"今人论及此联，大抵因循这种见解。老杜此联仅以状景类物取胜吗？绝不是。抒情诗中的景物描写，实质上是抒情的一种方式，景物是情感的一种包蕴，一种载体。成功的抒情诗绝无游离于情感之外的景物描写。作诗者总是围绕所抒的情感而布置景物，解诗者亦须根据一篇之情感去触摸景物的内蕴，方能得其真味，不负作者的一番苦心经营。体会此联所写洞庭之特征，一是空阔广远，一是动荡不定。这两种特征与作者所抒感情内容是暗相合的，即以动荡不定的湖水关合尾联的忧国家时局之动荡（"戎马关山北，凭轩涕泗流"），以空阔广远的湖水关合颈联的叹身世之孤微（"亲朋无一字，老病有孤舟"）。身世孤微之感是杜甫后半生的心境特征，晚年愈加强烈。为了突出这种感受，他把孑影、孤舟放在空阔广远的洞庭之一角，以空阔反衬孤微，收到极强的表达效果。所以，此联之妙绝非仅仅能状洞庭阔景，更在于它与作者的抒情相关联。我们应该听到此联的话外音：洞庭湖是如此的空阔广远啊（话内音），相形之下，我的身世却是如此之孤微（话外音）！洞庭湖是如此的动荡不定啊（话内音），这正如战乱不息的国家时局（话外音）！如此认识景物的内蕴，才算维护了诗的艺术整体。这就是我们常说的诗的意境。

杜甫在岳阳停留期间，了解到当地人民的贫困生活，作《岁晏行》以记之。诗云：

> 岁云暮矣多北风，潇湘洞庭白雪中。
> 渔父天寒网罟冻，莫徭射雁鸣桑弓。
> 去年米贵阙军食，今年米贱太伤农。
> 高马达官厌酒肉，此辈杼柚茅茨空。
> 楚人重鱼不重鸟，汝休枉杀南飞鸿。
> 况闻处处鬻男女，割慈忍爱还租庸。
> 往日用钱捉私铸，今许铅铁和青铜。
> 刻泥为之最易得，好恶不合长相蒙。
> 万国城头吹画角，此曲哀怨何时终？

北风不止，白雪纷飞，洞庭冰封，渔民网冻。当地的莫徭族人为了活命，鸣弓射雁以换钱，可是楚人不喜食雁，故射雁也不能维持生活。生活没有着落，租税却逼到头上，只好忍痛卖儿卖女。诗中揭露统治者与劳动人民之间生活上的尖锐对立，令人触目惊心："高马达官厌酒肉，此辈杼柚茅茨空。"劳动人民家徒四壁，织布机上连根线都没有。又揭露统治者纵容土豪奸商私铸伪劣钱币，在青铜里掺入铅铁，牟取暴利。杜甫愤怒言道：何必要在青铜里掺铅铁呢？干脆用泥巴做原料算了，那不是更易于得利吗？这种坑蒙百姓的丑事难道是官府应做的吗！辛辣的讽刺，厉声的呵斥，表现了杜甫晚年仍不消减的斗争精神。又作《蚕谷行》，慨叹军阀作乱，民不聊生："天下郡国向万城，无有一城无甲兵。焉得铸甲作农器，一寸荒田牛得耕。牛尽耕，蚕亦成。不劳烈士泪滂沱，男谷女丝行复歌。"天下万城，城城皆兵，概括了后半生漂泊生活之所见；熔甲为犁，寸田得耕，道出了苦难人民的生存愿望。可惜，诗人在有生之年无法看到这种现实。

第三节 | 落日心犹壮，秋风病欲苏

　　大历四年（769）正月，杜甫离开岳阳，乘船经由洞庭湖入湘江，逆水而上，欲游衡山。[1]时当早春，洞庭湖滩上的菰蒋已抽出嫩芽，蒲草已开始吐出绿节，远远望去青蒙蒙的。湖边上尽是渔民搭起的泥土屋，地里有年轻人在雨雪中耕种。杜甫的船行走在湖面上，风帆涨得鼓鼓的，有些偏斜。他想起当年北魏和东吴在这一带的争战，深憾曹公未能一展宏图；又由浩茫的苍梧山野，想起娥皇女英的千古遗恨。如今，国事动荡不定，吐蕃造成的灾难尚未消除，德才兼备的人已沦入贫贱之境，众多的名贤走入泥途，自己就是其中的一个，泪痕满面地漂泊于江湖之上。（见《过南岳入洞庭湖》）

　　出了洞庭湖，进入青草湖。青草湖北连洞庭，南接湘江，夏秋之季水涨，与洞庭湖合而为一。水多时为湖，水少时生草，故称青草湖。杜甫在此湖停船住了一夜，天一亮开船驶入湘江。行程五里，抵白沙驿，停船夜宿。距白沙驿不远处，有湘夫人祠，杜甫前往参谒，作诗愧叹祠堂的凄凉景象，并借男女之情抒发了君臣不遇的感慨。

　　南行途中，但见两岸景象萧条，野兽成群，野熊攀在树

---

[1] 樊维纲《杜甫湖南纪行诗编次诠释》（载《文学遗产》1982 年 3 月）一文，对杜甫湖南行迹考证颇详。本书以下各节参考了该文的部分研究成果。

上，黑色的巨蛇发出嘶嘶的声音，黄黑爬上树巅，被群虎所围困。杜甫哀从中来，不禁回忆起后半生的漂泊生活："我衰太平时，身病戎马后。蹭蹬多拙为，安得不皓首！驱驰四海内，童稚日糊口。但遇新少年，少逢旧亲友。低头下邑地，故人知善诱。后生血气豪，举动见老丑。穷迫挫囊怀，常如中风走。一纪出西蜀，于今向南斗。孤舟乱春华，暮齿依蒲柳。"（《上水遣怀》）一纪，即12年，杜甫自乾元二年（759）到成都，于大历三年（768）出峡，历时将近一纪。这中间，"糊口"生涯自不必提，最让杜甫感到难堪的是地方"后生"小吏们的轻慢态度。他为穷困所迫，不得不向他们求援，故使昔日的高情为此所挫伤，像得了疯癫病一样频频更换寓居之地。

一日，老天突然刮起了大风，湘江波涛乱滚，船身颠簸得很厉害。船夫与狂风恶浪展开了搏斗，连吃饭都忘了。经过奋力争夺，船保住了，而且靠了岸。杜甫上了江岸，进了一处村庄，看见了一桩比刚才的经历更为痛苦的惨事。这个村里有个妇女，她的丈夫已被各种徭役折磨而死，她毫无产业，却负担着官府的租税。被逼无奈，只好到山野间采摘蕨菜，背到市上去卖，积攒小钱以交官租。晚上劳动回来，走进荒村空宅，禁不住号啕大哭。杜甫闻之内心酸痛，联想连日来的所见所闻，慨叹道："闻见事略同，刻剥及锥刀。贵人岂不仁？视汝如莸蒿。索钱多门户，丧乱纷嗷嗷。奈何黠吏徒，渔夺成逋逃。"（《遣遇》）《后汉书·舆服志》："争锥刀之利，杀人若刈草。""刻剥及锥刀"是说官吏盘剥百姓，连锥刀这样的小物小利都不放过，也就是杜甫在《枯棕》诗中说的"一物官尽取"。

达官贵人视百姓如同莠蒿，五花八门的苛捐杂税把身遭丧乱之苦的百姓逼得嗷嗷叫，人们不得不远走他乡。

船行至铜官渚（在长沙北60里的湘江东岸），又遇到了大风，差点翻了船。幸亏老杜事先把自家的口粮缩减，省出一部分让船夫吃饱，"减米散同舟，路难思共济"（《解忧》）。船夫们有了力气，才免于覆没。事后，老杜感到得意，分米给船夫的做法是完全正确的。这场风刮了两天两夜，杜甫的船也在铜官渚停了两天两夜。第三天黎明，风势减弱，遂解缆启程，继续南下。

不久，船到潭州（今湖南长沙）。时令已到清明，杜甫作《清明二首》，写舟次长沙的所见所感。"其二"开头写道："此身飘泊苦西东，右臂偏枯半耳聋。寂寂系舟双下泪，悠悠伏枕左书空。"可知，杜甫于肺病、疟疾、头风、糖尿病之外，又添一病，右臂瘫痪，故只好用左手写字。这期间，他游览了岳麓山。岳麓山在长沙湘江西岸，山脚有道林寺，山腰有麓山寺。杜甫漫步其间，深为清幽的景致所感动，作诗言道："一重一掩吾肺腑，山鸟山花吾友于。"说那相互掩叠的山峦是自己的肺腑，山鸟山花是自己的兄弟。他把自己的身心与大自然融合为一体了，甚至产生了终老此处的念头："飘然斑白身奚适，傍此烟霞茅可诛。"（《岳麓山道林二寺行》）诛茅草以结庐室，伴烟霞而止飘荡。老杜的念头很自然，他实在太累了，该休息了。但是建造房屋谈何容易，他拿不出钱来。回想这十年间，他到过很多地方，秦州、同谷、成都、梓州、阆州、云安、夔州、江陵、公安，除在成都建有自己的草堂外，其他都是赁借的，而成都草堂也是靠众多友人的资助才建成的。虽说根本无力建房，只是写诗念叨念叨；但这样念叨念叨也好，一个追求精神的人，就是借此成为精神富翁的。

在长沙停留数日，老杜就乘船南下，奔赴衡州（今湖南衡阳）。衡州刺史韦之晋是杜甫少年旧交，在生活上能给些帮助，所以老杜在离开潭州取向衡州时心情较为乐观。《发潭州》诗云：

夜醉长沙酒，晓行湘水春。
岸花飞送客，樯燕语留人。
贾傅才未有，褚公书绝伦。
名高前后事，回首一伤神。

花送客，燕留人，暗写长沙人情淡薄，寄托对衡州韦之晋的希望。贾谊、褚遂良都被贬到长沙，提到他们不仅是怀古，更重要的是将自己与他们作比较，表达自负之意。说自己没有贾谊的文学才能，说自己没有褚遂良的书法水平，听这话音，不是颇有点"相差不多"的意思在吗。如此高才的二公前后贬于此地，如今我又漂沦到此，是足可令人伤神的了。老杜的这番话是准备给好友韦之晋听的。

老杜离开长沙，溯湘江南进，途径凿石浦、津口、空灵岸、花石戍、晚洲，皆有诗写景记感。《宿花石戍》除写当地景物、气候，还记录了田园的荒废："罢人不在村，野圃泉自注。柴扉虽芜没，农器尚牢固。山东残逆气，吴楚守王度。谁能叩君门，下令减征赋？"被征敛搞得疲困不堪的农民纷纷逃亡，致使村无一人，柴门被荒草埋没，田园里泉水自流，庭院里农器搁闲。杜甫原以为中原地区久被叛军洗劫，田园一时不得恢复尚可理解，但这吴楚地区是未经战乱的，竟也如此凋敝。他愤切呼吁：有谁能到朝廷去为民请命，让皇上下令减轻征税呢？老杜这几笔实录，具有认识价值，可补史书之缺。

再往前走就接近了南岳衡山。衡山位于衡州北部约百里，地处湘江西面，与湘江的最近距离约50里。老杜坐在船上可以清楚地观赏它的风貌，遂作《望岳》诗。此诗首先叙述祭祀南岳之典的来由，又写望岳所见及有关传说，而结尾却道："三叹问府主，曷以赞我皇？牲璧忍衰俗，神其思降祥！"时当国家久乱不治，杜甫三叹而问衡岳之神：你用什么来赞助唐皇呢？此地众生沿袭旧俗将你祭祀，你若有灵，是应该考虑降吉祥于世间的啊！仔细品味，老杜此话有责神和疑神之意。老杜一生共写三首《望岳》，这三首诗清晰地记录了他的思想历程。第一首是望泰山："会当凌绝顶，一览众山小。"诗中是无神的；第二首是望华山："稍待秋风凉冷后，高寻白帝问真源。"仕途不顺，他要向神讨教了；这一首则是对衡岳神提出质疑，何以久享牲璧而不降福于人？由无神到问神到疑神，标示着杜甫由青年时的浪漫、中年时的困惑逐渐过渡到晚年时的清醒。

杜甫抵达衡州后，才得知韦之晋已在三月间改任潭州刺史。就在他于衡州逗留期间，从潭州传来噩耗，韦之晋已于四月病死。杜甫闻讯，惊愕而悲哀，作诗哭悼，回忆二人早年的亲密交谊，历数韦氏的政绩，而后痛心地说："童孺交游尽，

喧卑俗事牵。老来多涕泪，情在强诗篇。"（《哭韦大夫之晋》）
老杜此番南下，是为投韦氏而来，如今失去依靠，其心情可想
而知。

这年夏天，杜甫自衡州回棹，复归潭州。时值裴虬出任道
州（今湖南道县）刺史，路过潭州，潭州群公为他设宴。杜甫
是裴虬的旧友，也被邀来作陪。杜甫在夔州时，元结任道州
刺史，同情百姓疾苦，曾作《春陵行》《贼退后示官吏作》，陈
述忧民之情。杜甫读了这两首诗，颇觉与自己同调，遂作诗以
"两章对秋月，一字偕华星"赞许之，后来元结晋升容管经略
使。如今道州刺史由裴虬接任，杜甫自然会想到元结的忧民美
德，于是作诗对裴虬加以勉励："上请减兵甲，下请安井田。"
（《湘江宴饯裴二端公赴道州》）希望裴虬裁兵安民，大力发展
农耕。

杜甫因病情加剧，不便住在船上，遂移居长沙城里一处
临江的楼上。长沙的夏天十分炎热，住在临江的楼上便于取
凉。久病的身体消瘦不堪，囊中无钱饮食也不会好。幸喜初秋
来临，当地的特产菰米、莼菜上市，老杜来了食欲，很想尝一
尝，遂写诗给崔、卢两位侍御，请求他们办一席这样的饭宴。
不过是吃顿土产便餐，却在诗中详述缘由：衰年多病，身体消
瘦，二位与我素厚，我一直思念不已，等等。（见《江阁卧病
走笔寄呈崔卢两侍御》）这使我们想到他在江陵写的"苦摇求
食尾"，体会出诗中的悲凄情味。老杜当时的处境亦可想而知。
处境虽艰难，却仍为无补于国事而惭愧。《楼上》一诗写病卧
江楼时的忧国情怀，诗云：

天地空搔首，频抽白玉簪。

皇舆三极北，身事五湖南。

恋阙劳肝肺，论材愧杞楠。

乱离难自救，终是老湘潭。

病卧楼上，俯仰天地，深感自己无益于国家，徒然搔首抽
簪而已。地有四极，东西南北，皇舆（借指朝廷）在东南西三
极之北。五湖，指洞庭、青草、具区、洮滆、彭蠡五个湖泊。
"三极北""五湖南"极写自身与京都相距遥远，难以报效国
家。由于恋阙而摧伤肝肺，论起才干又愧对可作栋梁的杞楠。
身当乱离之世难以自救，恐怕终究会老死于湘潭。杜甫颇有预
见能力，客死湘潭的预料竟在一年后成为事实。

八月初五，是玄宗的生日。开元十七年（729），百官上表
请以每年此日为"千秋节"，从此定为节日，天下大庆，百官
休假，直到玄宗去世乃罢。眼下又到了八月初五，杜甫念及
玄宗生日始末，不禁产生今昔盛衰之感："先朝常宴会，壮观
已尘埃。"（《千秋节有感二首》）他在诗中回顾了当年此日的庆
典：宫女奏乐，贵妃献桃，舞马衔杯上寿，艺妓绳上对舞，等
等。但这不是在留恋、赞颂，相反，是在批判，因为接下来是
这么两句："圣主他年贵，边心此日劳。"正是由于玄宗当年穷
极奢华，才招致了无休止的边患和战乱。老杜对玄宗的批判，
总能以国家的兴衰为着眼点。

老杜有个亲戚叫卢琚，从江陵来到潭州，受命办理潭州的
钱米输往江陵之事（江陵当时为南都），而潭州当局说，本地

百姓口粮紧缺，不能多拨给江陵。卢琚遂向朝廷请旨减免，待旨期间，与杜甫交游。杜甫为有这样一位敢于为民请命的亲戚而高兴，便把来湖南所见到的农村凋敝情况告诉他，说潭州濒临艰危之境，老百姓穷得一无所有。又说："天子多恩泽，苍生转寂寥。"（《奉赠卢五丈参谋琚》）之所以如此，是因为朝廷有奸佞，他们对上蒙蔽而对下诛求。杜甫对这位老亲颇有好感，在诗中描写他的神情举止，十分生动："素发干垂领，银章破在腰。说诗能累夜，醉酒或连朝。"这是个年老而富有风趣的使臣，干枯的白发垂到衣领上，破旧的鱼袋挂在腰间，虽说边幅不修，但谈起诗、喝起酒来还是蛮有精神，通宵达旦也不觉得累。这也是一位从盛唐走过来的人，外表带着战乱年代的印记，而精神还保持着盛唐的风采。这很像老杜，故录入诗中以作欣赏。

杜甫年轻时游历齐赵，曾于兖州山野结识隐士张玠，张玠之子张建封尚在童年。几十年过去了，张建封已长大成人。史载，大历初，道州刺史裴虬向湖南观察史韦之晋推荐张建封，辟为参谋，奏授左清道兵曹，建封不乐役吏而去。[1]赴京路过长沙时，正好与杜甫相遇。杜甫作《别张十三建封》，诗中追忆刘文静（张建封是刘文静的外曾孙）的开国功勋，以勉励建封积极进取。又说，当此国家大厦行将倾覆之际，应当乘时而出，为国出力。这张建封果然未负希望，其后，任岳州刺史、徐州刺史、徐泗濠节度使，累加检校右仆射。镇徐十年，治军

---

[1] 见《旧唐书·张建封传》。

有方，在反对藩镇叛乱中建立功勋；又礼贤下士，与孟郊、李翱交往，韩愈等人曾佐其军幕。

潭州幕府判官李曛是宗室子弟，与杜甫沾点远亲。一天，他带着些财物来看望杜甫，这使困境中的杜甫很感激，情不自禁地向他诉起苦情："所亲问淹泊，泛爱惜衰朽。垂白辞南翁，委身希北叟。真成穷辙鲋，或似丧家狗。"（《奉赠李八丈曛判官》）"所亲""泛爱"，皆指称李曛。他说，承蒙李丈您关心我这滞留已久的衰朽老头，我总想辞别水国潭州，回到北方故里。可是没有路费动不了身啊，眼下我真的成了涸辙之鱼，或像无处投身的丧家狗。老杜诗中，曾三次把自己比作苦摇求食尾的丧家狗，不知他出此言语时该流下多少辛酸泪。

这年冬天，卢侍御护送韦之晋的灵柩归京。卢侍御是杜甫祖母卢氏的娘家人。杜甫趁他这次回京的机会，请他上朝陈述时政的弊端："万姓疮痍合，群凶嗜欲肥。刺规多谏诤，端拱自光辉。俭约前王体，风流后代稀。"（《送卢十四弟侍御护韦尚书灵榇归上都二十四韵》）天下百姓都被重赋搞得困苦不堪，而地方军阀却欲壑难填。你到朝廷要多向皇上提出批评意见，国家自可垂衣拱手而治。可惜的是皇上不能效法先王的俭约爱民的美政啊。杜甫始终认为，君主是否行俭德，决定着国家的兴衰。这是很有见地的。吏不畏我严而畏我廉，民不服我能而服我公。有廉洁的君主，才有廉洁的臣子，才有归心的百姓。这是放之四海而皆准的真理。

杜甫在长沙期间，还结识了一个奇特的人物，此人便是苏涣。苏涣，年轻时喜剽盗，手中一张白弩，用得娴熟，经常劫持巴蜀商人，商人深受其苦，称他为"白跖"。后来，他折节读书，还考中了进士，累迁侍御史。其后弃官，隐居长沙。一天，他坐着轿子来到湘江边，登上杜甫的船，求教诗艺。杜甫困守孤舟，正感寂寞，忽见有侍御来访，十分高兴。酒茶过后，请苏涣吟诵近日诗作。苏涣诵其所作的《变律》："毒蜂成一窠，高挂恶木枝。行人百步外，目断魂亦飞。长安大道边，挟弹谁家儿？右手持金丸，引满无所疑。一中纷下来，势若风雨随。身如万箭攒，宛转迷所之。徒有疾恶心，奈何不知几！"诗写一个疾恶如仇的少年，由于不懂机术，虽打掉了马蜂窝，却被群蜂袭击。诗意主张行侠需勇，亦需有谋。老杜听了，感到痛快，称其"才力素壮，辞句动人"。"书篋几杖之外，殷殷留金石声。"（《苏大侍御访江浦赋八韵记异》）老杜这首诗只有七韵，而诗题说"赋八韵"，是诗人计算之误。[1]（杜甫此时身体极为虚弱，计数失误，在所难免，比如下节谈到的《追酬故高蜀州人日见寄并序》一诗的序中，就把时间算错了。）诗云：

庞公不浪出，苏氏今有之。

再闻诵新作，突过黄初诗。

乾坤几反覆，扬马宜同时。

今晨清镜中，白间生黑丝。

---

[1] 杜诗题中标示韵数者，多为偶数（仇本《送高三十五书记十五韵》，此诗实十六韵，"十五韵"三字，郭知达《九家集注杜诗》无之）。也偶尔有奇数者，如《三韵三篇》。所以，认为将此诗七韵说成八韵乃古人"取偶不取奇"（仇语），是讲不通的。郭沫若以为遗漏一韵，且补以"殷殷金石声，滚滚雷霆思"（见《李白与杜甫》），未免画蛇添足。

余发喜却变，胜食斋房芝。

昨夜舟火灭，湘娥帘外悲。

百灵未敢散，风波寒江迟。

　　既称苏涣为侍御，又以汉末隐士庞德公比之，可知是苏涣自罢官职，隐居于长沙。从杜甫同时所作《暮秋枉裴道州手札率尔遣兴寄递呈苏涣侍御》来看，苏涣在长沙门外结茅而居，与当地贫苦老人一起谋生于药摊鱼市。杜甫认为，苏涣的诗歌成就已远超黄初诗人（曹丕、曹植和邺下七子），可与扬雄、司马相如同日而语。从《全唐诗》收录的苏涣诗（仅 4 首）来看，这种评价似乎过高。这或许是因为好诗遗漏了，比如，他的《变律》本有 19 首，而《全唐诗》仅存 3 首。或许是由于审美角度所致，高仲武编《中兴间气集》，评曰："其文意长于讽刺。"讽刺现实，这也正是杜甫的追求，在当时的诗坛，这类作品是并不多见的。倘若杜甫是从这个角度来评价他的作品，那么"黄初""扬马"之辞，也不为过分。由于杜甫深为其诗倾倒，以至于一夜之间，白发间生出了黑丝，比吃灵芝仙药还奏效。老杜想起昨夜，桅灯熄灭，自己仍激动得难以入睡，朦胧间，似乎听到船帘外边，湘江女神也在啜泣，成群的神灵也不忍离去，就连那寒冷的江水也流得很慢，天地人神都被苏涣的诗歌感动了。这自然不是写实，是写感受。写诗而无感受，是不可想象的。

　　杜甫与苏涣结识以后，二人来往日益增多。苏涣时常坐着轿子来市北访问杜甫，二人携手同行。杜甫也时常到城南拜访苏涣，一同抱瓮灌园，伏案谈心。这年深秋，湖南观察使崔瓘聘苏涣为从事，苏涣结束了隐居生活。翌年（大历五年，770），崔瓘被湖南兵马使臧玠杀害，苏涣逃到交广（今两广及越南北部）。大历八年（773），循州刺史哥舒晃占据岭南造反，苏涣参与了这次反叛，失败后被杀。这些情况是老杜不可能知道的，因为到大历五年（770）冬，他就已长辞人世了。

这年秋冬之际，由于天气变冷，杜甫的生活愈加艰难，所作诗歌充满凄凉悲苦之音。《地隅》诗写道："江汉山重阻，风云地一隅。年年非故物，处处是穷途。丧乱秦公子，悲凉楚大夫。平生心已折，行路日荒芜。"秦公子，指建安诗人王粲，家本秦川，遭乱流寓，此处杜甫用以自比。楚大夫，指屈原，屈原为楚国三闾大夫，因直言进谏而遭放逐，这里亦用以自比。杜甫叹息滞留江汉，重山阻隔，故乡难还，当此风云变色之秋仍然客居地角天边。又作《白凫行》，写白凫的艰难处境："故畦遗穗已荡尽，天寒岁暮波涛中。鳞介腥膻素不食，终日忍饥西复东。"这是借白凫以自况。《对雪》诗写长沙雪寒和生活艰辛："北雪犯长沙，胡云冷万家。随风且间叶，带雨不成花。金错囊垂罄，银壶酒易赊？无人竭浮蚁，有待至昏鸦。"金错，即金错刀，钱币名。金错囊，也就是钱口袋。钱口袋将告一空，银壶之酒又岂可轻易去赊呢？赊了，喝了，靠什么还债？老杜已没有早年那种"酒债寻常行处有"的旷放了。天寒思酒，却又无人携来一饮，呆呆地盼着，一直等到昏鸦归林，方才作罢。"金错""银壶"，以富贵语写贫穷，愈触其贫穷。这是老杜常用的"反形"笔法。[1]

　　杜甫虽穷困病弱，却从未减弱自己对国家的责任感，他总想等身体好转之后，为国事尽一份力量，《江汉》一诗就是这种心情的流露。诗云：

　　　　江汉思归客，乾坤一腐儒。

　　　　片云天共远，永夜月同孤。

　　　　落日心犹壮，秋风病欲苏。

　　　　古来存老马，不必取长途。

　　以一"腐儒"置于"乾坤"之内，其形体何其孤微！"片云""孤月"，写出流寓天涯的生活和寂寞的心情。"落日""秋风"，乃虚实相对。说年纪虽大而报国的壮心犹在，何况秋风送爽，病也快好了。这两句是写归京参政的心思。尾联以识途老马自况，说自己尚有智慧可用。杜甫对国家的政局是明察的，十几年的动乱使他在政治、军事等方面作了深入的思考，形成了一套治国方案，所以，他自比识途老马也是中肯之辞。

---

[1] 吴齐贤《论杜》云："反形之句，极荒凉处而以富丽语出之，如'野寺残僧少'也，而曰'麝香眠石竹，鹦鹉啄金桃'，益见其荒凉。极贫穷事，而以富贵语出之，如'乔木村墟古'也，而曰'登俎黄柑重，支床锦石圆'，愈见其贫窭。"（见仇兆鳌《杜诗详注·诸家论杜》）

第四节 | 归路从此迷，涕尽湘江岸

　　大历五年（770）正月二十一日，杜甫在船上打开书套，整理诗稿，发现了十年前（上元二年，761）的正月初七高适寄赠的诗篇《人日寄杜二拾遗》。诗在人亡，世事沧桑，恋旧的杜甫哀从中来，潸然泪下，遂作《追酬故高蜀州人日见寄并序》，呈寄给故人汉中王李瑀和昭州刺史敬超先。诗前有序，说："开文书帙中，检所遗忘，因得故高常侍适——往居在成都时，高任蜀州刺史——《人日相忆》见寄诗，泪洒行间，读终篇末。自枉诗，已十余年；莫记存没，又六七年矣。老病怀旧，生意可知。今海内忘形故人，独汉中王瑀与昭州敬使君超先在。爱而不见，情见乎辞。大历五年正月二十一日，却追酬高公此作，因寄王及敬弟。"序文中所记的时间，与实际有出入，这正是杜甫年老体弱记忆模糊所致，并非"约略言之"[1]，从"老病怀旧，生意可知"八个字，也能看出他对生命将终的预感。然而他仍未忘怀国事，在回顾高适的文武才略和二人的深厚友情之后，写道："遥拱北辰缠寇盗，欲倾东海洗乾坤！

---

[1] 萧涤非《杜甫诗选注》解释说："此诗作于大历五年（七七〇），上距高适赠诗（七六一）实不满十年，距高适之死（七六五年正月）亦不满六年。所云'十余年''六七年'，盖约略言之。"约略言之，古虽有之，但把不满十年说成十余年，当不在此列。

边塞西羌最充斥，衣冠南渡多崩奔。"去年九月，吐蕃进攻灵州，十月，又攻鸣沙，队伍首尾40里，来势汹汹。郭子仪遣兵抗击，吐蕃稍退。[1] 这就是"北辰（即京都）缠寇盗"和"西羌（即吐蕃）最充斥"之所指。杜甫虽病弱不堪，仍思举东海之水以洗乾坤，爱国之心令人感动。

杜甫当年携家属避禄山之乱，向北逃难时，曾得到表侄王砅的鼎力相救。14年后，王砅奉命去岭南节度使府出差，路过长沙，二人意外地相逢了。杜甫望着这个已任评事官职的表侄，想起14年前那惊心的一幕，感慨万端，对他的救命之恩表示终生不忘："往者胡作逆，乾坤沸嗷嗷。吾客左冯翊，尔家同遁逃。争夺至徒步，块独委蓬蒿。逗留热尔肠，十里却呼号。自下所骑马，右持腰间刀。左牵紫游缰，飞走使我高。苟活到今日，寸心铭佩牢。"（《送重表侄王砅评事使南海》）不忘过去，不忘旧恩，虽说对于晚辈，亦言辞恳切，这是老杜的忠厚处。

古时清明节的前一天为寒食节，家家禁火，吃冷饭。杜甫住在船上，用昏花的老眼观赏江边的景物，作《小寒食舟中作》。诗云：

佳辰强饮食犹寒，隐几萧条戴鹖冠。

春水船如天上坐，老年花似雾中看。

娟娟戏蝶过闲幔，片片轻鸥下急湍。

云白山青万余里，愁看直北是长安。

---

[1] 见《资治通鉴》卷224。

江上风冷，又不能吃热饭，杜甫喝了点酒，以御风寒，然后就凭几伏案，孤寂而坐。鹖冠，是用鸟的羽毛作为装饰的帽子，传说是隐士们戴的。这里说的"戴鹖冠"，不可认实，杜甫不过是说自己的生活同于隐士罢了。虽同隐士，而心向长安，这便是老杜的独特之处：似隐非隐，似吏非吏。颔联写景，切中地物、人物，历来为人称道。春水明丽，云映水中，故坐船时感到如在天上；老年眼花，视物朦胧，故看花时感到如在雾中。这两句将垂老漂泊的身世暗中写出。另外，全诗写景由近及远，层次极为分明，由眼前的案几写到船，由船写到附近江边的花，由花写到戏蝶和稍远的鸥鸟，及更远处的白云、青山，最后目光落到极远处的长安。

第二天便是清明节，杜甫随着人群去游岳麓山。湘江渡口柳色如眉，长沙游人成千上万。杜甫惊讶地看到，那些将军们也从营中出来游山了，主将带着部将，嬉游玩耍，竟不以军务为虑！落日临山，游人归散，这些将军携带美妓，向青楼而去。杜甫回想古代，每当国家覆灭之前总有这类事情出现，不料如今又被自己所遭逢。（见《清明》）

暮春时节，杜甫遇见了当时的著名歌手李龟年。李龟年早在开元、天宝时就已享誉京都，曾为玄宗演唱歌曲。杜甫少年时曾在岐王李范、秘书监崔涤的家中，多次听到他的歌声。安史之乱后，李龟年流落天涯，大历五年（770）春末来到长沙。杜甫见到他，心中产生无限的感慨，作《江南逢李龟年》。诗云：

岐王宅里寻常见，崔九堂前几度闻。

正是江南好风景，落花时节又逢君。

"江南好风景"与彼此沦落的身世构成强烈的反差，"落花时节"与衰败的国势相互映衬，短纸片言中寄寓了浓重的今昔之感，可视为唐代几十年间由盛而衰的缩影，也是杜甫一生忧国心事的集中体现。七绝的本色是"语近情遥"（沈德潜语），杜甫一生所作绝句，多非本色作品，后人对他的批评是有道理的，其主要缺点是语言不够浅近。尤其是他的论诗绝句，立意不明达，让后人猜测不已，以致众解纷纭，莫衷一是。这种以诗论诗的形式虽说是他首创，但只能说是一种失败的尝试。但是这首七绝，却写得非常成功，不知摇撼了多少人的心神，催落了多少人的眼泪。究其原因，主要是语言浅近而感情深远，构思新颖而手法含蓄。

杜甫有位远房的舅舅崔伟，以录事参军的官职代理郴州刺史，赴任途中经过长沙，与杜甫相见。杜甫向他陈述泥途之困："泥涂岂珠玉？环堵但柴荆。衰老悲人世，驱驰厌甲兵。"（《奉送二十三舅录事之摄郴州》）又叮嘱他到任后恪尽职守，早日平息岭南的军阀叛乱。此时，广州冯崇道、桂州朱济时割据叛乱。当时的朝廷极为软弱，地方军阀相互攻杀，成者为王败者为寇，谁打胜了让谁当官。因此，各地战乱不断，烽烟四起。

这年四月，战火又烧到了长沙。一天半夜，长沙城突然大火冲天，人声喧乱。湖南兵马使臧玠举兵造反，杀死湖南观察使崔瑾，占据了长沙。杜甫一家正在梦乡，被突发的事件搞得晕头转向，赶紧起身，随着逃难的人流向城外奔逃，"中夜混黎甿，脱身亦奔窜"（《舟中苦热遣怀奉呈阳中丞通简台省诸公》）。乱兵打家劫舍，纵火杀人，杜甫失魂落魄地躲避着流箭，穿过豺狼般的叛军队伍，顾不上脚掌打起血泡，拼命地东躲西藏，全家人随他一起逃难，一个还没断奶的小女儿吓得紧紧依偎在母亲身旁。逃出城门，直奔江边，急急忙忙上了船，逆着江水向南逃去（见《入衡州》）。一路上不敢停息，直到抵达衡州，才稍事喘息。衡州刺史阳济接待了他，设置酒宴为他压惊。

杜甫惊魂稍定，开始回顾一生中多次的逃难经历：天宝十五载（756），他携带家属逃安史之难；宝应元年（762），又携家属逃成都徐知道之难；如今是第三次逃难，比前两次更凶险。遂作《逃难》一诗书写悲慨。诗云：

五十白头翁，南北逃世难。

疏布缠枯骨，奔走苦不暖。

已衰病方入，四海一涂炭。

乾坤万里内，莫见容身畔。

妻孥复随我，回首共悲叹。

故国莽丘墟，邻里各分散。

归路从此迷，涕尽湘江岸。

杜甫首次逃难，在天宝十五载（756）五月，当时他45岁。诗中说"五十"，是举成数，举成数便于入诗。"乾坤万里内，莫见容身畔"是倾吐一生逃难的感慨，天地之大，竟见不到有个容身的角落。异乡逃难，自然会思念故乡，可是故乡已是荒莽的丘墟，也是无法回归的。"归路从此迷，涕尽湘江岸。""涕尽"，固然是说悲情之重，但似乎也含有自料会死于此地的意思。这年冬天，他果然死在湘江岸边，一生苦泪终于流尽。

杜甫在衡州暂居期间，刺史阳济筹划前赴长沙讨伐臧玠。此时，广州刺史李勉、道州刺史裴虬、澧州刺史杨子琳各已出兵讨臧。杜甫力劝阳济出兵，说崔瓘可谓当代贤良，他被杀害实在令人愤慨，这股叛乱的逆流必须斩断，希望阳济当机立断，联合各路兵马去扫平逆贼。诗中还表彰了裴虬、李勉两位刺史的正义出师。（见《舟中苦热遣怀，奉呈阳中丞，通简台省诸公》）关于臧玠叛乱的情况，史书记载不详，靠杜甫这些诗作，我们方得以知其全面，杜诗真无愧"诗史"之称。

不久，杜甫接到了舅父崔伟从郴州寄来的邀请信，遂离开衡州，溯耒水南下，前往郴州。船到耒阳县境的方田驿，遇到江水暴涨，不能行进，停泊五天，断粮绝食。耒阳县令聂某得知消息，派人送信问候，并赠给食物。杜甫在身家性命垂危之际，得此关照，十分感激，作诗答谢，盛赞聂令的慷慨急难之品格。这首诗的题目较长，达49字："聂耒阳以仆阻水，书致酒肉，疗饥荒江，诗得代怀，兴尽本韵。至县呈聂令。陆路去方田驿四十里，舟行一日。时属江涨，泊于方田。"读其正文，可知写诗地点，只在方田驿。那么，题中"至县呈聂令"如果真为杜甫所写的话[1]，则应是杜甫的预想，或是对差人（送书信和酒肉的人）的嘱托，而不是他行踪的实录。题中"陆路去方田驿四十里，舟行一日"这句话，如果真的是杜甫所写的话，也只能是他从差人那里打听到的方田驿与县城之间的距离，而非实际行踪。因为，诗的正文没有到达耒阳、见到聂令的内容，文不对题，杜甫是不会犯这种毛病的。我总以为这个题目有问题，其文意明显不接，怀疑"至县呈聂令"及以下的文字是后代人所加，用以解脱杜甫死于牛肉白酒之嫌。[2]

虽说如此，我仍以为杜甫并非死于方田驿，因为有《长沙送李十一衔》这首诗，以准确的时间说明，在这次遭遇夏季洪水的几个月后，即大历五年（770）的秋天，杜甫还活在世上。这首诗后面再讲。

且说杜甫在方田驿得到聂令的援救，保全了性命。也许是担心再遇到洪峰，杜甫不敢继续上溯耒水了，取消了投奔舅父的计划，掉过船头向北面来。先是抵达衡阳，寓居数日，深为炎天暑气所苦，"衡岳江湖大，蒸池疫疠偏"。蒸池，水名，即蒸水，在衡阳。"疫疠偏"，是说病疫严重。想起祖籍襄阳天气凉爽，十三世祖杜预的碑刻尚存，便决定去那里结茅而居，抱瓮灌园以终老。这年六月，臧玠之乱被平息，长沙局面稳定，

---

[1] 杜甫的死因，成为千载讼案。反对死于牛肉白酒之说者，主要依据是"至县呈聂令"，认为杜甫到过耒阳，且将此诗呈给聂令。如萧涤非《杜甫诗选注》、陈贻焮《杜甫评传》等。

[2] 两《唐书》本传均称杜甫死于牛肉白酒，其资料来源是《明皇杂录》，该书所录不尽如实。古代注家除钱谦益，多不认为杜甫死因如此。今人除郭沫若等少数研杜者，亦多不认为如此。

北归之路无阻，杜甫遂离开衡阳，乘船北去，"篙师烦尔送，朱夏及寒泉"（《回棹》），真是归心似箭了。

船到长沙，不得不停下了，因为他没有足够的旅费，直到秋天来临，仍然不能启程。这时候，当年同他寓居同谷县的"山中儒生旧相识"——李衔，路过长沙，二人异地重逢，屈指算来，已经过了12年，不禁慨叹连连。李衔因事不能久留，杜甫作《长沙送李十一衔》，以道别情。诗云：

> 与子避地西康州，洞庭相逢十二秋。
> 远愧尚方曾赐履，竟非吾土倦登楼。
> 久存胶漆应难并，一辱泥涂遂晚收。
> 李杜齐名真忝窃，朔云寒菊倍离忧。

西康州，即同谷县。《唐书·地理志》：武德元年（758），以同谷县置西康州。杜甫在同谷县寓居，是乾元二年（759）十一月，仅住一个月便离开了。这次长沙重逢，诗中说是"十二秋"，也就是12年。古人计年，不按周年计算，比如杜甫生于公元712年，死于770年，如按今天的计法，是享年58岁，可是新旧《唐书》本传都说他"年五十九"。如此说来，公元759年11月虽近年末，但这两个月也算是一年。那么，从759年这一年算起，往后计12年，正是770年，即大历五年。再看，诗中还记录了相逢的节令，即最后一句"朔云寒菊倍离忧"，"寒菊"之季自是深秋。由此可以得出结论，《长沙送李十一衔》写于大历五年（770）深秋。这也说明所谓杜甫死于此年夏季洪水围困的方田驿及牛肉白酒之说，是荒谬的。

深秋季节，杜甫仍在长沙停泊，为筹集路费而伤脑筋，但收获甚微。他曾向湖南幕府的群公求助，说："水阔苍梧野，天高白帝秋。途穷那免哭，身老不禁愁。大府才能会，诸公德业优。北归冲雨雪，谁悯敝貂裘？"（《暮秋将归秦，留别湖南幕府亲友》）"白帝"，古代传说为司秋之神，这里借指秋天。"大府""诸公"云云，是向湖南幕府诸公说些他们爱听的话，这也是求人捐助所需要的。杜甫很可怜，他向人哭穷，诉说身老及旅途艰苦，须知他是个很倔强的人，去年他还说过"舌存耻作穷途哭"（《暮秋枉裴道州手札，率尔遣兴寄递，呈苏涣侍御》）这样的硬话，若非此时他感到身体不妙而不愿客死他乡，他是不会这样哀求的。另外，从他同时所作的《登舟将适汉阳》诗中写的"生理飘荡拙，有心迟暮违。中原戎马盛，远道素书稀"来看，他还向远处的友人求过资助，但没有结果。

冬天的脚步越来越沉重，北风掠过湘江，奏起悲凉的音响。杜甫躺在船上，感到身心异常疲惫。他决定不再等候资助，就让船夫解缆北行。他希望能够走出湘江，最好能够回到故乡。归舟迎着凛冽的北风，慢慢地行驶在空旷的江面上。连日风寒，杜甫病情加剧，他感到生命即将终结，有些话还没有讲完，就伏在枕上，书写最后一首诗《风疾舟中伏枕书怀三十六韵，奉呈湖南亲友》。在这首长达三十六韵的诗中，他以沉痛的心情回顾了早年在朝任左拾遗时，因救房琯而触怒肃宗这一生活史上的大事。以此为起点，追述了获罪贬官以及长期漂泊的苦难历程，重点叙述进入湖南以后的困苦生活：一张乌皮小桌几经磨损，用绳子重重捆住以为用；短窄的衣服上缀满了补丁，没钱置办新服；天天药不离口，病魔却不肯离身；幼女在逃难中夭亡，埋在异乡的路旁。惨淡的倾诉，字字含泪。但是，在这生命垂危之际，他仍然没有忘怀国家的灾难和民生的凄惨："公孙仍恃险，侯景未生擒。书信中原阔，干戈北斗深。"感叹像汉代公孙述那样的军阀仍在恃险割据，像梁代侯景那样的叛将仍在跋扈飞扬。中原的书信长久断绝，长安仍处在吐蕃的威胁之中。他痛苦地长叹："战血流依旧，军声动至今。"吐完心事，他用含着泪水的眼睛望着船外萧索的山河，默默地告别多灾多难的祖国和人民。

船在缓缓移动。一颗伟大的心灵停止了颤动。

那时，湘江两岸的山峦、树木、小草以及曾被这颗心灵爱过、同情过、歌唱过的一切，都在冬眠；那些瑟缩于寒风中的贫苦黎民，也无暇向他一挥哀泪。他就这样默默地走了。

他从盛世的春天走来，怀着强国富民的热望；又在乱世的冬天离去，带着国敝民寒的深忧。

杜甫死后，家人无力将其灵柩运回故乡，只得停放在岳阳。43 年之后，他的孙子杜嗣业才将灵柩迁葬于偃师西北的首阳山下。诗人回归故乡的愿望，死后多年才得以实现。

第八章

寂寞风骚主，

先生第一才

宋代诗人张伯玉在《读子美集》一诗中，用"寂寞风骚主，先生第一才"来概括杜甫的身世和诗才，笔者以为十分中肯。

中唐诗人元稹受杜嗣业之托，曾为杜甫作墓志铭，说道："诗人以来，未有如子美者。"(《唐检校工部员外郎杜君墓系铭并序》) 此论曾于后代引起一场"李杜优劣"之争。有人扬杜抑李，有人扬李抑杜，也有人主张李杜二人不宜分优劣。笔者以为，诚如有人所言，李杜二人所持创作方法不同，艺术风格不同，故不宜分高下；但若论作品反映社会生活的深度与广度，若论作者对国家和人民感情之深挚、对友谊的执着与珍视、对弱小之同情以及宁苦己以利人的思想境界等诸多方面，杜甫则是当之无愧的千古诗坛第一人。而这些宝贵的思想、感情和品德，无疑是中华文化的集中体现。这是杜甫为什么能够赢得后代如此众多的追随者、崇拜者的重要原因，也是他作为中国中世纪诗人的唯一代表进入世界文化名人之列的重要原因。

杜甫继承的是以孔孟学说为核心的早期儒家思想传统，同时对其又有所突破。这种继承与突破的结果，是把个人与国家和人民的命运更紧密地连在一起。杜甫对早期儒家思想的进步方面予以全面的继承，如施仁政、反诛求、倡俭德、重纳谏、反开边、泛爱众等。一部杜诗就是早期儒学人文精神的生动体现。诸如儒学的忧患精神、人本精神、乐道精神、和合精神、笃行精神等，都在杜诗中闪烁着耀人的光辉。他从年轻漫游时代开始，就已对国家的生存危机和人民的生命危机给予了关注，随着社会矛盾和民族矛盾的日益激化，这种忧患精神表现得愈加强烈。他坚持儒学的人本思想，强调人的生存权和发展权，强调人格尊严，肯定人在自然社会中的地位和作用，主张"爱人"并提倡人人互爱。他坚持儒学的乐道精神，一生都在认真探求为政之道和诗歌艺术之道，虽病饿缠身而不移其志，且乐在其中。他持有儒学的和合精神，与大自然亲善融和，把山川看作自己的肢体，把花鸟看作自己的朋友，不肯随意改变它们的生存状态，追求天人合一、天人和乐的境界。他持有儒学的笃行精神，无论生活顺逆、为官在野，都能自强不息，"齿落未是无心人，舌存耻作穷途哭"，表现出坚忍不拔的人格力量。同时，他对儒学的某些消极的东西，也能在实践中予以抛弃，予以突破。儒家说"穷则独善其身，达则兼善天下"[1]。杜甫则无论个人穷达，都要兼善天下。儒家说"不在其位，不谋其政"[2]。杜甫则不管有无官职，总是在为国家的政局而思虑不已。儒家虽主张"泛爱众"，却又认为"上智下愚"[3]，轻视劳动人民；杜甫则乐于同他们交往，对于他们的真诚率直品格、勤劳和智能给予热情的歌颂，对于仆人也给予生活关照。儒家蔑视妇女，认为"女子难养"，将女子与小人同列[4]；杜甫则对战乱中劳动妇女的不幸命运给予深切的同情，并为她们

---

[1] 见《孟子·尽心上》。

[2] 见《论语·泰伯》。

[3] 见《论语·阳货》

[4] 见《论语·阳货》。

辩护。儒家严"华夷之辩"[1]，表现了十足的民族狭隘性；杜甫则主张民族间和睦相处，不以杀伐相抗，珍视民族间的友好关系。这些宝贵的思想观念，不仅在当时，而且对后代，乃至对当今都具有深刻的意义，它也必将照耀于中华民族的未来。

杜诗的思想是博大而精深的。杜甫生活在大唐帝国由盛而衰的历史转折时期，民族矛盾、阶级矛盾和政治斗争都达到尖锐的程度，这在客观上给他提供了诗歌创作的典型生活素材；加上他艰难困苦的生活经历，以及这种经历给予他的密切观察社会现实的机会和日趋清醒的头脑；加上他个人对儒家入世思想和"仁政""民本"等进步思想的执着信仰，以及百折不回的倔强性格。这些主客观条件使他创作出一部思想恢宏的"诗史"。

杜诗思想之伟大，首先表现在贯穿于全部诗篇的高度的人道精神上。"穷年忧黎元，叹息肠内热"是全部杜诗的一条思想红线，把人民的痛苦作为主要的表现对象，并且投入了自己血泪深沉的情感，这在中国诗史上是罕见的。以唐代诗坛而论，有的人也写出了一些反映民瘼的作品，惜其感情深度不够；也有人确实写出了不少悲愤的悯人之作，惜其未能坚持始终，一旦政治上遭受挫折，便去"独善其身"了。而杜甫从天宝十载（751）创作《兵车行》开始，直到大历五年（770）的绝笔诗《风疾舟中伏枕书怀三十六韵，奉呈湖南亲友》，20年间始终把诗思引向苦难的人民。他以饱含泪水的笔墨，描写了

---

[1]《论语·八佾》："夷狄之有君，不如诸夏之亡也。"又《孟子·滕文公上》："吾闻用夏变夷者，未闻变于夷者也。"

人民群众遭受的兵役之苦，描写了在繁重的赋税压迫下农村的荒废、农民的逃亡，描写了秦蜀路上流民的大批死亡，描写了楚地百姓家徒四壁、卖儿卖女。穿过历史的烟云，我们依稀犹能见到骊山脚下寒冬路旁那饿死者的惨白尸骨，听到白帝城外荒村野谷那被剥削得一无所有的寡妇哀哀的哭声。诚然，杜甫有一部分诗作表现的是个人的不幸遭遇，但他能够由个人的不幸而想到人民的不幸，把个人的不幸放在社会人生的大不幸中加以表现。也休说杜甫仅以空文悯人，贫穷的他能拿出多少财物给人呢？他种有草药，则"药许邻人劚"（《正月三日归溪上有作简院内诸公》）；他有棵枣树，则"堂前扑枣任西邻"（《又呈吴郎》）；他在夔州东屯种了水稻，还要分一些稻米给穷苦的农民，"西成聚必散，不独陵我仓。岂要仁里誉，感此乱世忙！"（《秋行官张望督促东渚耗稻向毕，清晨遣女奴阿稽、竖子阿段往问》）这些微薄之赠当然不足以济民之困，但对杜甫来说亦足以表明他的爱民之心。唯其有此爱民之心，方能创作出忧民之作。那些对杜甫说三道四的高明的"大师"们，其实未必都肯拿出这点东西给别人！关心人民疾苦，这绝非仅具道德上的意义，从中国的历史和国情上看，民生安定是维护国家统一、促进社会发展的重要条件之一。杜甫正是为了这个目的而对民生凋敝的现实发出感叹并大声疾呼的。这种思想对中国具有长久的指导意义。

杜诗思想之伟大，还表现在强烈而深沉的爱国血诚上。如果说热爱祖国是中国知识分子的传统思想品质，那么一部杜诗则是这种思想品质的集中表现。杜甫对国家的命运是无比关心的，国家时局的每一次变动，军事上的每一次行动及后果，都在他的诗中留下了印记。他的笔简直就是一架记录仪，日夜不停地摆动着忠实的毫尖。大到安史之乱、吐蕃陷京，小至陈陶、青坂之役，地方军阀作乱，无不反映于诗中，一些作品还能弥补史书之缺漏。杜甫反映时局并非被动地记录，他常常在诗中提出自己的建议，比如固守潼关、增防芦子关、限制回纥兵力、对朝政的改革措施等，无不表现出他对国事的深思苦虑。他对国运的艰难每每发出回肠荡气的叹息："不眠忧战伐，无力正乾坤。"（《宿江边阁》）"戎马关山北，凭轩涕泗流。"（《登岳阳楼》）"万国皆戎马，酣歌泪欲垂。"（《云安九日郑十八携酒陪诸公宴》）"向来忧国泪，寂寞洒衣巾。"（《谒先主庙》）在封建社会里，王室、天子代表着国家，尤其是时当民族战争的特殊年代，朝廷的存亡更是意味着国家民族的存亡。所以，杜甫的爱国又常常与"忠君"联系在一起。他切盼"北极朝廷终不改"（《登楼》），他忧叹"风尘澒洞昏王室"（《观公孙大娘弟子舞剑器行》），实质上都是爱国之情的表达。在当时的历史条件下，杜甫不可能抛开朝廷去谋求国家的兴盛，他只能通过匡辅君主的方式去解脱民族的苦难。他的"忠君"是从爱国出发的，所以当他看到君王的行为有悖于国家民族的利益时，便写诗批评、讽刺。他批评过唐玄宗的开边政策："君已富土境，开边一何多！"（《前出塞》）"边庭流血成海水，武皇开边意未已。"（《兵车行》）并用"千村万落生荆杞"的惨象指斥开边战争给农业生产造成的巨大破坏。他批评过玄宗的奢侈腐化生活："君臣留欢娱，乐动殷胶葛。"（《自京赴奉先县咏怀五百字》)"朝野欢娱后，乾坤震荡中。"(《寄贺兰铦》)指出正是由于玄宗君臣的堕落，导致了安史之乱的发生。对于昏庸无能的肃宗，他也给予辛辣的讽刺："唐尧真自圣，野老复何知！"(《秦州杂诗》)这是讽刺肃宗不纳忠谏，自以为是。"关中小儿坏纪纲，张后不乐上为忙。"(《忆昔二首》)这是讽刺肃宗宠信宦官李辅国，害怕皇后张良娣，听任他们相互勾结，打击忠良，败坏朝纲。对于代宗信任宦官程元振、剥夺郭子仪兵权，致使吐蕃攻入长安，君臣狼狈逃命，他也毫不客气地记入诗中："犬戎直来坐御床，百官跣足随天王。"(《忆昔二首》)"天子亦应厌奔走，群公固合思升平。"(《释闷》)这些批评和讽刺皆对君主失道误国而发，足可看出杜甫"忠君"思想的实质，是为"致君"("致君尧舜上")，而"致君"不过是一种手段、一种途径，其终极目的乃在于兴国，再现开元盛世。对于那些祸国殃民的群小，对于那些不修边备、总吃败仗而习以为常的将军，对于那些削刻百姓骨肉的地方官吏、恃险作乱的军阀，杜甫总能站在国家利益的高度，投以讽刺、规劝或讨伐。反之，对于那些在战乱中为国捐躯的英雄义士，在政治斗争中为邪恶势力所残害的国士，杜甫从未忘记作诗悼念，为国失良材而老泪纵横。杜甫这种伟大的爱国思想，曾经感染和教育了一代代后来者，这是维系中华民族统一并促进其发展的强大的精神力量。

　　杜诗的艺术成就也是巨大的。杜甫继承并发展了《诗经》以来的现实主义文学传统，使现实主义诗歌创作达到前所未有的高度。他的笔触客观严谨，忠实地反映了唐王朝由盛而衰历史时期的社会面貌，极富生活气息。风格以沉郁顿挫独步诗坛，具有鲜明的抒情性格。叙事诗善于选材、剪裁，寓主观于客观是其最大特色，精于细节描写和人物语言的个性化。抒情诗则善于解剖内心世界，或寄情于景，或直抒胸臆，创造出深邃感人的意境。"不薄今人爱古人，清词丽句必为邻。"(《戏为六绝句》) 充分借鉴前人的各种艺术手法。而语言之精炼，"语不惊人死不休"(《江上值水如海势，聊短述》) 的创作态度与实践，深为后人所折服。他所开创的"即事名篇"的乐府诗命题方法，彻底结束了前人用旧题写时事的文不对题的局面，为后来白居易等人倡导的新乐府运动奠定了基石。他把七律从应制、应酬的藩篱中解放出来，用以反映现实，使这种诗歌体式完全成熟。他还开创了"连章组诗"的新形式，扩大了诗歌的表现内容。他所创作的排律，内容丰富，感情真挚，规模壮观，笔力雄劲，可谓前无古人，后无来者。杜甫对各种诗歌体式都是擅长的，尤其是律诗，一直被后人奉为创作上的典范。在律诗的声律技巧上，精于研炼；在律诗的对仗艺术上，将"流水对""借对""句中对"等形式，推到极为完美的境地。他无愧于"集大成"诗人的美誉，无愧于"诗圣"的定评。正如元稹在《唐检校工部员外郎杜君墓系铭并序》中所说：杜诗"上薄风骚，下该沈宋，古傍苏李，气夺曹刘，掩颜谢之孤高，杂徐庾之流丽，尽得古今之体势，而兼人人之所独专矣"，而且，能以其高超的诗艺光照后代诗坛，沾丐历代诗人。

"百年歌自苦，未见有知音。"(《南征》) 杜诗虽因其对现实的深刻批判而冷落于当时，但到中唐终于被人们认识了它的价值。中唐诗人张籍曾把杜诗一卷烧成灰末，掺入饭中吃下，目的是"使我肺腑常清新"，希望用杜诗的精神营养自己。韩愈和白居易都积极推扬杜诗。此后，随着时间的推移、时代的更替，杜诗获得人们越来越深的认识、越来越高的评价。宋代出现了杜诗学史上第一次研究高潮，各种辑本、注本、集注本、年谱等著作纷纷问世，盛称"千家注杜"。主要有：北宋王洙搜集北宋初年各种杜诗辑本而成的《杜工部集》，其后，王琪等人对此本加以修订，成为后代所有杜集的祖本。同时期还有苏舜钦编的《老杜别集》、王安石编的《杜工部诗后集》。南宋时期，主要有王祖宁本、吴若本（今藏上海图书馆，是今藏最古的稀世珍本）、郑印本、鲁訔本、黄长睿本。与此同时，各种注本亦纷纷问世。因之又出现了集注本，主要有郭知达《九家集注杜诗》（九家，指王安石、宋祁、黄庭坚、王洙、薛梦符、杜田、鲍彪、师尹、赵彦材），蔡梦弼《杜工部草堂诗笺》，黄希、黄鹤父子《黄氏补千家集注杜工部诗史》（实收注家151人），刘辰翁《集千家注批点杜工部诗集》（此书为刘辰翁门人高崇兰编集）。在宋人注本中，集注本、分类本、编年本、评点本均已齐备。元明两代，是杜诗研究的低谷期。从元代末期开始，专注杜律的书居多，有十几种。明人胡震亨《杜诗通》、卢世㴐《杜诗胥钞》、杨慎《杜诗选》，较有成绩。清代是杜诗学史上第二次研究高潮期，涌现出一大批学术专著，在杜诗注释上取得了很高的成就。主要有王嗣奭《杜臆》，钱谦益《钱注杜诗》，朱鹤龄《杜工部集辑注》，仇兆鳌《杜诗详注》，浦起龙《读杜心解》，杨伦《杜诗镜铨》，卢元昌《杜诗阐》，等等。二十世纪八十年代以后，杜诗研究出现了第三次高潮，高水平的学术论文层出不穷，一大批学术专著纷纷涌现，杜诗选注本、选译本、全译本相继问世。探求一个真实的杜甫，清除其身上附着的为后人所涂抹的各种政治油彩，是这个时期的主要研究课题，并取得了重要成果。

在中国文学史上，杜甫拥有其他人无法比及的众多崇拜者和研究者。许多著名的学者、专家以毕生的精力从事杜诗研究，众多的诗人、学者以发自肺腑的声音评价杜甫在中国诗坛上的崇高地位。

中唐诗人元稹称："诗人以来，未有如子美者。"(《唐检校工部员外郎杜君墓系铭并序》)

中唐诗人韩愈称："李杜文章在，光焰万丈长。"(《调张籍》) 在杜诗不被时俗看重的情况下，这是在提高杜甫的诗坛地位。又说："中间诗笔谁清新，屈指都无四五人。独有工部称全美，当日诗人无拟伦。"(《题杜子美坟》)

宋初诗人王禹偁说："本与乐天为后进，敢期子美是前身。"(《喜诗句类杜》) 他是以杜甫作为诗艺标杆的。

宋代诗人苏轼说："古今诗人众矣，而杜子美独为首。"(《王定国诗集叙》)

宋代诗人秦观称杜甫为"集大成"的诗人。(《韩愈论》)

宋代诗人王安石编《四家诗》，以杜甫为第一。而且说："予考古之诗，尤爱杜甫氏作者。"(《杜工部后集》)

宋代江西诗派把杜甫奉为诗祖。(方回《瀛奎律髓》)

宋人蔡梦弼称杜甫为"诗学宗师"。(《杜工部草堂诗笺跋》)

宋代诗人张伯玉称杜甫为"寂寞风骚主，先生第一才"。（《读子美集》）

南宋诗人陆游说："天未丧斯文，杜老乃独出。"（《咏杜》）

南宋诗人杨万里称杜甫"圣于诗"。（魏庆之《诗人玉屑》）

明末清初学者王嗣奭称杜甫为"诗圣"。（《浣花草堂二首》）

清人叶燮亦有"诗圣推杜甫"之论。（《原诗》）

清人袁枚说："文尊韩，诗尊杜，犹登山者必上泰山，泛水者必朝东海也。"（《随园诗话》）

近代康有为、民国初年陈独秀二人钦仰杜诗，背诵《杜诗全集》竟能一字不遗。（廖仲安《杜诗学》，载《杜甫研究论集》）

近代梁启超尊称杜甫为"情圣"。（《情圣杜甫》）

胡适说："（李白）在云雾里嘲笑那瘦诗人杜甫，然而我们终觉得杜甫能了解我们，我们也能了解杜甫。杜甫是我们的诗人，而李白终于是'天上谪仙人'而已。"（《白话文学史》）

鲁迅晚年与郁达夫、刘大杰讨论中国文学史，以为陶潜、李白、杜甫皆为第一流诗人，继而又说："我总觉得陶潜站得稍稍远一点，李白站得稍稍高一点，这也是时代使然。杜甫似乎不是古人，就好像今天还活在我们堆里似的。"（刘大杰《鲁迅谈古典文学》）

闻一多称杜甫为"四千年文化中最庄严、最瑰丽、最永久的一道光彩"，是"中国有史以来第一个大诗人"。（《唐诗杂论》）

钱锺书认为："旧诗的'正宗''正统'以杜甫为代表。""中

唐以后，众望所归的最大诗人一直是杜甫。"(《谈艺录》)

陈寅恪也说："少陵为中国第一诗人。"(《书杜少陵（哀王孙）后》)

千余年间，在历史的回音壁上，崇杜、亲杜之声不绝嗣响。这是心灵的呼应，是崇高人格的认同，也是对中华人文精神的庄严礼赞。杜诗的流传没有终点，杜甫的研究亦无止境。在当前人类面临道德危机、精神危机、文明危机、价值危机和生态危机等五大危机之际，杜诗必将为化解危机起到重大作用。

主要参考书目

[1] 郭知达. 九家集注杜诗 [M]. 上海：上海古籍出版社，1985.

[2] 卢世㴶. 杜诗胥抄余论 [M]. 尊水园刻本. 1634（明崇祯七年）.

[3] 王嗣奭. 杜臆 [M]. 上海：上海古籍出版社，1983.

[4] 浦起龙. 读杜心解 [M]. 北京：中华书局，1961.

[5] 朱鹤龄. 杜工部诗集辑注 [M]. 刻本. 1672（康熙十一年）.

[6] 钱谦益. 钱注杜诗 [M]. 上海：上海古籍出版社，1979.

[7] 仇兆鳌. 杜诗详注 [M]. 北京：中华书局，1979.

[8] 杨伦. 杜诗镜铨 [M]. 上海：上海古籍出版社，1980.

[9] 施鸿保. 读杜诗说 [M]. 上海：上海古籍出版社，1983.

[10] 梁运昌. 杜园说杜 [M]. 北京：书目文献出版社，1995.

[11] 闻一多. 少陵先生年谱会笺 [M]// 唐诗杂论. 上海：上海古
籍出版社，1998.

[12] 冯至. 杜甫传 [M]. 天津：百花文艺出版社，1999.

[13] 萧涤非. 杜甫诗选注 [M]. 北京：人民文学出版社，1979.

[14] 萧涤非. 杜甫研究 [M]. 济南：齐鲁书社，1980.

[15] 傅庚生. 杜诗散绎 [M]. 西安：陕西人民出版社，1979.

[16] 傅庚生. 杜诗析疑 [M]. 西安：陕西人民出版社，1979.

[17] 陈贻焮. 杜甫评传 [M]. 上海：上海古籍出版社，1988.

[18] 杜甫. 杜甫选集 [M]. 聂石樵，邓魁英，选注. 上海：上海
　　 古籍出版社，1983.

[19] 廖仲安. 反刍集 [M]. 北京：北京师范学院出版社，1986.

[20] 刘开扬. 杜甫 [M]. 上海：上海古籍出版社，1978.

[21] 张忠纲. 杜诗纵横探 [M]. 济南：山东大学出版社，1990.

[22] 莫砺锋. 杜甫评传 [M]. 南京：南京大学出版社，1993.

[23] 赵次公. 杜诗赵次公先后解辑校 [M]. 林继中，辑校. 上海：
　　 上海古籍出版社，1994.

[24] 天水师范高等专科学校中文系. 杜甫陇右诗研究论文集 [M].
　　 兰州：甘肃人民出版社，1995.

[25] 四川省文史研究馆. 杜甫年谱 [M]. 成都：四川人民出版社，
　　 1958.